포스트게놈 시리즈 2050

포스트게놈 시리즈 2050

양관수 소설집

bookin

열정의 길을 열다

몸이 아팠다. 어지럽고 음식을 먹으면 머지않아 게웠다. 몸에 힘이 없고 잠을 잘 못 잤다. 식욕조차 떨어졌다. 병원에 가 검진을 했으나 몸은 다 괜찮았다. 의사는 내가 아픈 원인을 못 찾았다. 처방전이 나오지 않았다. 한의원에 갔다. 한의사는 내가 몸이 허하다며 첩약을 처방했다. 나는 한약을 외면했다. 몸은 여전히 아팠다.

지리산을 다녀오고 싶었다. 철따라 두세 번씩 다니던 산행이다. 의사는 '그 몸으로 무리다'며 가지 마라 했다. 가족들은 나더러 죽으려면 집에서 곱게 죽으라 했다. 산에서 그것도 지리산 속에서 죽어가지고 식구 못할 일 시키려 한다며 따가운 눈총을 보냈다.

나는 몸을 겨우 배겨내는 중이었다. 그 몸으로도 지리산에 가고픈 충동이 사라지지 않았다. 죽어도 지리산에서 죽는 게 나을 것 같았다. 딱히 짚이는 까닭은 없었다. 그냥 배낭을 꾸려 길을 나섰다. '나를 찾지 마라, 집 떠난 날이 내가 죽은 날이다'라는 말을 남긴 채 지리산으로 향했다. 가족들에게 마지막 말처럼 남긴 한마디, 유언이었다.

아픈 몸은 뜻밖에 지리산을 잘 견디어 냈다. 산행하는 동안 몸 안 깊숙한 곳 어딘가에서 새로운 힘이 샘솟는 걸 느꼈다. 그 동안 나한테 없던 색다른 에너지였다. 지탱하기조차 버거웠던 몸은 그 힘을 빌어 지리산을 감당했다.

무사히 집으로 돌아왔다. 몸은 가볍고 상쾌했다. 병적 증상은 헐거워졌다. 하지만 3일이 한계였다. 4일째가 되면 몸은 또 무거워지고 병적 증상은 다시 도드라졌다. 또다시 나는 배낭을 꾸려 지리산으로 떠났다. 가족들은 말리지 않았다. 나는 산행을 마치고 집으로 잘 돌아왔다. 그때마다 몸은 새로운 기운으로 채워졌다.

나중에는 지리산 산행이 한 달에 네다섯 번은 기본이었다. 어떤 가을에는 한 달에 지리산 산행을 250km남짓 돌파했다. 나중에는 몸 어디도 아프지 않았다. 나도 모르게 몸이 다 나은 것이다. 지리산 당일종주를 여러 번 했다. 성삼재에서 중산리까지 산길 40km를 12시간에 주파했다. 당일종주 중 가장 빠른 기록이다.

그렇게 다닌 지리산이 어느 덧 400회 남짓 되었다. 내 몸을 불사르는 투혼이었다. 또 나를 보았다. 안개 속에서, 수풀 사이에서, 야생화 무리에서, 크고 작은 바위들 틈에서, 맑은 물이 솟는 샘과 골짜기들 틈바구니에서.

사람들도 보았다. 오가며 스치는 등산객들이 많았다. 그들 중 내가 도와준 이, 나를 구해준 이도 기억한다. 내 수명이 짧았더라면 아마 지리산에서 죽었으리라. 그런 탓일까, 나는 죽을 고비를 겪은 뒤부터 뭔가를 두려워하지 않게 되었다.

두려움이 없는 세상은 바로 소설 속이다. 소설 주인공들은 힘들게 산다. 그래서 어디론가 떠난다. 늘 무모한 행보를 내딛는다. 나중에는 어떻게든 극복한다. 그들에게 가장 중요한 점은 잘 안 죽는 것이다. 반드시 살아남는다. 마지막에는 무서운 것이 없다. 소설 속 주인공들과 나는 닮았다.

나는 지리산 속 주인공이다. 하지만 요즈음 지리산에 가지 않는다. 못 간다고 하는 게 더 어울린다. 좋은 책들을 읽고 부족한 글쓰기에 매달리다 보니 지리산 가는 걸 미루게 되었다. 그러다가 산행이 잦아들었고 나중에는 뜸해져 버렸다. 마침내 지리산이 멀어져버린 것이다. 그렇다고 지리산에 대한 열정이 아예 스러진 건 아니다.

지리산은 소설이다. 소설은 지리산이 가진 걸 다 품었다. 나는 소설 속 주인공과 크게 다르지 않다. 나는 소설의 향기에 코가 묻히면 다른 건 몽땅 잊는다. 글쓰기 삼매경에 빠지면 지리산 속을 헤매는 것처럼 느낀다. 소설 속을 누비다보면 시간이 덧없다. 향기 나는 소설책들을 재밌게 읽을 줄 아는 탓이리라.

2003년 평사리 토지문학제 대상 수상 이후 10여 년 남짓 시간이 흘렀다. 그 동안 준비한 졸작들 중 다섯 편을 골라 책으로 엮는다. 단편소설 네 편 중편소설 한 편이다. 중편소설 발표 당시 제목「간이정류장」을「포스트게놈 시리즈 2050」으로 바꿔달았다. 진주신문 가을문예 당선작이다. 나는 이 중편소설에 창작이라는 의미를 가장 크게 두고자 한다.

유전자 또는 생명공학적 성취와 그에 따른 미래는 인류사에 늘 상존한다. 보험업종도 색다르지 않다. 하지만 생명공학과 보험업의 합치를 그려낸 상상력은 아직 어디에도 없다. 그 둘이 하나가 되어 인류사에 색다른 의미를 부여하는 스토리텔링은 여태껏 만나지 못했다. 나의 견문이 아직은 좁은 탓도 있으리라.

나는 창작 작업 중 '낯설게하기'에 심혈을 기울였다. 다른 작가가 생각하지 못한 것, 새로운 것의 진정성, 동어반복이 아닌 것, 을 쓰기 위해 노력했다. 나는 작품집을 더 빨리 묶어낼 수 있었다. 그 조급함을 나는 애써 눌렀다. 그때마다 나만의 작품 세계를 뚜렷이 하려 노력했다. 작가로서 나만의 언어가 작품에 잘 새겨져 있는지 늘 고민했다. 이제야 첫 작품집을 내는 게 회한보다는 오히려 보람으로 느껴지는 이유다.

이러한 결실이 그냥 얻어진 건 아니다. 순천대학교 문창과에서 공부한 결과다. 석사학위를 받기까지 문학적 깨달음을 주신 교수님들께 감사드린다. 소설가 이청준, 김원일 두 분 석좌교수님을 문창과에서 뵀다.

소설가 한승원 선생님과 사모님께서는 필자에게 많은 사랑을 주셨다. 시인 송수권 교수님과 소설가 안광 교수님께 특별히 감사드린다. 두 분께서 필자의 지리산에 대한 투혼을 소설에 대한 열정으로 바꾸어 주셨다. 두 분이 아니었다면 나는 지금껏 지리산 속을 헤매리라.

더욱이 내 작품들에는 안광 교수님의 열정이 고루 배었다. 또한 학부에서 대학원에서 시도 때도 없이 벌이는 치열한 합평은 이 책이 탄생하는 데 크게 한몫했다. 학부 학우들과 대학원 문우들의 열정은 잊히지 않을 것이다.

열정이란 '낯설게하기'에 덤비는 것을 말한다. '낯설지 않은 것'은 그냥 열심히 하는 것으로 봐야 한다. 나는 언제나 '낯설게하기'를 염두에 두고 습작했다. 첫 작품집 『포스트게놈 시리즈 2050』을 창작적 열정의 중심에 두고자 하는 까닭이 여기에 있다. 이렇듯 내 열정은 지리산을 벗어나 소설로 자리를 옮겼다.

소설을 향한 내 열정 옆에는 가족이 있다. 아내와 딸이다. 지금껏 내 기억에서 잊힌 적은 단 일초도 없다. 그만큼 나에게 커다란 존재들이다. 고맙다, 사랑한다. 눈물겹게 사랑스럽다. 이 책을 가장 먼저 선물로 받을 사람은 아내와 딸이다. 이제 유언을 남기는 일은 없으리라.

2016년 봄

양관수

Contents

끝섬

끝 섬

죽은 그림이군요. 남자를 옭아맨 말이다. 남자가 오른쪽 어깨에 가방을 멘 채 여객선에서 내린다. 걸음이 비틀거린다. 선착장을 빠져나가는데 몸이 좌우로 흔들린다. 가방은 무겁지 않다. 하지만 몸을 가누기가 힘들다. 여자가 한 말이 지워지지 않은 탓이다. 죽은 그림이라는 말이 후광처럼 남자 머리를 감싸버렸다. 정신이 맑지 못하다보니 속마저 울렁거린다. 남자가 두리번거리며 토할 곳을 찾는다. 어쩌지 못해 여객터미널을 벗어난다. 울렁증을 억누르며 바닷길을 따라간다.

길은 바다를 끼고 돈다. 포장도로이지만 군데군데 패인 채 해안선을 닮아 굽었다. 도시에 있으면 골목으로 칠 텐데 섬에 있어서 큰길이다. 길가에는 사오층 되는 낡은 여관들이 띄엄띄엄 보인다. 그 틈새마다 찻집들이나 술집들이 자리잡았다. 노래방이며 해산물을 파는 가게들도 길게 늘어서 있다. 허름한 건물들 뒤로는 섬의 축이 있다. 섬을 큰 바다에서 버티도록 하는 산봉우리다. 꼭대기까지 올라가도 땀이 나지 않는 동산이다. 그래도 섬사람들은 산이라 부른다. 그 뫼에서 발산하는 구심력과 원심력으로 바다를 견디며 살아가기 때문이다. 산이 마주보는 길 건너에는 건물이 없다. 낚시꾼을 실어 나르는 배와 고깃배를 떠받치는 바다가 있을 뿐이다. 파도소리보다 앞서 경유 냄새가 피어오른다.

남자가 바닷길 축대에 쭈그려 앉는다. 잡힐 듯했던 구역질이 악취 때문에 다시 가슴을 헤집는다. 목을 쭉 늘어 빼 머리를 바다 속에 처박으려 한다. 남자 귓속을 사람 소리인지 파도소리인지 뱃소리인지 알 수 없는 웅성거림이 후벼 판다. 남자가 일어선다. 등을 돌리자 여관이 보인다. 지난 2월 초에 묵었던 숙소다. 동백장이라는 아크릴 간판을 달았는데 건물이 바닷바람에 절어 있다. 그 옆 이층 건물 아래층에 노래방이 있다. 남자가 왼손으로 찌푸린 눈살을 가리며 노래방 위층을 올려다본다. 밤새워 장사를 했는지 노래방 문을 열어젖히고 청소를 한다. 노래 냄새보다 각 방에서 새어나온 술 냄새가 짙다. 남자가 노래방 안으로 들어간다. 조립식 패널로 만들어진 계단이 노래방 반주기가 울리지 않을 때에는 크게 삐걱거린다. 남자가 이미 알고 있다는 듯 사뿐사뿐 계단을 올라갔다. 계단이 끝나는 작은 복도에는 방 네 개가 일렬로 들어서 있다. 백악기 공룡 티라노사우루스가 보았다면 자신의 비늘 한 개만도 못한 출입문을 쥐구멍쯤으로 여겼을 방들이다.

남자가 두 번째 방문 손잡이를 잡아 돌린다. 문이 쉽게 열린다. 반투명 유리가 격자틀 새에 박힌 미닫이문이 드러난다. 현관에는 눈에 익은 여자의 검정 새미부츠가 반쯤 쓰러진 채 벽에 기대어 있다. 아무렇게나 뒹구는 노란색 운동화와 군청색 슬리퍼와 기름 먹은 흰색 운동화가 함께 뒹구는 남녀의 발처럼 뒤섞였다. 남자 머릿속에 자신과 여자의 엉클어진 다리가 떠오른다. 남자가 미닫이문을 연다. 방안에 사람은 없고 벽에는 옷들이 잔뜩 걸렸다. 왼쪽 벽에는 여자의 치마, 재킷, 원피스들이 두서없이 눈에 띈다. 오른쪽 벽에는 기름기가 밴 바지, 점퍼, 트레이닝복들이 보인다. 뱃일할 때 입는 옷들이다. 맞은편 창은 모양새가 동백장 방에 난 창과 비슷하다. 폭이나 각도는 달라도 창밖 경치는 닮았다. 창 옆에 세워진 이젤에는 수채화가 한 점 단정하게 잘 놓여 있다. 여자 바다 배 하늘을 그리다가 그만둔 그림이다. 그림을 본 여자가 죽은 그림이라 했다. 남자는 그때 날씨를 떠올린다.

배에서 내리는 사람들이 눈이 귀한 섬에 함박눈이 온다고 말한 날이었다. 눈은 포근히 내렸으나 2월이라 땅에 쌓이지 않았다. 그날 남자가 타고 들어온 배는 첫 배였다. 그때도 남자는 가방을 멨다. 짐을 둘러멘 채 다닐 수 없었다. 동백장이 눈에 띄었고 511호에 길차림을 풀었다. 방은 두세 평 남짓한데 건물 겉모습과 걸맞게 남루했다. 창문으로 바다가 보였다. 잿빛 구름이 사라진 곳에는 푸른 하늘과 따사로운 햇살이 있었다. 남자가 창틀을 화폭으로 느꼈다. 바다는 길에서 보았던 것과 달랐다. 배들은 작아 보였으나 즐비하게 늘어 서 있었다. 남자가 검은색 가방에서 스케치북을 꺼냈다. 창틀에 올려놓고 구도를 잡았다. 해안에는 고깃배보다 관광선이 많았다. 갈매기나 여느 바닷새들도 보이지 않았다. 때가 잔뜩 낀 바닷물과 기름에 그을린 검은 공기가 머물렀다.

그 바닷길에 한 쌍의 남녀가 서 있었다. 뱃사람으로 보이는 사내가 여자에게 손을 흔들며 배로 건너갔다. 길에 선 여자는 팔짱을 낀 채 바다를 보았다. 남자 손이 거기에서 멈췄다. 여자보다 더 길게 느껴지는 치자색 바바리코트가 눈에 띄었다. 남자는 잠시 생각하더니 손을 다시 움직였다. 길 위 여자는 바다를 향해 서 있지만 켄트지 위 여자는 남자가 있는 창을 바라보았다. 남자는 자신과 여자의 눈길이 마주치도록 그렸다. 그러자 길에 서 있던 여자가 몸을 돌려 남자를 쳐다보았다. 서로의 시선이 그림처럼 되었다. 남자가 웃으며 손가락에 연필을 낀 채 손을 흔들었다. 여자도 팔짱 끼었던 손을 풀어 마주 흔들며 웃었다.

남자는 꽃이 웃는 걸로 느꼈다. 치자꽃 같은 얼굴이었다. 코트의 치자색 때문이었다. 등까지 늘어트린 머릿결에는 잔잔한 파마가 배어 있었다. 머리카락들이 바람에 나부껴 여자의 낯을 가렸다. 머리카락 사이로 치자꽃 같은 하얀 얼굴이 뒤섞여 날렸다. 치자꽃 이파리가 흩어지는 것 같았다. 젖가슴은 코트 겉에 아무런 윤곽을 남기지 않았다. 코트는 안으로 보라색 원피스를 감싸고 있었다. 원피스는 검정색 긴 부츠가 기둥이었다. 여자는 그림 속 꼭 맞는 자신의 자리에 서 있었다. 남자는 가슴이 뭉클했다. 치자색이 아니라면 여자는 서 있을 수 없겠구나, 라고 생각했다. 옷자락이 정강이까지 늘어져서 여자보다 길게 여겨지는 코트였다. 연필 쥔 남자 손이 가늘게 떨렸다. 길에 선 여자가 남자와 이어진 시선을 떼어버렸다. 발걸음을 옮기더니 동백장과 붙은 노래방으로 들어갔다. 남자가 눈길을 그림 속 여자에게로 돌리는데 수음을 하고 싶었다.

이튿날이었다. 남자는 하루쯤 산책을 하면서 그림 그릴 곳을 찾아볼까 하다가 아예 화구까지 챙겨 밖으로 나섰다. 바다가 잔잔했다. 눈앞에 있는 물만 본다면 저수지로 착각할 만했다. 남자가 이 바다에서는 성난 파도, 출렁이는 배, 헤엄치는 생선보다 롤러스케이트가 더 어울리겠다는 생각을 했다. 섬을 이파리 하나처럼 띄운 큰 바다도 손바닥이 미끄러질 듯 매끄러울 수 있다는 걸 비로소 알았다. 등 뒤에서 그림 그리러 가시나 봐요, 라는 말이 가냘프게 들렸다. 남자가 들려오는 목소리를 의아해 하며 등을 돌렸다. 어제 보았던 여자였다. 변함없이 검정 긴 부츠에 보라색 원피스와 치자색 바바리코트를 입었는데 머릿결을 길게 늘어트린 채 미소 지었다. 자신도 바람 쐬러 나왔는데 그림 그릴 만한 데를 알려준다고 했다. 섬에는 도시의 아파트 한 동쯤 되는 굳은 동이 있는데 그 꼭대기에 시골 집 마당 같은 터가 있다며.

점심 때가 되려면 한 시간 남짓 더 기다려야 할 무렵쯤 큰 바위에 도착했다. 섬에서는 작은 산봉우리 같은 바위였다. 이젤을 설치한 뒤 그림 그리다가 엉뚱한 생각을 하기에 좋은 곳이었다. 그런 다음 벌렁 누워 졸다가 벌떡 일어나 끝일 것 같은 먼 바다를 쳐다보며 다시 그림 그리기에 알맞은 자리였다. 섬 끝머리에 있는 등대가 바다보다 또렷했다. 남자는 바다를 바라보며 서 있는 여자가 등대 같다는 느낌이 들었다. 남자가 당신을 그린다고 말했다. 여자는 손사래를 치며 자신은 여자가 아니라 했다. 남자가 당신같이 아름다운데 여자가 아니라니, 하며 따졌다. 여자가 가느다랗게 소리 내어 숨이 가쁠 때까지 웃었다. 남자가 시선을 바다로 돌렸다. 여자는 자리를 잡아 앉았다. 바다를 바라보며 한동안 말이 없었다. 거푸 하품을 하더니 말을 끄집어냈다.

여자가 섬에는 안개가 없는 날이 드물다고 말했다. 안개는 짙거나 엷거나 차이가 날 뿐 해가 산봉우리에 걸칠 때까지 섬에 머물다가 사라진다고 했다. 안개는 해가 뜨지 못하는 바람조차 없는 날이면 하루 종일 바다보다 훨씬 깊게 섬을 품어버린다. 그럴 때 배들은 섬에 갇혀 지리한 기지개로 하루를 보낼 준비를 한다. 사람들은 배의 그런 모습에 기가 질려 아침에 떴던 눈을 다시 감아버린다. 더러는 찻집 여자를 불러 차를 마시다가 선뜻 낮거리를 하기도 한다. 해가 산머리 위로 올라섰다 싶을 즈음에는 노래방에서 만난 여자들과 어울려 일찌감치 술을 퍼마시는 사내들도 있다. 하지만, 가끔 안개나 햇살이나 바람마저 없는 날이 있다. 여자는 '오늘이 그런 날'이라 했다.

남자가 추수가 끝난 들판에 참새가 내려앉듯 켄트지에 밑그림을 그려 넣었다. 전 날 잡았던 구도에 바다와 배들을 차곡차곡 채워 넣었다. 남자를 바라보던 여자가 중심이었다. 바다와 배는 언저리였다. 그림 속 사물들은 여자 몸짓으로 인해 살아 있었다. 그림 속 바다는 푸르고 하늘은 뜨거웠으며 어선들은 만선이었다. 쭈그려 앉았던 여자가 자리에서 일어나 그림을 보았다. 눈을 몇 번 껌벅이더니 죽은 그림이군요, 라고 한마디 했다. 남자가 손을 멈추더니 붓을 놓았다. 여자가 말을 이었다. 생리가 없는 젊은 여자랍니다. 언제 했는지 기억이 없어요. 일부러 웃거나 떠들며 살아요. 그래야 살아 있는 것 같잖아요. 남자가 그게 그림이랑 무슨 상관있어요, 라고 물으려다가 말을 삼켰다. 이 섬도 생리를 하지 않아요, 여자가 짧게 말했다. 죽은 그림, 섬도 생리를 하지 않는다, 무슨 말인가, 남자의 머릿속이 쑤시기 시작했다. 뇌리에 다른 말은 박히지 않았다. 죽은 그림이라는 말만 뇌종양처럼 똬리를 틀었다. 파도 소리 하나에 머리가 한 번씩 아팠다.

남자가 붓을 놓고 여자 옆으로 다가앉았다. 흰 살결을 보았다. 소매에 드러난 손등은 치자꽃잎과 다르지 않았다. 목덜미에서 치자꽃 향기가 새어나왔다. 남자는 아내가 생긴다면 둘이 바닷가에서 그림을 그리고 싶었다. 문득 그림 그리기를 멈추고 섹스하는 상상도 했다. 혼자라는 상념에서 벗어날 수 없을 때 몽상 속 섹스는 자신을 감쌌다. 그림 그리다가 폐에서 핏덩어리 같은 고독의 응어리가 기도로 울컥 치밀어오를 때는 실오라기 하나 걸치지 않은 알몸이 되고 싶었다. 아내는 아니지만 치자꽃 향을 머금은 여자가 옆에 앉아 있었다. 남자가 침을 꿀꺽 삼킨 뒤 치미는 욕정을 주저앉히며 물었다. 어제 손을 흔들며 헤어진 사내가 누구야. 여자가 선장, 전에는 선주였지만 지금은 배가 없어서 선장인데, 했다.

선장의 집은 카페리로 섬을 떠나 두어 시간 남짓 동쪽으로 가다보면 나오는 항구 도시에 있다. 두 해 전이었다. 그때까지만 해도 선장은 선주였다. 선주는 가족을 보러 집에 들렀다. 일주일쯤 머물 예정이었다. 아내는 무슨 대학에 입학했다며 늦은 새벽까지 컴퓨터 앞에 앉아 있었다. 두 아이들은 방에 틀어박혀 나오지 않았다. 가끔 아이들과 마주쳤다. 고3 딸은 짜증을 잘 냈다. 고1 아들은 말을 잘 하지 않았다. 선주는 가족과 마주치지 않는 게 편했다. 선주는 집이 적막했다. 섬에 있을 때보다 더 외롭고 배로 바닷길을 갈 때보다 훨씬 지루했다. 그새 바다가 그리웠다. 선주는 일주일을 채우지 못했다. 나흘째 되는 날 집을 나섰다. 손에는 영어로 쓰여 무슨 말인지 모를 메모지가 쥐어졌다. 아내가 주었다. 그 뒤로도 선주는 집으로 돈을 보냈다. 출어를 못하거나 고기를 잡지 못해 공치는 때에도 거르지 않았다. 다 빚이었다. 그 돈들이 배를 야금야금 갉아먹었다. 선주는 선장으로 바뀌었고 섬을 떠날 수 없게 되었다. 빚 때문이었다. 배를 처분해도 빚에서 벗어나지 못했다. 더는 집으로 보낼 돈도 없었다. 나중에는 집에도 못 갔다. 달리 머물 곳 없는 선주는 여자의 기둥서방이 되었다.

여자가 물었다, 화가 선생님은 며칠 간 머물러. 남자가 대답하지 않았다. 여자가, 그 동안 날 사세요, 누군가를 그림 한 점으로 사본 적 있나? 남자가 고개를 가로저으며 여자 얼굴을 물끄러미 바라보았다. 이목구비에 살점 붙은 곳이 한 군데도 없었다. 예쁘다는 느낌이 남자의 뇌리를 안 떠났다. 남자를 빤히 마주 보던 여자의 얇은 입술이 움직였다. 그림 한 점 그려줘, 살아 있는 걸로. 남자가 고개를 끄덕였다. 여자가 돌아가자며 바람이 풀을 낚아채듯 남자를 꿰찬 채 굳은동을 내려섰다.

511호에 풀었던 짐이랄 것도 없는 남자의 가방들이 하루 만에 여자 방으로 옮겨졌다. 남자는 죽어가는 그림을 살리고 싶었다. 창가에 이젤을 설치한 뒤 화판을 걸어 놓았다. 여자가 자신을 중심에 그려 넣은 그림과 그 그림을 닮은 창문 밖을 번갈아 눈여겨보았다. 창문은 511호에서 여자 방으로 바뀌었으나 창밖 모습은 비슷했다. 그림을 바라보는 여자의 몸가짐이 등대가 보이는 군은동에서와는 사뭇 달랐다. 이윽고 여자가 다정한 눈길을 남자에게 주더니 손뼉을 치며 와, 웃었다.

남자가 벽에 등을 기대어 앉았다. 벽이 퍼석거렸다. 여자가 그런 상태로 멀거니 있는 남자 얼굴을 바라보며 마주 앉았다. 남자는 시선조차 마주치려 하지 않았다. 여자의 얇은 입술 언저리에 웃음이 돌았다. 화가 선생님 지금 떨려? 여자의 하얗고 가지런한 이가 드러났다. 반짝 빛나는 이빨이었다. 이슬 머금은 새벽 꽃, 이른 햇살에 몸을 팔기 위해 트는 꽃잎, 새로 드러난 암술 같은 치아였다. 남자는 다시 치자꽃 향을 물씬 맡으며 자신의 의식 한 켠이 출렁거리는 것을 알았다.

여자는 태양의 사정을 받아들이기 위해 몸을 발기한 치자꽃이었다. 활짝 웃으며 앉은뱅이걸음으로 남자에게 다가가 찰싹 달라붙었다. 여자는 말라 있었다. 남자가 속삭였다. 넌 겨울나무야. 여자에게서 힘없는 신음이 흘러나왔다. 당신은 나를 그려 넣을 켄트지야. 죽음조차 넘볼 수 없는 무의식이 방안에 솟구쳤다. 잿빛 구름에 떠밀린 해가 수평선으로 기울자 창문 틈새로 들어온 해풍이 차가웠다. 그 바람에 열기가 용솟음치던 방안은 서서히 풀이 죽었다. 해거름이었다. 여자가 다녀온다며 밖으로 나갔다. 싱크대 위에는 저녁 식사가 준비되어 있었다.

방에 홀로 남은 남자가 깍짓손을 베고 드러누웠다. 죽은 그림, 살아 있지만 죽은 여자, 자신을 그려 넣을 켄트지. 무슨 뜻인지 알 수 없는 말들이 머릿속을 맴돌았다. 동문들이 그룹전으로 전시회를 열었을 때가 떠올랐다. 주제가 6월이었다. 남자에게는 열 번째 합동전시회였다. 남자는 6월의 햇살을 맞는 얼굴을 그리고 싶었다. 그런 형상이 떠오르지 않았다. 어떤 얼굴을 그려야 하는지 몰랐다. 잔디밭 한 켠에 남자의 시선을 멈춰 세우는 것이 있었다. 한 무리 꽃이었다. 넓게 펼쳐진 잔디밭은 푸른 바다, 그 위에 핀 꽃들은 일렁이는 포말이었다. 초여름 햇살에 농익은 꽃의 색감이 화폭으로 옮겨졌다. 켄트지에는 얼굴대신 치자꽃이 들어찼다.

자취방으로 그림을 옮겨 마무리했다. 남자는 한 폭 수채화에 담긴 치자꽃에 넋을 놓았다. 아름다워서라기보다 까닭 없이 마음에 드는 얼굴이었다. 만난 적 없지만 자신이 그리워하는 언젠가 반드시 만나야 할 대상이었다. 남자가 낮에 맡았던 치자꽃 향기를 되새기며 눈을 감은 채 코를 벌름거렸다. 자신의 모든 말초신경이 곤두서는 것을 느꼈다. 바지춤을 풀었다. 옷이 발끝으로 흘러내리자 이미 발기되어 있는 생식기를 손으로 붙잡았다. 치자꽃을 바라보며 손놀림을 멈추지 않았다. 너를 만나면 초원에서 너를 그리다가 너를 끌어안고 섹스할 거야, 라고 중얼거렸다. 그때까지 한 점도 팔리지 않은 자신의 그림들이 하나둘 머릿속에 떠오르자 손놀림에 힘을 더했다. 끈적거리는 것을 화장지로 닦아낼 때 까닭 없이 흐르는 눈물은 볼을 타고 입언저리로 흘러들었다.

방에 홀로 누운 남자는 회상이 거기에 미쳤을 때 여자와의 만남이 특별하다는 쪽으로 쏠렸다. 치자꽃을 닮았는데 푸른 바다 위에서 만났으며 자신의 켄트지에 그려지고 싶어하는 그녀야말로 평범한 여자가 아니라는 생각이었다. 치자꽃 향기 때문에 가라앉힐 수 없었던 흥분을 돌이키며 여자를 위해 무엇인가를 해야 한다고 스스로 다짐했다. 언제 돌아온다는 말을 하지 않은 채 나간 여자를 가만히 누워 기다린다는 건

힘든 일이었다. 졸음이 섬을 드나드는 배들의 기계음보다 거세게 밀려들었다. 갑자기 소란스러웠다. 남자가 눈을 떴다. 아래층에서 술주정을 부리며 싸우는 소리였다. 여자는 돌아오지 않았다. 남자가 방을 나섰다. 계단을 통해 아래층으로 향했다. 담배연기와 술 냄새와 악다구니가 넘치는 노래방을 지났다. 경계가 없는 혼돈을 통과하는 것 같아 숨을 죽였다.

건물 밖은 달랐다. 시간이 검은 켄트지에 색칠하는 중이었다. 돋을별이 한숨 같은 빛줄기를 하늘로 뻗치더니 검은 먼지를 일으키며 달리는 천리마의 근육질을 그려냈다. 바다는 하늘을 본따 처녀의 혈흔 같은 빛줄기를 비춰었다. 아려오는 빛의 통증은 해조음에 실어 보냈다. 갓밝이 바다를 흔들어 깨우는 움직임이 또 있었다. 남자가 소리를 따라 걸었다. 새벽 그림 속으로 뛰어드려는 박동이다. 낚시꾼들을 낚시터로 실어 나르는 배, 들. 사람들이 배에 오르는데 다 번쩍이는 옷을 입었다. 바다에서 추위를 견디려 입는 방한복, 거기에 방수 기능을 코팅한 두꺼운 옷. 마찬가지인 장화도 두툼하여 우주복이랑 닮았다. 어깨에 메거나 손에 든 낚시가방에도 레이저 총을 넣은 듯싶다. 그것들이 섬의 어두운 빛을 받아 번들거렸다.

선착장은 낚싯배가 포인트를 향해 출조하는 곳이 아니라 우주선단이 우주전사를 태우려는 우주정거장이었다. 우주선이 한 대씩 우주정거장을 떠났다. 그때마다 날이 조금씩 밝았다. 그들이 우주에 던질 미끼로 어두움을 챙겨 떠난 탓이리라. 남자가 붓질을 하듯 그런 모습을 머릿속에 담았다. 수채화로 그리면 좋을 듯싶었다. 선착장에서 웅성거림이 사라지고 섬이 훤해진 건 한순간에 이루어졌다. 남자가 아까 보았던 것을 되새김질하며 여자 방으로 향했다.

동백장 현관 앞을 지날 때였다. 누군가 동백장 출입문을 열며 밖으로 나섰다. 밤새 기다린 여자였다. 아직 잠이 덜 깬 부스스한 모습이었다. 남자를 보더니 멋쩍게 웃으며 달라붙어 팔을 끼었다. 담배 냄새와 술내와 타액의 흔적에 남자 코가 벌름거렸다. 여자가 입을 열었다. 자신은 사람이 아니어서 생각을 버린 채 미친년이 돼 산다며, 창문에 서서 스케치하는 남자를 보았을 때 흰 켄트지가 떠올랐는데, 까닭 없이 그 하얀 여백을 어미의 자궁으로 느꼈다고, 거기에 착상하듯 그려져 살아 있는 여자로 다시 태어날 거야, 화가의 손놀림이 그곳으로 가는 마지막 출구라며, 며칠이나마 자신을 남자에게 맡기면 좋은데, 라고 중얼거렸다.

둘은 바닷가 둔치에 앉았다. 수평선에서 밀려오는 바람을 맞으며 서로 어깨를 기댔다. 누구도 팔을 올려 감싸지 않지만 어깨는 서로의 체온을 잘 전달했다. 아침 햇살 덕이었다. 남자가 먼저 입을 열었다. 생리를 찾아준다며 함께 내륙의 도시로 가자고 했다. 여자가 슬프게 웃었다. 그들이 앉았던 곳까지 바닷물이 밀렸다. 두 사람은 일어나 걸었다. 햇볕이 등을 비추었다. 배고프지, 여자가 물었다. 이번에는 남자가 헤프게 웃었다. 방에 가서 밥 먹자. 여자가 남자 팔을 잡아끌어 걸음을 재촉했다. 선장이 돌아올 때가 되면 남자더러 미리 방을 옮겨야 한다는 말도 했다.

두 사람 뒤에는 아침 햇살 말고도 따르는 게 있었다. 지난 시간들이었다. 과거는 그들에게 햇빛보다 잔인했다. 그들은 뒤따르는 지난 날들을 어찌할 도리가 없었다. 외줄 타기 하는 곡예사가 되어 앞으로 갈 따름이었다. 지나가버린 시간들이 정해준 다가올 시간을 좇아 걸었다. 옆으로 돌아갈 수 없는 길이었다. 그들의 몸은 시간이라는 한 가닥 줄에 채워진 끼니를 향해 비틀거렸다. 한 끼 밥은 시간이 던진 미끼였다. 남자는 끼니 수를 正 자로 기록했다. 여자와 같이 있는 동안 하루에 세 끼를 다 먹은 적이 없었다. 궂은 날에는 두 끼 맑은 날에는 한 끼 먹었다. 쓰인 正 자가 두 개 채워진 한나절이었다.

남자가 옆에서 낮잠 자는 여자를 들여다보았다. 일어날 때가 되어 깨우려 했으나 측은한 생각이 들었다. 아침녘에 들어와 잠든 탓이다. 울긋불긋한 문양이 새겨진 싸구려 이불 끝자락에 두 사람의 발들이 삐쭉 나와 있었다. 발목부터 발끝까지 네 개가 보였다. 그 중 둘은 작고 희었다. 여자는 엄지발가락에만 매니큐어를 발랐다. 왼쪽에는 장미색 오른쪽에는 쥐색을 입혔다. 네일팁을 붙였을 거라 생각하던 남자는 색감들이 즐거워 외롭지 않았다. 처음으로 느껴본 깊은 정이고 포만감이었다. 이레 후면 섬을 떠나야 했다. 여자의 대답을 들어야 했다. 아니다. 이 사랑스러운 여자를 데리고 뭍으로 나가야 했다.

갑자가 방문이 화들짝 열렸다. 여자가 놀라며 잠에서 깨어났다. 문을 붙잡은 채 서 있는 사내를 보더니 선장님, 하고 불렀다. 벌써 돌아오다니 무슨 일이라도 있냐며 이불 속에서 나와 옷주제를 가다듬었다. 피곤한 모습의 선장은 손에 검은 기름때가 짙게 묻어 있었다. 여자는 배가 탈났냐고 물었다. 선장은 그 말에 대답하지 않고 방안으로 급하게 들어섰다. 이불 속에 멍하니 앉아 있는 남자를 발로 힘껏 걷어찼다. 남자가 몸을 틀어 자리에서 일어서는 바람에 발길질은 빗나갔다. 여자가 양팔로 선장을 가로막더니 나 손님 받는 거 몰라서 그래, 라며 악다구니를 질렀다. 선장이 주춤하더니 이번에는 여자의 배를 걷어찼다. 여자는 아무런 소리도 지르지 않았다. 앞으로 꼬꾸라지는가 싶더니 곧 이어 이를 악물며 일어났다. 선장의 허리춤을 움켜잡고 버티며 쭈그려 앉았다. 그 기세에 선장의 몸놀림이 한풀 꺾였다.

여자가 숨을 헐떡거리며 남자더러 밖으로 나가 있으라 했다. 남자는 여자의 일그러진 얼굴과 눈물로 가득한 두 눈을 뒤로 하며 방을 빠져나갔다. 아래층 노래방을 지나치는데 한 켠에서 낄낄거리며 소곤대는 말이 귀를 스쳤다. 선장도 존 사람인디 여자가 또 이중 계약 했는 갑네. 갈보 중에서도 상 갈보여. 남자는 밖으로 뛰쳐나왔으나 마땅히 갈 곳이 없었다. 자신을 길거리의 섬사람들이 바라보며 조롱하는 것 같았다. 숨을 곳이 필요했다. 자신도 모르게 동백장 511호로 향했다. 방은 비어 있었다. 남자가 창밖을 바라보며 죽음을 느꼈다. 창문으로 뛰어 내리고 싶었다. 땅바닥에 떨어져 참혹해질 자신의 몰골이 떠올랐다. 열려진 창으로 바닷바람에 실린 기름 냄새가 밀려들어 왔다. 머지않아 밤이 찾아왔다.

남자는 잠에서 깨어났다. 자리에서 일어나 창으로 다가가 문을 열었다. 섬을 지키는 전깃불들은 애무 받는 살덩어리처럼 흐리멍텅했다. 두세 척쯤으로 여겨지는 배들의 엔진 소리가 들렸다. 뱃소리는 언제나 술주정뱅이들의 방가보다 먼저 잠들고 다음날이면 가장 먼저 일어나 새벽을 두드린다. 남자는 동틀 때가 얼마 남지 않았다는 걸 알았다. 여자가 걱정되었다. 하지만 나서지 못했다. 잠자리에 도로 누워 불도 켜지 않은 채 눈만 끔뻑거렸다.

인기척이 들렸다. 511호 바깥문이 열리는 소리였다. 남자가 긴장하며 몸을 일으켰다. 무기로 쓸 만한 것들이 있는지 더듬었으나 손에 잡히는 건 없었다. 선장일 수도 있기에 긴장했다. 이럴 때 손에 잡히는 것이 없다니, 절망했다. 쭈그려 앉으며 상대가 다가오면 먼저 발로 차려고 하체에 힘을 모았다. 방문이 열렸다. 불을 켜지 않았지만 새벽하늘과 밤바다가 창을 넘어 방안을 비추었다. 그 어두운 빛으로 침입자 실루엣이 드러났다. 작은 몸집인데 자요, 하며 말을 걸었다. 여자였다. 남자는 긴장을 풀었다. 등골에서 식은땀이 흘러내렸다. 여자가 남자 품으로 파고들었다. 서로의 체온이 엉클어졌을 때 여자가 말했다. 선장이 섬을 곧 떠난대, 이번에도 배가 말썽을 부려 짱 쳤대, 빚이 또 늘었대, 빚쟁이들이 이제는 봐주지 않을 거래. 남자가 너는 어떻게 할 건데, 라고 반문했다. 대답은 없었다. 남자가 어떻게든 함께 섬을 빠져나가자고 말했다. 어두움 속에서 여자의 눈동자는 쉴 새 없이 반짝거렸다. 여자는 날이 밝자 남자 품을 빠져나갔다.

대낮이 되었다. 방안이 밝아지는 만큼 남자의 잠은 다시 깊어졌다. 시간이 더 할수록 섬을 드나드는 배들의 아우성이 높아졌지만 남자는 들리지 않았다. 한 줄기 날카로운 섬광이 남자 뇌리에 꽂혔다. 전화벨이었다. 선장이 만나고 싶어한다는 여자의 전화였다. 남자가 511호 방을 나섰다. 하늘은 잿빛이고 바람은 없었다. 잔잔한 바다 저 쪽은 밀려오는 안개에 가려 보이지 않았다. 남자가 노래방 건물로 들어서더니 2층으로 올라갔다. 여자의 방문 앞에서 멈추더니 문을 열며 안으로 들어섰다. 맞은편 창가에는 죽은 그림이 잘 세워져 있었다. 방에는 점심상이 차려져 있었다.

세 사람은 작은 밥상 앞에 웅크려 앉았다. 선장이 말했다. 정말 이 여잘 델고 갈 거여. 남자의 대답은 매우 짧았다. 그라먼 오늘 밤 안개가 겁나게 낄 것인게, 이따가 밤에 보드라고. 선장은 딱 좋은 날이라며 남자와 여자더러 안개가 진해지면 선착장으로 나오라 했다.

바다를 떠돌던 안개가 섬에 걸리면 섬에 켜켜이 쌓인다. 섬으로 몰리다가 스스로의 무게를 견디다 못해 는개로 탈바꿈한다. 는개로 뒤덮인 섬은 숨소리도 내지 못 한다. 섬이 파도소리조차 내지 않으면 사람들은 해안선을 구별할 수 없다. 한치 앞도 내다보지 못한다. 섬사람들은 바다에 빠질까 봐 두려워 문 밖을 나서지 않는다. 한낮에도 전깃불을 모두 켠다. 집안이나 집 밖을 가리지 않고 불을 밝힌다. 창문으로 새어나오는 불빛과 거리의 네온사인 조명이 가물거리며 섬을 지킨다. 그나마도 잠시뿐이다. 는개가 섬을 삼키면 전등들마저 바다보다 더 깊은 졸음으로 빠져든다.

그날은 는개가 섬을 떠날 수 없는 날이었다. 우주 속에서 뚝 뜯어 낸 한 줌의 공간 같은 고요가 소용돌이치는 밤이었다. 여자가 바닷길을 더듬으며 남자 허리춤을 껴안은 채 걸었다. 둘 다 짐은 들지 않았다. 누구에게라도 길차림으로 보여서는 안 되었다. 옷가지도 죽은 그림도 여자 방에 그대로 두었다. 그래야 누가 보더라도 남자와 여자가 어디론가 떠나는 걸 쉬 눈치채지 못할 터였다. 남자는 여자가 바다에 빠지지 않도록 길 안을 짚었다. 는개에 밀려 바다에 빠질 수 있다는 두려움이 그들을 떨어지지 않게 했다. 기계 소리가 멀리에서 들렸다. 낚싯배에서 나는 것이었다. 두 사람을 태우고 뭍으로 갈 배에 시동이 걸려 있었다. 그 엔진 소리가 귀에 익은 여자의 걸음이 남자보다 반발 앞섰다. 여자는 하루에도 몇 번씩 다녔던 선착장 가는 길이 새로웠다. 는개 때문이 아니었다. 섬을 떠나 큰 도시로 나간다는 게 실감나지 않았다. 두 사람을 태운 배가 섬에서 떠난다는 걸 섬사람들이 눈치를 채면 안 되었다. 포주들이 언제라도 여자가 없어진 걸 알면 동쪽에 있는 항구 도시로 연락을 할 것이다. 그쪽 패거리들에게 섬을 탈출하려는 여자는 물론 태워다 준 선장까지 붙잡혀 죽을 곤혹을 치른다.

배는 작은 어선이었다. 하지만 낚싯배보다는 컸다. 여자가 먼저 배에 타고 남자가 뒤따랐다. 선장은 두 사람을 확인하지 않았다. 배에 무게가 실리자 사람 둘이 탔다는 걸 알았다. 선장은 반대쪽 항구를 마음에 두었다. 서쪽으로 세 시간 정도 가면 면소재지에 선착장이 있다. 포주들과 연락 닿는 패거리들이 없는 곳이다. 바다는 앞뒤를 분간하기 어려웠다. 조타실에서 겨우 뱃머리만 보였다. 선장으로서 그런 는개 속에 배를 띄운다는 건 죽으러 가는 것과 같았다. 선장은 조타실에서 키를 움켜쥐고 좌우 뱃전과 바닷물을 번갈아 보며 방향을 잡아 나갔다.

갑판에 선 여자가 나갈 수 있을까, 하며 허공에 떠도는 물방울을 손으로 만지작거렸다. 하늘에는 별이 보이지 않았다. 뱃머리에 부딪히는 바닷물에서는 야광충들이 내는 푸른 빛이 번쩍거렸다. 바닷물이 내던지는 푸른 섬광은 남자의 머리를 스쳐 지나가는 잡념처럼 번득거렸다. 배가 선착장을 빠져나갔다. 걸음을 재듯 서서히 미끄러졌다. 잠시 후 선착장 희미한 불빛들은 섬을 떠나는 배와 인연이라도 끊을 듯 사라져 버렸다. 남자와 여자는 선실 입구에 서 있었다. 선실 지붕에 붙박이 된 손잡이를 꼭 붙들며 서로를 의지한 채 배가 나아가는 쪽을 뚫어지게 바라보았다. 그쪽에는 아무 것도 보이지 않았다. 는개만 있었다.

선장은 계기 속 항로를 들여다보며 는개 속 깊이 배를 몰아넣었다. 선장은 자신의 오랜 경험을 믿었다. 면소재지 선착장까지 바닷길은 암초도 없이 툭 트여 있다. 앞을 가로막은 는개도 한 시간 정도 가면 없어질 터, 선장은 는개나 바다나 두 사람에 대해서는 전혀 개의치 않았다. 해도와 나침반을 들여다볼 뿐이었다. 는개가 사람 머릿결에 엉겨붙어 무게를 이기지 못하자 줄줄 흘러내렸다. 빗물이 돼 속옷을 적셨다. 견디기 힘든 찬기가 몰려들었다. 남자가 선실 안으로 들어가자 했으나 여자가 싫어했다. 오히려 남자에게 기대어 품에 안겼다. 선실 앞에 선 채 그들은 포옹을 했다. 바다는 자궁이었다. 는개는 정자, 배는 난자였다. 셀 수 없을 정자들이 물 위를 서서히 미끄러져 가는 난자에게 달려들었다. 배에는 수정막이 없는 탓일까. 알갱이들이 자신들 숫자만큼 수정란을 만들어 바다 위에 착상시키려 했다. 두 사람은 얼마 되지 않아 점액처럼 되었다. 여자의 턱이 배보다 더 심하게 떨었다. 남자가 여자를 선실 안으로 밀어 넣었다.

좁은 선실 한 쪽 벽에 낡은 컴퓨터 한 대가 놓여 있었다. 남자가 이렇게 작은 배에 웬 컴퓨터인가, 라며 괴이쩍게 생각했다. 창밖에는 안개가 걷히는 중이었다. 선장의 예상은 맞았다. 시야가 트이고 있었다. 포복하던 배가 달리기 시작했다. 나중에는 바람을 가르며 광기를 부렸다. 멀리에서 본다면 스노보드가 바다에서 미끄러지는 걸로 착각할 만했다. 여자가 마음을 놓았을까, 바닥에 슬며시 드러눕더니 이내 잠이 들었다. 여자 몸은 뱃머리가 파도에 부딪힐 때마다 가볍게 출렁거렸다. 물기가 흥건한 머리와 핏기 없는 얼굴이 막 섹스를 끝내고 잠든 몸 같았다. 무심코 바라보던 남자가 성욕을 느꼈다. 배는 가지 말아야 할 곳을 찾아가는 듯 할딱거리며 검은 바다를 헤집었다.

배가 어두움의 터널에서 힘겹게 벗어났을 때 면소재지 부두가 보였다. 섬쪽 하늘이 희미하게 밝아오는 중이었다. 하지만 쉽게 훤해질 것 같지 않았다. 안개 때문이었다. 안개는 살아서 배를 따라오고 있었다. 선장이 안개를 배 끝에 매달아 끌어온 것이다. 아니다. 안개를 닮은 해일이 땅을 덮치려 뛰어오다가 마땅한 곳을 찾기 위해 휘둘러보는 중이었다. 아따, 징허네. 그것을 바라본 선장의 한마디였다. 여자가 부스스한 눈으로 바다와 선장과 남자를 번갈아 보았다.

배가 선착장에 닿았다. 선장은 혹시라도 모른다며 빨리 버스로 면소재지를 빠져나가라고 재촉했다. 한마디 더 했다. 뜬기집으로 치지 말어. 남자에게 여자를 당부하는 말이었다. 둘은 선장의 무뚝뚝한 말투에 떠밀려 버스터미널을 찾아 나섰다. 첫 버스는 두 사람 만을 태운 채 출발했다. 그들은 서너 시간 만에 내륙 도시에 들어섰다. 도시의 햇살은 나른하고 가로수 이파리들은 여렸다. 따사로운 봄날을 견디기에는 바지런한 것보다 게으른 것이 편했다. 그래서 여린 잎사귀들은 죄다 졸았다. 여자가 거리를 두리번거리더니 자신이 입은 보라색 원피스를 가리키며 이거 칙칙하지, 했다. 남자 미소가 차창에 비쳤다.

그들은 버스에서 내렸다. 터미널을 벗어나 저잣거리로 들어섰다. 신호등이 있는 도로를 벗어나 골목길에 들어섰다. 모텔이 나타났다. 무인모텔인데 동백장보다 두세 배 커 보였다. 모텔 현관 입구에는 시들어가는 화분 여남은 개가 즐비하게 늘어서 있었다. 장사 잘 되겠네, 여자가 모텔을 두고 입을 실룩거리며 한소리 했다. 남자가 앞장서 걸으며 그 모텔 주인 잘 알아, 선배야 했다. 모텔을 지나자 원룸이 보였다. 그때부터 오르막길이었다. 둘은 더 걸었다. 여자가 섬의 산보다 더 높이 올랐다고 느낄 즈음 멈춰 설 수 있었다. 낡은 대문 앞이었다. 허름한 담에는 장미넝쿨이 버팀목처럼 엉켜 있었다. 겨우 어린 티를 벗은 푸른 이파리들이 자신의 가시가 두려워 파르르 떨었다. 남자가 대문을 열었다. 여자가 뒤따르며 장미는 아무 때나 피어도 이뻐, 했다. 남자가 어디서 피든 고와, 했다.

남자가 쓰는 자취방은 섬의 여자 방보다 조금 더 넓었다. 그림 그리는 도구와 재료가 쓰레기와 함께 여기저기 흩어져 있었다. 남자가 화구들을 주섬주섬 치웠다. 여자가 쓰레기통을 손에 들고 쓰레기를 주워 담았다. 몇 개 더러워진 화장지를 주워 들더니 요리조리 살폈다. 장난기 어린 표정을 짓더니 손에 든 것을 남자 눈앞에 쑥 내밀었다. 남자가 얼굴을 붉히며 여자를 물끄러미 바라보았다. 둘은 서로를 바라보다가 낄낄거렸다. 남자가 여자를 와락 껴안았다. 방바닥으로 쓰레기통이 떨어지자 쓰레기들이 바닥에 흩어졌다. 벗겨진 보라색 원피스가 쓰레기와 뒤섞었다. 여자 몸이 뉘어졌다. 가슴이 서로 닿았다. 남자는, 화구 앞에서 여체를 느끼고 싶었다. 손이나 살갗이 아닌 영혼으로 여체에 닿으려 했다. 여체의 넋을 끌어안으며 얼을 토하려 했다. 야윈 젖가슴에 귀를 대보았다. 신음하는 입에 귀를 기울였다. 여자가 속삭였다. 날 그려봐요. 남자는 눈물을 흘렸다. 쓰레기로 눈물이 떨어졌다.

화폭에 그림이 그려지기 시작했다. 손이 바빠졌다. 여자가 비스듬하게 누운 그림이었다. 손에 더럽혀진 화장지를 한 움큼 쥐고 정면으로 시선을 준 채 웃었다. 알몸이 깔고 누운 보라색 원피스 밑에도 쓰레기들이 보였다. 이 그림을 큰길에 있는 모텔 사장 선배에게 팔아달라고 해야지. 남자 말끝에 여자가 웃었다. 그림 제목을 〈6월에 필 치자꽃 4월에 피다〉로 했다. 그러고 남자가 감기 기운을 느꼈다. 자리에 드러누운 지 사흘째 되는 날이었다. 점심나절쯤 여자가 먹거릴 사 온다며 방을 나섰다. 대문을 열려다가 갓 피어난 장미꽃 한 송이를 꺾어들었다. 담장에 핀 장미가 예뻐서 딱 한 송이만 꺾었다. 방으로 되돌아가 남자 머리맡에 놓았다.

남자는 여자를 똑바로 보기 힘들었다. 말을 건네기도 미안했다. 달아오르는 체온을 핑계 삼아 잠자리에서 일어나지 않았다. 여자 내음이 자신의 땀 냄새 틈을 파고들어도 눈뜨지 않았다. 남자는 첫 그림을 모텔에 걸었다. 그 뒤로 가보지 않았다. 구색이 안 맞은 물감을 탓했다. 더 그린 두 점 그림들은 여자가 모텔로 가져가 로비에 진열했다. 여자는 홑이불을 뒤집어 쓴 채 방바닥에 널브러진 남자를 물끄러미 바라보다가 흰 종이 한 장을 끄집어냈다. 연필로 무엇인가를 적었다. 다 쓴 종이를 둘둘 말더니 앉은 자리에서 일어났다. 방문을 열며 밖으로 나섰다. 문 여닫는 소리에 방안을 둘러보려는 남자를 이마의 뜨거운 열이 찍어 눌렀다. 남자는 팔을 뻗어 머리맡 장미를 붙잡으려다가 그만두었다. 남자가 눈을 떴을 때 방은 깜깜했다. 몇 시인지 알 수 없었다. 여자의 훈기도 느끼지 못했다. 남자가 더듬거리며 자리에서 일어났다. 문을 열며 밖으로 나섰다. 밖이 방보다 조금 더 훤했다. 구름이 잔뜩 끼었는지 별이 하나도 보이지 않았다. 남자가 생각했다. 섬이라면 지금 몇 시인지 알 텐데. 그러자 바닷바람이 불었고 이마의 열이 내려갔다. 남자가 머리맡 장미를 손으로 집어들었다. 장미는 풀이 꺾여 있었다.

남자가 대문을 연 뒤 골목에 발을 디뎠다. 큰 길 못미처 모텔이 보였다. 다른 것들은 모두 어두움의 품에 안겼는데 모텔만 밤을 거부하듯 불을 밝혔다. 모텔 현관문을 열고 안으로 들어섰다. 침침한 조명 아래 벽에 걸린 그림들이 보였다. 남자는 그림들을 둘러보다가 이상한 것을 발견했다. 〈6월에 필 치자꽃 4월에 피다〉라는 제목 옆에 흰 종이가 한 장 덧붙여져 있었다. 가까이 다가가 보았다. '슬프게 웃는 꽃'이라는 연필로 갈겨 쓴 글씨였다. 그림 속 여자는 비스듬하게 누운 채 웃었다. 남자는 모텔 어디엔가 여자가 있다는 예감이 들었다. 남자가 모텔을 나섰다. 골목길은 밤에 더 좁아진다. 묘지로 가는 길 같았다. 남자가 그 길을 걸었다. 자취방은 열에 들뜬 무덤이었다. 잠자리는 널이었다. 문득 죽은 그림이 떠올랐다. 아직 여자에게서 그 말뜻을 알아내지 못했다. 하지만 비로소 알 것 같았다. 이부자리 속으로 몸을 넣으며 죽은 그림, 죽은 그림, 을 중얼거렸다. 한 송이 장미는 베개 곁에서 시들어 갔다.

누군가 몸을 잡아 흔드는 바람에 눈을 떴다. 한나절인지 훤했다. 음식 냄새가 방안에 가득했다. 여자가 뭘 좀 먹으라며 밥상 옆에 앉아 있었다. 남자는 두세 끼를 굶었다. 음식 냄새만으로도 현기증이 사라졌다. 라면 사왔어, 미안해. 여자가 밥상을 들이밀며 밥이 아니어서 미안하다고 했다. 남자는 먹을 수도 먹지 않을 수도 없었다. 그거라도 먹으라는 여자의 재촉에 젓가락을 들었다. 라면을 입에 넣고 삼키려는데 면발이 끊어지지 않았다. 입에 물려 길게 늘어진 면발을 내려다보았다. 그건 면발이 아니었다. 길고 질긴 시간이었다. 남자는 시간을 물고 있었다. 토막토막 자를 수 있는 시간이 어째 질긴 것일까. 남자는 면발을 그대로 삼켰다. 속이 막혔다.

여자가 중얼거렸다. 선장이 잡혔대, 안개 때문에 늦게 돌아가서 들켰대, 죽도록 얻어맞고 감금당한 상태래. 남자가 트림을 하려 애를 썼다. 트림은 나오지 않고 속은 답답했다. 여자가 눈물을 멈추며 말을 이었다. 지금 몸이 아픈데 곧 죽게 생겼대. 그 말끝에 남자는 자신이 죽어야 한다는 생각을 했다. 젓가락을 다시 들었다. 남은 라면을 입에 쑤셔 넣었다. 씹지 않고 삼켰다. 면발들이 꾸역꾸역 식도를 넘어갔다. 뱀처럼 삼켰다. 그 꼴을 보던 여자가 벌떡 일어나더니 밖으로 나갔다. 남자가 붙잡으려 했으나 일어서지 못했다. 장미덩굴로 포장된 허름한 대문의 둔탁한 소리가 자취방 안으로 모두 쏠렸다. 그때 남자는 구역질 때문에 여자를 뒤좇아 갈 겨를이 없었다. 나중에 섬으로 갔다. 여자 방으로 찾아들었다.

죽은 그림은 놓였던 창가에 그대로 있다. 벽에 걸린 옷가지들도 달라진 게 없다. 여자가 멀리 간 것같지는 않다. 남자는 그림을 살피다 말고 방바닥에 벌러덩 드러눕는다. 깊은 잠에 빠져들고 싶다. 색채감이 깃들지 않은 태아의 휴식이 필요하다. 남자는 그런 시간들이 자신에게 찾아오지 않는다는 걸 잘 안다. 감은 눈이 의식을 짓누른다. 눈을 뜨고 싶다. 조용하던 옆방에서 두런거린다기보다 해낙낙하며 까불거리는 남녀의 소리가 어렴풋이 들린다. 어떤 놈이 찻집 여자를 불러다가 낮거리하려고 실없이 지껄이는 소리려니 했던 남자가 귀를 곧추세운 것은 귀에 익은 여자 목소리 때문이다. 여자 웃음이 함께 들렸다. 남자가 윗몸을 벌떡 세워 앉는다.

때마침 옆방에서 출입문을 여닫는다. 신발을 질질 끌어 걷는 게 여자가 틀림없다. 남자는 마음이 편해진다. 방문이 열리며 여자가 들어선다. 방바닥에 앉아 있는 남자를 보며 선장인 줄 알았네, 올 때가 됐는데, 했다. 옆방에서는 어떤 놈이 굵직한 기침을 토해내는데 고장난 뱃소리 같다. 땀과 화장이 엉킨 여자 얼굴은 도시에서보다 더 야위어 보인다. 여자가 가스레인지를 켜더니 찌개 냄비를 불 위에 올린다. 늦은 점심을 준비한다. 변함없이 보라색 원피스를 입었다. 맨발이 보인다. 조금 전 어떤 놈에게 짓눌려 거미줄에 걸려든 잠자리처럼 바동거렸을 불그스름한 발뒤꿈치다. 치맛자락 사이로 살짝 드러난 속살이 희다. 싱크대에서 조리하는 여자 뒷모습을 바라보는 남자가 성욕보다 허기를 느낀다.

문 밖에서 인기척이 들린다. 선장이다. 병색이 짙은 얼굴이다. 남자를 보자 뜻밖에도 반긴다. 모두 둘러앉아 또 한 끼를 때운다. 기분들이 좋아 보인다. 선장이 여자에게 말한다. 오늘이 좋을 것 같은디. 여자가 고개를 끄덕인다. 틈을 노려 남자가 허공에 말을 던진다. 내일 아침 배로 나가지. 딱히 누구를 향해 한 말이라고 하기가 곤란하게 뱉었는데 여자가 알아듣는다. 잘 균형 잡혔던 여자 웃음이 흩어지더니 안면 근육이 헝클어진다. 상체를 옆으로 틀어 고개를 뒤로 젖히며 끼뜨리며 웃는데 발작을 일으킨 환자 같다. 잠시 숨을 고르더니 재미있다는 듯 뭐 타고 어디로 갈 건데, 라며 남자에게 되묻는다. 남자는 할 말이 없다. 침묵이 흐르자 여자가 다시 말한다. 선장이 감금에서 풀려났다, 여자와 선장이 함께 벌어서 빚을 갚기로 했기 때문이다, 두 사람은 함께 바깥 나들이를 다녀서는 안 된다는 조건이 붙었다, 섬 밖으로 나선다는 건 말도 안 된다, 누군가가 늘 자신들을 감시한다, 고 했다.

선장이 남자에게 가방을 열어보라 한다. 가방이 열린다. 붓과 그림물감과 운동복이다. 여자가 남자에게 겉옷을 벗어달라 한다. 남자가 까닭도 모른 채 옷을 벗는다. 그 옷을 선장이 받아 입는다. 남자는 속옷 차림이다. 선장은 창가에 놓여 있는 그리다 만 수채화, 죽은 그림을 집어든다. 남자가 가방에서 운동복을 꺼내 입는다. 선장이 붓과 그림물감을 남자 가방에 도로 주워 담더니 어깨에 들쳐 멘다. 이젤을 치켜들고는 여자더러 좀 있다가 나와라, 하는 말을 남기며 밖으로 나간다. 여자가 창가에 숨어서 밖을 내다보더니 선장을 보고 완전히 딴 사람이네, 한다. 어디로 가는 거야. 남자가 묻는다. 여자가 선장과 함께 섬에서 도망쳐, 이번에는 뭍이 아닌 수평선 쪽으로 나가, 한다. 빚을 둘이 벌어 갚기로 했지만 감당 못할 금액이다. 둘은 남은 생의 시간들을 오로지 빚을 갚기 위해 살아야 한다. 남자가 온 것이 감시하는 자들의 눈길을 따돌릴 좋은 기회다.

남자가 창밖을 바라본다. 해가 바다에 닿으려면 두 뼘쯤 남았다. 여자가 나가야돼, 한다. 남자가 운동복 차림으로 여자를 따른다. 섬의 해질녘은 비추는 햇살만큼 나른하다. 바다는 일 없이 출렁이고 배들은 까닭 없이 장단을 맞춘다. 섬의 길거리는 모두 바다가 건 최면에 걸려 수평선 쪽으로 입을 쩍 벌리며 늘어진다. 시간만 태연하게 지나간다. 두 사람도 넋을 놓고 바닷길을 걷는다. 도로를 벗어나 오솔길에 들어서자 굳은동이 나타난다. 꼭대기에 올라서자 해맑은 등대가 보인다. 치자빛 여자를 닮은 등대다. 선장이 기다리고 있다. 이젤은 잘 설치되었다. 선장이 남자에게 무언가를 내민다. 남자가 그것을 받아 훑어본다. 짤막한 영어와 숫자가 세 줄 쓰인 쪽지다. 줄마다 앞은 e-mail ID 뒤는 010으로 시작하는 전화번호다. 선장의 아내와 아들과 딸 것이다. 남자가 선장이 태워준 배의 선실 안 한 켠에 설치된 컴퓨터를 떠올리더니 고개를 끄덕인다.

굳은동 밑 자갈밭에 배가 준비되어 있다. 선장과 여자가 남자에게 손을 흔들며 자리를 뜬다. 남자가 여자를 붙잡아 세운다. 물어볼 말이 있단다. 내 그림이 왜 죽었냐고 묻는다. 여자가 빙그레 웃더니 섬은 늘 아파, 한다. 여자가 선장을 따라 굳은동을 내려가더니 자갈밭으로 들어간다. 서둘러 걷는 그들을 해안가에 선 동백나무 숲이 감싼다. 잠시 후 숲을 벗어난 자갈밭 끝에서 배 한 척이 물살을 가르기 시작한다. 노를 저어가는 나룻배다. 선장이 노를 젓고 여자가 뱃머리에 앉아 남자 쪽으로 손을 흔든다. 남자가 홀로 중얼거린다. 저것은 배가 아니고 이파린데, 여기가 끝섬인데, 이제 갈 곳은 수평선뿐인데, 저 쪽배로 어디를 간단 말인가. 남자가 털썩 주저앉는다. 어쩔 줄 몰라하다가 벌떡 일어나 이파리를 향해 손을 흔든다.

남자가 이젤 앞에 선다. 이 빠진 그림물감 같은 것은 아무렇지도 않다. 그림 속 푸른 하늘을 잿빛으로 그린다. 해는 그리지 않는다. 바다를 쥐색으로 바꾼다. 수평선에 거룻배를 그려 넣는다. 배 안에 치자꽃을 앉힌다. 배 밑 가운데서부터 빨간색 한 줄기를 그어낸다. 가늘게 시작하더니 점점 굵어진다. 치자꽃이 비로소 달거리를 한다. 태양이 그어야 할 붉은 기둥을 치자꽃이 흘린다. 피가 섬으로 흐른다. 섬에 닿는다. 수평선이 섬을 끌어당긴다. 바다에 뜬 쪽배가 그림보다 빠르다. 수평선에서 점인 듯 아닌 듯 소멸하려든다. 남자는 잇따라 붓끝으로 치자꽃을 만지작거린다. 해처럼 속는다. 시간은 속지 않는데. 시간마저 소실점에서 멈춘다. 이제 스러진다.

— 2003년 평사리 토지문학제 대상 수상작

위험한 폴더

위험한 폴더

팀장이 보내준 것은 잘 받았는데 자격증은 언제 나와요? 했다. 딱 두 구절이었다. 앞 말은 그한테서 돈을 잘 받았다는 뜻이었다. 뒤 토막은 나더러 사이비 자격증을 샀냐는 추궁이었다. 나는 대답을 꺼리다가 대꾸했다.

"10년 동안 써 모은 독서감상문 3천 개가 그런 자격증보다 못해요?"

"독서감상문, 그거, 검증 받았어요?"

나는 할 말이 없어서 머뭇거렸다.

"주변에 넘쳐나는 상품들은 모두 검증된 것들이죠, 검증 딱지가 안 붙은 것들은 불량품으로 취급받는데, 내가 추천한 독서지도사, 독서치료사 자격증들은 시중에서 잘 유통되는데, 검증된 상품들이라는 증거 아닌가요?"

기획팀장이 근무하는 곳은 이 도시에서 가장 큰 학원이다. 초중고생들을 가르치며 시청으로부터 사회복지 관련 교육생들을 위탁받아 독서 프로그램을 진행했다. 팀장은 책상 안쪽 쿠션의자에 앉아 있었다. 나는 책상 정면에 놓인 딱딱한 철제의자에 앉았다. 치마가 짧은 탓에 허벅지가 드러날 것 같았다. 나는 가방을 허벅다리 위에 놓았다. 싸구려 백이었다. 팀장은 눈짓으로 나를 가리키며 말했다.

"그 3천 개 독서감상문들은 어떤 검증을 받았어요?"

나는 더 이상 머뭇거리지 않았다.

"문창과에서 공부하며 쓴 거예요."

팀장은 말대꾸 대신 눈을 내리깔고 입술을 왼쪽으로 살짝 틀며 비죽거렸다. 나는 기회다 싶어 말문을 열었다.

"팀장님이 말한 그 자격증들은 공인기관이 발행한 게 아닌데요, 사단법인들이 사사롭게 만든 거 모르세요?"

더 나아가, 독서지도와 독서치료까지 하는 강사를 어떻게 달랑 책 6권만 읽게 하고 자격을 인정해줘요? 그것도 다 '~론'이거나 '~학' 뿐인데, 명작이라는 소설은 물론 시나 에세이 한 권이라도 읽은 게 확인 안 돼요, 그래서 어떻게 독서지도, 독서치료하냐고 나는 퍼부었다.

팀장은 그런 거 잘 모른다며 자신이 확인한 곳에서 발행한 자격증들은 특별하다고 했다. 서울 유명 대학 출신이며 현재 일류 대학에서 강의하는 교수님들이 쓴 책과 그 분들의 강의로 이루어진 절차에 따라 발급된 것들이라 했다. 3천 개 독서록들은 누가 검증해준 것도 없이 쓴 사람 혼자 스스로 내민 것 아니냐, 그것도 겨우 학사가 쓴 것밖에 더 되냐고 했다. 나에게 턱짓을 하며, 곧 정식 발령이 나는데, 자격증은 따야 한다, 그와 친분 때문이라며, 몇 명 박사 지원자들을 밀치고 나한테 우선권을 주는데, 자격증이 안 되면, 강사를 박사 출신으로 바꿀 밖에 없죠, 했다. 나를, 내 독서감상문을 무시하는 말투였다. 우습게 알다니. 3천 개나 되는데.

연초였다. 팀장네 학원으로 시청에서 공문을 보냈다. 시청에서 계획한 건데 내년 1월부터 일반 시민에게는 독서지도, 학교 밖 청소년들에게는 독서치료를 제공하는 프로그램이었다. 그 때문에 팀장네 학원에 위탁교육을 하겠다며 과목 개설 요청을 해왔다. 팀장네 학원에서 그에 따른 과목을 만들기로 했다. 학원은 최소한 6개월 전에 그 과목을 개설해서 운영해야 했다. 학원은 곧바로 수강생들을 모집했고 강사가 필요했다. 그 프로그램을 진행하는 학원 측 실무자는 팀장이었다.

팀장은 그의 ROTC 10년 선배였다. 둘은 예비역 모임에서 만나 밤 늦게까지 술을 마셨다. 팀장은 그에게 개설하는 과목에 대해 귀띔을 했다. 그는 잔뜩 취해 새벽녘에 집으로 들어서며 나한테 팀장에게서 들은 말을 꺼냈다. 나는 귀가 번쩍 뜨였다. 독서토론이나 독서치료라는 말은 나에게 환상적으로 다가왔다. 내가 두 과목 다 맡을 수 있게 해달라며 그를 졸랐다. 강사료가 큰돈은 아니겠지만 독서토론, 독서치료라는 말이 너무 매력적이어서 뿌리칠 수 없었다.

"그 학원에는 국어선생 임용고시 삼수, 사수, 심지어는 오수, 팔수를 넘어가는 선생들이 즐비해."

“줄줄 외어야 하는 이론은 몰라도 토론과 글쓰기로 풀어먹는 건 내가 나을 걸.”

그가 고개를 끄덕였다.

“팀장 선배, 사회선생 임용고시를 해년마다 치러.”

하더니 뒤이어

“팀장 선배는 음주운전을 자주 하는 게 큰 문제야, 습관성이야, 대학생 때부터 그랬대, 그러다 또 사고 나면 임용고시든 뭐든 말짱 헛것인데, 한 번만 더 걸리면 삼진아웃이야.”

나는 뜻밖이라는 듯 눈을 크게 떠보였다. 그가 또 말했다.

“사고 안 나도 학원 원장이 알면 해고야, 원장이 ‘음주운전근절회 회장’이거든.”

원장 큰아들이 술에 잔뜩 취해 승용차를 운전하다가 사상자가 서너 명이나 생긴 사고를 냈다. 재판하는 과정에서 큰아들 형량을 깎으려 원장은 ‘음주운전근절회’를 만들어 스스로 회장이 되었다. 실제로 큰아들은 집행유예로 풀려났다. 그가 보충설명해준 내용이었다. 나는 고개를 끄덕였다.

며칠 뒤 우리는 학원에서 팀장을 만났다. 그는 나를 팀장에게 소개했다. 평소에는 몰랐는데 살집이 없는 팀장과 함께 있으니까 그의 두상이 두드러졌다. 비만은 아니지만 돼지머리처럼 토실토실한 게 평소보다 더 귀여웠다. 나는 팀장에게 새로 개설될 과목에 대해 관심을 보였다. 내 3천 개 파일과 시립도서관에서 했던 독서토론 강의 경력까지 말했다. 팀장은 그로부터 이미 들었다며 벌써 강사 희망자가 많은데 대부분

석, 박사들이며 학사 출신은 나 혼자라고 했다. 내가 시립도서관에서 했던 독서토론 강의 경력은 별로 중요하지 않다면서도 그와의 친분이나 3천 개의 파일을 외면할 수 없는 듯했다. 세 가지 조건을 맞추기만 한다면 나에게 강의를 맡기겠다는 것이었다. 하나는 독서지도사와 독서치료사 각각 2급 자격증이었다. 학원 원장이 학원 대외 신용을 높이기 위해 챙기는 항목이었다. 팀장은 어떤 사이트 주소가 적힌 메모지를 내밀었다. 그곳에서 발행한 자격증을 따오라는 것이었다.

다른 하나는 리베이트였다. 팀장은 나와 그가 믿을 만한 사람들이라는 말을 먼저 했다. 그러고 받을 뇌물의 사용처까지 알려주었다. 그 돈들을 모아 시청에서 위탁하는 교육 사업들을 따오기 위한 로비 자금으로 쓰였다. 나는 속으로 그러는 거야, 하며 마지못해 고개를 끄덕여 보였다. 마지막 조건은 특이했다. 내년 1월에 시청으로부터 위탁받을 때까지는 무료봉사 강의를 하라는 것이었다. 시에서 보낸 수강생들이 아닌 학원에서 모집한 수강생들은 몇 명 되지 않을 터, 그들이 낸 수강료로 강사 급료를 감당할 수 없기 때문이라 했다. 시청에서 지원금이 나올 때까지는 적어도 팔구 개월 동안 일주일에 하루씩만 자원봉사 하라는 것이었다. 나는 좋다고 했다. 자원봉사는 책 읽는 시간으로 치고 뇌물 줄 돈은 그 동안 시립도서관에서 벌어놓은 게 조금 있었다. 문제는 처음 들어보는 자격증들이었다. 나는 이튿날 그를 통해 돈을 건넸다. 송금이나 수표가 아닌 현금이었다. 봉급 세 달치 정도를 미리 쓰는 건데 요즘 세상 돌아가는 걸로 볼 때 작은 축이었다. 팀장은 어려운 형편에 놓인 구직자들을 배려하는 까닭에 그 정도밖에 안 된다고 했다. 4대

보험을 보장받는 정규직 자리인데, 다른 데 같았으면 적어도 6개월치 쯤은 요구했으리라. 어떤 데는 억, 억, 하기도 한다. 나는 6개월치라는 말을 그에게 들어서 낯익었다.

그는 나와 같은 학과 출신이며 동기다. 나도 그렇지만 그도 글 쓰려고 문창과에 간 건 아니었다. 내 수능성적과 맞아떨어지는 과는 여남은 개쯤 되었다. 책 읽을 과를 선택하다보니 문창과였다. 나는 여고 1 때부터 시험과 상관없는 책을 마음껏 읽고 싶었다. 학교에서는 교과서나 참고서가 아닌 다른 책은 읽지 못했다. 매달 한두 번씩 치르는 시험 때문에 문제집만 붙들며 살아야 했다. 그럴수록 대학교는 책 많이 읽을 학과에 가기로 마음먹었다. 문창과에서 문학이 무엇인가를 배우면서 글쓰기를 익혔다. 고등학생 때 책 읽으며 익힌 문학과는 달랐다. 독자 입장의 글과 창작자로서의 글은 야누스적이었다. 나는 창작 글짓기가 고등학교 때 봤던 모의, 중간, 기말 고사 같았다. 나는 문창과 3학기 때부터 글은 쓰지 않기로 마음 굳혔다. 그즈음 그도 나와 똑같았다. 우리는 동갑내기인데 학업이나 문학에 대한 기질이 서로 비슷했다. 그는 나의 그런 성향에 끌렸지만 나는 달랐다. 돼지머리처럼 복스러운 그의 두상에 당겼다. 우리는 함께 책을 골라 읽은 뒤 둘이서만 토론했다. 번갈아 가면서 독후감을 만들어 파일로 보관했다. 소설이나 비소설을 가리지 않았으며 고전이라 일컫는 책들은 다 읽었다. 노벨문학상 수상작을 포함해 국내외 문학상 수상작들은 읽지 않은 것이 없다. 추리소설, 공포소설은 일부러 찾아 읽었다. 생물학, 유전공학, 천체물리학, 범죄심리학, 아동심리학, 청소년 교육학 책들까지 섭렵했다. 시를 읽고 느낌이 좋으면 감상문을 썼다. 보관 중인 파일 숫자가 어느덧 3천 개를 넘어섰다. 파일들은 읽은 책 제목 순서대로 정리돼 있었다. 그래서 읽었던 책에 관한 기록은 언제든지 쉽게 찾았다. 누가 시키지 않아도 둘이서만 알아서 스스로 독서감상문을 썼다. 그가 서른 살 나이 코앞에서 밥벌이를 해야 한다는 현실을 직시하기 전까지. 둘이서만 어울려 책 읽고 밥 먹고 하다 보니 나중에는 함께 살고 있었다. 우리는 그 파일들이 담긴 폴더를 '내 새끼'로 불렀다.

그는 동네 조그만 학원에서 아이들에게 국어를 가르쳤다. 서른이 다 돼 가진 직장이었다. 자신은 시험을 싫어하면서 아이들에게 시험 잘 보는 걸 가르친다며 우울해 했다. 스스로 벌어야 하기에 마지못해 출근했다. 그 학원에도 겨우 들어갔다. 국어선생 자리는 하나인데 지원자가 여러 명이었다. 학사 출신은 그 혼자인데 다른 지원자들은 모두 석사, 박사 출신들이었다. 변변치 못한 학원이지만 원장은 지원자들에게 봉급 6개월치를 리베이트로 요구했다. 석, 박사들은 뇌물을 깎으려 했으나 그는 깎지 않고 다 내기로 했다. 그는 돈으로 석, 박사 학위들을 물리쳤다. 여섯 달이 지나자 그는 본전 뽑았다며 시험 잘 보는 걸 가르치는 짓을 그만두려 했다. 나는 취직할 때 뇌물로 돈을 준다는 말은 다른 데서도 들었다. 일자리를 잡으려 발버둥치다가 어렵사리 취직한 내 또래들이 많다. 그들은 한결같이 연봉이 얼만데 몇 달치를 인사값으로 미리 줬다는 말을 했다. 그런 애들이 내 둘레만 해도 열 명 넘었다.

팀장에게 돈을 건넨 날 다음 주 수요일에 첫 강의를 하러 학원에 나갔다. 독서지도 수강생들은 2명인데 독서치료는 한 명도 없었다. 두 명에게는 책을 읽으며 밑줄 긋는 방법부터 가르쳤다. 책은 밑줄 긋고 메모하면서 더럽히는 게 잘 읽는 거라고. 책에 읽은 태가 별로 없는 건 안 좋은 읽기며 그래서 책은 사봐야 하며 빌려 읽는 게 아니라고 했다. 그러다보면 지구에 있는 모든 도서관들이 다 없어지게 되는데, 그건, 뭐, 어쩔 수 없는 일이라는 말까지 했다. 수강생이 없는 시간에는 책을 읽으며 보냈는데 자격증에 신경이 쓰였다.

집에 들어와 인터넷에서 독서지도사와 독서치료사 자격증이라는 용어를 검색했다. 생각보다는 쉽게 여러 개 사이트가 떴다. 그 중 하나를 클릭하자 화면이 바뀌었다. 홈페이지가 열리는데 각종 자격증 취득에 대한 안내가 나열되어 있었다. 맨 아래쪽에 전화번호가 나와 있었다. 독서지도사와 독서치료사 자격증에 관한 내용이 보였다. 자격증 따는데 드는 비용도 만만치 않았다. 등록비에는 교재 값이 포함되어 있었다. 예상문제집은 따로 사야 했다. 교재의 저자들이 강의를 맡아했다. 모두 일류대학 박사 출신이었다. 미국이나 영국의 유명 대학 박사 출신들도 보였다. 대부분 현재 국내 유명 대학 교수들이었다. 나는 그러려니 하며 독서지도사 단어를 클릭했다. 회원가입 창이 나타났다. 가입을 하려니까 가입비를 선납해야 했다. 많은 웹사이트를 드나들었지만 회원 가입비 내는 곳은 처음이었다. 나는 대여섯 군데를 더 뒤졌다. 다 마찬가지며 교재비들도 엇비슷했다.

어차피 자격증에 대한 정보를 알아내려면 한 사이트에라도 회원가입을 해야 했다. 나는 팀장이 일러준 사이트로 들어갔다. 홈페이지에서 회비를 계좌이체한 뒤 개인정보를 기재하고서 회원가입을 했다. 비로소 독서지도사와 독서치료사 급수별 자격증 취득 과정이 게시된 화면으로 넘어갔다. 거기에는 문학치료사라는 자격증도 있었다. 나는 헷갈렸다. 독서치료사는 무엇이며 문학치료사는 뭔지 말이다. 그뿐 아니었다. 논술지도사는 뭐고 독서논술지도사는 또 무엇인지 알 수 없었다. 음악치료사, 미술치료사, 심리상담치료사, 가족상담사, 청소년상담사, 화초치료사, 부부치료사에 이어 섹스치료사도 있었다. 어떤 명사에다가 치료사나 상담사를 갖다 붙이기만 하면 된다는 식이었다. 홈페이지를 만든 당사자들이 '치료사' 앞에 붙인 '명사'에 대한 개념조차 없어 보였다. 다른 것들은 이해하려들면 수긍됐지만 섹스치료사는 얼른 납득되지 않았다. 섹스치료를 상담사가 어떻게 하는지는 알쏭달쏭했다. 다음으로 비용을 살폈다. 나는 내 눈을 의심하며 크게 떴다. 거기에 게시된 액수는 먼저 보았던 다른 사이트들보다 두 배가 넘었다. 책과 저자들을 살폈더니 먼저 번 사이트와 같았다. 동일한 물건인데 파는 곳이 다를 뿐이었다. 그러나 판매 가격은 갑절이 넘었다.

홈페이지에 게시된 독서지도사와 독서치료사를 준비하는 시험 과목은 여섯 과목씩이었다. 네 과목은 서로 같으나 두 과목은 달랐다. 과목들은 '~론'이거나 '~학'이었다. 다 이론서들인데 독서와 관련된 과목은 아예 없었다. 그걸 본 나는 이해가 잘 안 됐다. 독서지도사나 독서치료사가 책을 전혀 안 읽어도 된다는 뜻으로 느껴졌다. 3천 개 독서감상문 파일들이 저장된 내 폴더가 쓰레기통인가라는 의문이 들었다. 그러자 10년 남짓 허드레를 헤집으며 쓰레기를 생산했나, 라는 모멸감마저 들었다. 그렇다고 보면 나보다 그가 더 안타까웠다. 나는 홈페이지를 뒤지며 '이건 아니야, 이건 아니야'를 곱씹었다. 나는 홈페이지에 있는 번호로 전화를 걸었다.

"안녕하세요, 전화 주셔서 감사합니다."

목소리가 맑았다. 20대 초반 남자인 것 같았다. TV 야구 중계를 보는지 해설자 목소리가 전화기 속에서 흘러나왔다. 무슨 결승전인데 어떤 팀이 4회 연속 우승할지 말지, 라는 말이었다.

"자격증을 따려는데 교재만 읽으면 시험에 합격하나요?"

"과락이 40점인데요, 조금만 공부하면 그 이상 나와요."

나는 40점이라는 말이 생소했다. 속으로 60점이 아닌가, 했다.

"예상문제집은 어떤 거예요?"

"아, 예상문제집을 사셔야 하는데요, 문제집 풀면 무조건 합격해요."

"그럼, 문제집만 사면 돼요?"

"아, 그건 시스템이 안 돼요. 교재 6권이랑 문제집까지 세트로 사야 시스템이 돼요."

"그런데, 다른 곳보다 두 배쯤 비싼데, 왜 그래요?"

"강사진이 달라서 그래요, 우리 선생님들이랑 공부하면 합격률 100퍼센트죠."

"저기요, 교재 때문에 그런데요, 저한테 10년 남짓 써서 모아 놓은 독서감상문 3천 개가 있는데 그걸 엮어서 교재로 만들면 안 될까요?"

전화기 너머에서는 말을 멈추었다. 내가 여보세요, 했다.

"저, 혹시 무슨 교수님이세요?"

"아니요, 왜요?"

"그냥요, 그럼, 무슨 박사님이세요?"

나는 전화를 끊었다. 10년 동안 책 읽으며 독서감상문 써 모으지 말고 공부해 석박사 딸 일이었다. 그 사이트를 로그아웃했다. 시간이 조금 흘렀다. 다른 곳은 어떤지 궁금해 사이트 목록 창으로 되돌아갔다. 여러 개 사이트들이 떴는데 첫 번째 줄을 클릭하자 창이 열렸다. 홈페이지 하단에 전화번호가 보였다. 아까 사이트에서 20대 초반 남자에게 물었던 것을 이 사이트에서도 물어보기로 했다. 나는 전화를 걸었다. 저쪽에서 전화를 받았다. 그런데 나는 말을 꺼내기도 전에 깜짝 놀랐다. 상대방이 전화를 들자마자 야구 중계 해설자 목소리가 먼저 흘러나왔다. 아까 사이트에서 들었던 야구 결승전 중계가 맞았다.

나는 얼른 목소리를 바꾸어 여보세요, 했다. 상대방은 야구 중계를 보는지 주춤거리며 인사치레를 했다. 목소리가 맑은 20대 초반 남자였다. 수화기 너머로 야구 중계 해설자 목소리가 이어졌다. 나는 숨을 죽였다. 잠시 그러다 전화를 끊어버렸다. 한참 멍하니 앉았다가 그에게 전화를 걸어서 있었던 일을 다 말했다. 그는 잠깐, 하더니 사무실 컴퓨터로 내가 보는 화면을 열었다. 두 번째 줄을 클릭해 전화를 걸었다. 짐작대로 그 남자가 받는데 야구 중계 소리가 함께 들렸다. 그는 세 번째 줄 홈페이지를 열어 옆에 있는 여선생에게 전화를 걸게 했다. 그 전화는 받지 않았다. 그가 두 번째 줄로 다시 전화했는데 그때는 받지 않았다. 내가 첫 번째 줄로 또 전화하자 받지 않았다. 그는 전화로 내게 '개새끼네'했다. 팀장한테 한 욕이었다.

팀장은 손을 책상에 얹은 채 푹신한 의자에 앉아 있었다. 나는 책상 앞 딱딱한 철제의자에 앉아 팀장과 맞붙었다. 팀장은 3천 개 독서감상문을 두고 무시하는 말을 잇달아했다. 나는 팀장이 지목한 자격증들을 잇대어 사이비라 말했다. 팀장은 내가 자격증을 따지 않으면 선생을 나 대신 다른 사람으로 바꾼다고 했다. 나로서 더는 그런 사이비 자격증에 매달리고 싶지 않았다. 나는 마지막으로 할 말이 있었다.

"팀장님이 가르쳐준 사이트의 비용이 다른 데보다 두 배 넘게 비싸요, 왜 그래요?"

"그래요? 난 몰라요."

"솔직히 말하세요, 그 차액 팀장님이 다 먹어요?"

"왜 그래요! 나한테, 난 전혀 상관없어요."

팀장 목소리가 높아졌다. 나는 목소리를 낮추며 말을 이었다.

"그 사이트 팀장님이 알아낸 것 아니에요?"

"난, 몰라요, 원장님이 그렇게 지시했어요."

"원장님이 지시한 건 뭐든지 다 해요?"

팀장은 노기어린 표정으로 나를 노려보았다. 내가 후배와 동거하는 여자인데다 뇌물을 받아서인지 화를 겉으로 드러내지는 않았다. 나는 방긋 웃으며 말했다.

"나중에 사회선생 되시면 교장선생님 보필 잘 하시겠네요."

말이 듣기 좋았는지 팀장의 표정이 조금 누그러지는 것 같았다. 내 말은 그게 전부가 아니었다. 나는 키워드를 날렸다.

"비리 교장이요."

팀장은 내 말을 듣자 깔깔댔다. 잠깐 웃더니 대답했다.

"이제, 학원에 나오지 말구 집에서 위조지폐나 더 쓰세요."

위조지폐? 무슨 말인가 했으나 나는 곧 알아챘다. 내 독서감상문을 두고 한 말이었다. 그게, 팀장이 나한테 할 말인지, 어이없었다. 나는 그 말을 무시했다.

"내가 준 돈, 돌려주세요, 또 그 동안 강의한 강사료 주세요."

"돈? 무슨 돈이요? 강사료? 그런 억지소리는 하지 말아요."

"아까 잘 받았다고 했잖아요."

팀장은 더 큰소리로 웃으며 말했다.

"내가요? 그런 말한 적 없어요."

그랬다. 돈을 내가 직접 준 게 아니고 그가 건넸다. 돈 준 영수증이 없으며 본 사람도 없다. 그런 일 없다고 잡아떼면 그만이었다. 임금은 근로계약서를 안 썼으며 무료봉사하기로 했다고 우기면 못 받는다. 나는 딱딱한 의자에서 일어나 팀장 집무실을 나서는데 웃음소리가 뒤통수를 때렸다.

그날 밤이었다. 그가 자정이 조금 지나 들어왔다. 나는 팀장과 있었던 일이랑 내 생각을 자초지종 말했다. 그는 팀장한테 '개새끼네' 하더니 자리에 눕는데 피곤해 보였다. 곧 잠이 들었다.

우리는 학부 4학년 때부터 동거했고 내내 초라하게 살았다. 돈은 콘돔과 책을 사고 끼니를 때울 만큼 벌었다. 수입원은 오롯이 알바였다. 우린 책 읽으며 감상문 쓰는 시간이 가장 행복했다. 그 즐거움을 위해 알바하지 않는 시간 대부분을 털어 넣었다. 시립도서관 시간 강사 일도 알바였다. 그나마도 잘린 지 몇 달 됐다.

나는 시립도서관에서 일 년 남짓 독서토론 지도를 했다. 수강생은 어린 학생들이었다. 학기가 끝나는 주였다. 담당 여직원이 나에게 그 동안 수고했다며 다음 학기부터는 강사진이 개편된다고 했다. 그 내용은 새 학기 한 주 전 도서관 홈페이지에 게시한다며 나더러 걱정하지 말라 했다. 새 학기가 다 되어도 강의계획서를 내라는 연락이 없었다. 나는 도서관 홈페이지에 들어갔다. 개편된 강사 명단이 올라 있는데 내 이름은 없었다. 그러려니 하며 강사들 프로필을 하나하나 살폈다. 그들은 대부분 무슨 박사, 무슨 박사였다. 퇴임한 교수도 있었다. 나는 훌륭하신 분들이 저렇게 궁하나, 퇴직금이나 연금이 안 나오나, 하는 생각이 들었다. 학사밖에 안 되는 나 같은 사람들이 알바처럼 하는 분야까지 지체 높으신 분들께서 다 밀고 들어와야 하는가, 라는 의문마저 생겼다. 그렇다면 나는 식당에서 서빙을 하거나 주방에서 설거지를 해야 했다. 나는 도서관 홈피를 닫고서 식당 서빙이나 설거지 분야도 학사 출신들 시대가 됐네, 하며 혼자 낄낄거렸다. 머잖아 대학에 서빙과나 설거지과가 생길 것 같았다. 그렇다면 취업률이 엄청 높아서 인기 짱인 과가 되리라.

그나마 다행인 건 내가 시립도서관에서 잘리기 몇 달 전부터 그가 학원에 국어선생으로 나가는 것이었다. 당분간 굶지 않을 듯싶었다. 그러나 머지않아 박사들이 동네 학원까지 장악할 것 같은 느낌이 들었다. 박사가 길거리 청소부도 하는데 시립도서관 시간 강사나 동네 학원 선생은 그보다 낫겠지. 우린 안 해본 알바가 없다. 한 가지를 길게 하지 않았다. 어떤 일을 두세 달쯤 하다 손에 들어 온 돈이 좀 된다 싶으면 그만두었다. 시간은 오롯이 둘만의 것이었다. 돈이 떨어져 굶을 때가 있었다. 그래도 섹스는 했다. 콘돔이 떨어지기도 했다. 그는 기특하게도 질외사정을 잘 했다. 우리는 서로의 시간을 합쳐 책 읽고 독서감상문 쓰며 침대에서 뒹구는 데 썼다. 여행은 어쩌다 갔는데 1박 2일을 넘겨 본 적이 없다. 책을 너무 담아 배낭은 무거운데 주머니는 가벼운 탓이었다. 15년을 넘긴 승용차가 있으나 기름값이 버거워 일주일에 한두 번만 땄다.

옆에서 그가 코를 가볍게 골았다. 나는 그에게 팔베개를 해주며 끌어안았다. 그가 잠결에도 내 젖가슴에 코를 묻었다. 나는 그의 코나 입이 젖가슴에 눌리지 않도록 신경을 썼다. 그럴 때마다 아들을 품은 것 같았다. 점심 때 눈을 떴다. 언제나 그렇듯 끼니는 아점으로 때웠다. 우리에게 아침이라는 단어는 없는데 대신에 오밤중이라는 말은 있다. 늘 한밤중에 잠자리에 들기 때문이다. 하루 시작은 항상 정오쯤이었다. 내가 먼저 말했다.

"어째, 사는 게 점점 힘들어지는 것 같지 않냐?"

"야, 몇 푼 날렸다고, 사는 거, 이러네 저러네 하면 되냐?"

"힘 팔려, 속상해서 하는 말이야."

"포기해, 팀장, 돈 돌려줄 그렇게 호락호락한 사람 아니야."

나는 대꾸하지 않았다. 그는 커피를 마시며 생각에 빠져들었다. 나는 방해하지 않으려 숨소리마저 죽였다. 그건 우리 규칙이었다. 상대가 뭔가에 골몰할 때는 그 분위기를 존중했다. 시간이 조금 지나자 그가 출근한다며 일어서더니 입을 열었다.

"돈을 되찾는 방법이 있긴 한데, 잘 될지 모르겠다."

나는 대답대신 살포시 미소 지으며 입을 맞췄다.

"뇌물로 준 돈, 니 강사료, 다 하면 얼마야?"

나는 그의 입술을 빨면서 금액을 생각했다. 부드러운 감촉에 넋이 팔려 계산이 잘 안 됐다. 줄잡아 넉넉히 계산했고 숨결을 가다듬으며 속삭였다.

"시립도서관 출강 1년 연봉 될 걸."

그래봤자 정년퇴임을 앞둔 교수 한 달치 봉급이 될까 말까할 정도였다. 그가 촉촉하게 젖은 입술로 내 코끝을 간질이며 말했다.

"밤에 전화할게, 시키는 대로 할 수 있어? 이유는 묻지 마."

이제는 둘의 혀가 뒤섞였다. 감미로운 그 느낌이라니. 그의 내음이 내 머리 뒤꼭지를 꼭꼭 찔렀다. 그와 키스할 때만 맡는 향기였다. 그가 입술을 떼자 우리는 마주 보며 미소 지었다. 밤에 전화를 하겠다며 그가 현관문을 나설 때 나는 눈물이 핑 돌며 쉰목소리로 응, 했다. 현관문을 닫은 뒤 거실에서 작년 노벨문학상 수상자 책을 집어 들었다. 인터넷 서점에 그 작가 책이 열댓 권이나 올라 있었다. 그 중 열 권을 사서 여섯 권을 독파했다. 손에 든 건 일곱 권째인데 반쯤 읽었다. 나는 소파에 드러누웠다.

책을 보는데 머릿속에 잘 들어오지 않았다. 키스의 여운 때문이었다. 내 혀가 누군가의 혀와 한 번도 닿아본 적이 없을 때였다. 문창과 두 번째 학기 때였다. 가까운 여자 애들 몇몇은 드디어 뽀뽀를 초월한 키스를 했다며 은근히 자랑했다. 혀 맛이 너무 좋다는 것이다. 폴더 안에 든 파일을 하나씩 꺼내어 맛을 보는 느낌이라고도 했다. 그런 말을 듣는 게 처음 한두 번은 그러려니 했는데 횟수가 거듭되자 자존심이 상했다. 그건 강한 열등감이라는 걸 책에서 읽었다. 나는 침울해졌다. 어느 날 해질녘이었다. 나 혼자 걸었다. 어두워 누군가 눈에 띈다면 꽤 쓸쓸해 보였을 거다. 한적한 길로 가면 더 외로울 것 같아 불빛이 넘실거리는 저잣거리를 걸었다. 그건 착오였다. 불빛들이 입술 안에서 날름거리는 혀들로 보였기 때문이었다. 그처럼 고독해도, 따분할 만큼 외로워도 배가 고팠다. 앞에 돼지머리 국밥집이 보였다. 나는 그곳으로 들어가 자리에 앉아 차림표를 보았다. 국밥, 족발, 애기보, 머릿고기와 몇 개 더 있었다. 시장기와 달리 입맛이 없었다. 어떤 것도 당기지 않았다. 나를 눈여겨 본 주인 여자가 말을 건넸다.

"학생, 입맛이 없는 모양인디, 혀, 먹어볼래?"

나는 혀, 라는 말에 긴장했다. 여자애들이 말한 혀가 떠오른 거다. 그걸 먹어, 하며 몸을 움츠렸다.

"사람 혀 아니야 돼지 혀 맛 좋아 아주 부드러워."

순간 뇌리를 스치는 키워드가 있었다. 혀, 부드러워, 였다. 내게 혀 맛을 봤다며 떠벌이던 친구들이 눈앞에 어른거렸다. 그들 앞에서 뻔뻔해지고 싶었다. 혀로 인한 열등감을 극복하고 자존심을 회복해야 했다. 혀를 느껴보았다고 혀를 안다고 은근히 내색하고 싶었다. 나는 고개를 끄덕였다.

하얀 접시에 담긴 꺼먼 살점덩어리가 식탁에 놓일 때 끔찍했다. 기다랗고 둥글납작한 혓바닥이 한입에 먹기 좋도록 잘게 썰려 있었다. 난생 처음 보았기에 징그러웠지만 혀의 실체를 감상하려고 눈은 감지 않았다. 한 점을 젓가락으로 집어 드는데 진짜로 폴더 속 파일 한 개를 클릭하는 기분이었다. 나는 젓가락으로 집어든 파일을 초장에 찍을까, 기름소금을 무칠까 하다가 그냥 입에 넣었다.

바로 씹지 않고 촉감을 느끼기 위해 두 눈을 감았다. 부드러웠다. 남자 혀도 이럴까라는 느낌이 들었다. 드디어 내 혀로 타자의 혀를 실감했다. 살며시 깨물었다. 부드러웠다. 먹어본 고기들, 아니 모든 음식들 중에 그처럼 입안에서 감칠맛 나게 하는 접촉은 처음이었다. 씹을수록 좋았다. 곱씹는데 조금 차가웠다. 남자 혀는 따뜻하지 않을까…. 입안에 든 게 돼지 혀라는 걸 새삼 깨달았다. 허망해지고 오히려 더 쓸쓸했다. 견디기 힘든 외로움이었다. 나는 젓가락을 놓았다. 더 앉아 있지 못해 자리에서 일어나 값을 치렀다. 혀 값이 쌌다. 가게 문을 나서는데 등 뒤에서 여자 목소리가 들렸다.

"맛 없나 보네."

나는 몸을 돌려 여자를 마주보았다.

"혼자 사세요?"

여자의 흰자위가 금세 붉어지더니 눈물이 맺혔다. 덩달아 내 눈에도 눈물이 핑 돌았다. 나는 가게를 나섰다. 여자가 나지막하게 속삭였다.

"맛있구나."

그 말은 한동안 귀고리처럼 내 귓불에 붙어 다녔다. 그 뒤로 나는 돼지처럼 두상이 통통한 남자애들에게 관심이 많았다. 그러다가 눈에 뜨인 게 그였다. 뚱뚱하진 않았으나 얼굴이 통통한 게 좋았고 살짝 들창코인 게 맘에 들었다. 그 머리통에 둘러싸인 입안의 혀가 감칠맛 나리라 여겨진 게 호감을 가진 진짜 이유인지도 몰랐다. 그와 뭐를 하든지 돼지 혀를 입에 막 넣었을 때 바로 그 느낌이었다. 첫 키스는 달랐다. 그의 혀에는 온기가 있었다. 따뜻했다. 돼지 혀에는 없었던 포근한 기운이 느껴졌다. 그때부터 나는 그와 키스 하는 느낌에 중독되었다. 행복하니까, 눈물이 나올 만큼. 책을 읽어도 토론을 해도 독서감상문을 써도 늘 그랬다. 그러한 내가, 내 행복이, 사이비 자격증으로부터 위조지폐라며 무시당했다.

소파에 누운 채 책을 다 읽어 가는데 창밖은 어두워지는 중이었다. 나는 책을 읽던 그대로 얼굴에 덮었다. 시간이 조금 지났다. 스마트폰이 슈베르트 세레나데를 연주했다. 나는 얼굴에서 책을 치웠다. 방안이 컴컴했다. 세레나데가 끝날 참이었다. 그에게서 온 전화였다. 핸드폰을 들어 화면을 터치하자 세레나데가 멈췄다. 액정화면은 09:27 pm이었다. 조금 잔 줄 알았는데 두어 시간이나 지났다. 전화를 받았다.

"지금 차를 몰고 나와."

나는 지하주차장에서 차를 운전해 밖으로 나갔다. 그가 강변차로와 등산로가 만나는 주차장에 가 있으라 했다. 거기까지 10분쯤 걸렸다. 강변로는 한 차선뿐인 일방로였다. 나는 주차장에 도착한 뒤 나가기 좋게 차를 돌려 입구에 대놓았다. 주차장은 늦은 시간인지라 인적이 없었다. 차 시동을 걸어놓은 채 기다렸다. 전화가 왔다.

"지금 바로 주차장에서 나와, 이십이나 삼십으로 천천히 움직여, 차가 와도 막무가내로 진입해, 차도로, 지금, 즉시."

나는 그의 말에 따라 차를 전진시켰다. 도로로 진입하려는데 왼쪽에서 전조등 두 개가 다가오는 중이었다. 거리가 애매했다. 양보해야 한다는 느낌이 들었다. 그냥 나가면 위험한 상황이었다. 저 차를 보낸 뒤에 나가야 하나. 망설이다가 그가 말한 '지금, 즉시'가 떠올랐다. 나는 무턱대고 차를 몰아 도로에 들어섰다. 바로 뒤에 차량 불빛이 따라 붙었다. 속도계를 보며 30을 넘기지 않으려 오른발에서 힘을 뺐다. 뒤차 불빛이 내 차 꽁무니에 곧 닿을 것 같았다. 뭔가 위험하다고 느끼는 순간 머릿속에 짚이는 게 있었다. 뒤차를 술에 취한 팀장이 운전할 가능성이 높았다. 비로소 그의 계획이 뭔지 알았다. 온몸이 굳어지며 이마에 땀이 맺혔다. 심장이 큰소리로 뛰었다. 뒤차는 암컷 꽁무니를 쫓는 수캐처럼 내 차에 바싹 따라붙었다. 나도 앙갚음을 하고 싶었다. 계기판을 보았다. 속도계 바늘이 30쯤에 있었다. 발에서 힘을 더 뺐다. 바늘이 25를 지나 20 가까이 내려갔다. 몸이 뭔가와 충돌할 때는 몸의 힘을 빼는 게 덜 다친다는 글을 책에서 읽은 기억이 났다. 나는 핸들을 잡은 채 숨을 크게 들이쉬며 몸에서 힘을 뺐다. 팔에 힘이 하나도 없다고 느끼는 그때였다. 천지가 진동하는 굉음과 함께 차가 뒤틀리며 앞으로 밀렸다. 나는 앞뒤로 요동을 쳤으나 안전띠 덕분에 운전석 의자에서 분리되지 않았다. 그때 뒤차가 또 박았고 내 차는 앞으로 슬쩍 밀렸다. 처음보다 추돌이 약했다. 잠시 고요한 공기가 주위를 감쌌다.

조수석 문이 열리며 그가 차 안으로 들어왔다. 뛰어 왔는지 숨을 헐떡거렸고 의자에 앉으며 괜찮아? 했다. 나는 무턱대고 응, 했다. 그는 다시 차에서 내리며 추돌사고로 다친 것처럼 목과 허리를 어루만졌다. 나도 차에서 내리는데 목과 허리가 진짜로 아팠다. 차들은 서로 맞닿은 범퍼들만 찌그러져 있었다. 시속 이십쯤으로 움직이다보니 충격을 크게 입지 않았다. 팀장은 핸들에 엎드려 있었다. 앞 유리의 운전대쪽 윗부분에는 네모난 장애자용 표시가 붙어 있었다. 팀장 차는 연식이 10년을 넘어 보였다. 그가 운전석 문을 열었다. 팀장을 부축하여 차에서 내리게 했다. 팀장은 몸의 중심을 잘 잡지 못했다. 술 냄새도 짙게 풍겼다. 한 걸음 떨어져 서 있는 내가 코를 막을 정도였다. 얼굴도 푸석푸석해 보였다. 팀장은 우리를 알아보았다.

"야, 니 차냐?"

몸은 다치지 않은 것 같았다. 팀장은 우리가 앞에 가는데 자신이 뒤에서 박은 걸로 알았다. 팀장이 말을 이었다.

"좋게 해결해, 돈을 준다, 돈으로 해결하자."

그가 대답했다.

"차량 수리와 환자 치료는 보험 처리해요. 합의금은 안사람 일 년치 연봉에 해당하는 금액이면 돼요."

기껏해야 팀장의 두어 달치 봉급밖에 안 될 돈이었다. 팀장은 골똘히 생각하더니 고개를 가로저었다.

"두 배를 줄 테니 보험 처리를 하지 말자."

"폰뱅킹을 지금해요."

"낼 은행에서 찾아줄게."

"형, 장난해요? 지금 폰뱅킹 하지 않으면 바로 신고할 거야."

"나, 임용고사 봐서 선생님, 돼야 해, 돈은 내일 준다."

그는 전화를 꺼내 들어 112에 신고한다며 팀장더러 폰뱅킹을 빨리하라고 했다. 팀장은 혀꼬부랑이 소리로 웅얼거렸다.

"나, 그 돈, 없어, 낼, 빌려야 돼."

"공금 있잖아, 우선 지금 쓰고, 내일 다른 데서 빌려 채우면 돼."

"니, 나한테, 이렇게 하기냐?"

"형, 제발, 우리한테, 웃기지 마, 나, 112에 전화한다."

그는 피식 웃으며 핸드폰 버튼을 누르기 시작했다.

"알았어, 알았어."

팀장은 바지 주머니에서 핸드폰을 꺼냈다.

"계좌 불러."

그는 전화 걸던 걸 멈췄다. 나는 또박또박 내 계좌를 불렀다.

"이러다, 공금횡령으로 징역 가겠다. 원장이 알면, 날, 죽일 텐데."

"에이, 형, 원장, 비리, 다, 알잖아, 까짓것, 뭐."

그때 내 휴대전화기에 문자메시지가 들어왔다. 열어보았더니 내 계좌에 팀장이 보낸 돈의 액수가 찍혀 있었다. 그와 나는 마주보며 고개를 끄덕였고 팀장은 허탈하게 웃었다. 그가 팀장을 팀장 차 뒷좌석에 태웠고 운전을 했다. 나는 내 차로 뒤를 따랐다. 그가 팀장네 아파트로 들어갔다. 서민들이 사는 소형 평수의 임대아파트였다. 나는 의아스러웠다. 부자동네에서 사는 줄 알았는데 말이다. 그가 차를 어떤 동 주차장에 세웠다. 팀장은 차에서 내린 뒤 그에게서 키를 건네받았다. 혼자서 '걱정하지 마!'를 서너 번 중얼거리더니 비틀거리며 현관으로 들어갔다. '걱정하지 마!'라는 외침은 자신에게 하는 단말마처럼 들렸다. 팀장은 한 조각 어두움 속으로 스러져버렸다. 그는 내 차에 타더니 조금 전 그 주차장으로 가자고 했다. 나는 강변로를 향해 차를 몰았다. 아까 봤던 장애자용 표시가 떠올라 궁금했다.

"팀장네, 누가, 장애인이이야?"

"잘은 몰라, 큰아이가, 특수학교에 다닌대."

나는 고개를 끄덕였다. 차는 내가 잠시 머물렀던 주차장에 들어섰다. 아까 못 보았던 승용차가 한 대 서 있었다. 그가 타고 온 렌터카였다. 나는 정황을 짐작했다. 렌터카 옆에 차를 세웠다. 우리는 차에서 내리자마자 두 차 틈에 서서 포옹을 했다. 키스를 퍼부으며 감미로운 중독에 빠져들었다. 숨이 차서 키스를 멈췄다. 내가 숨을 고르며 말했다.

"내일, 더 받은 돈만 돌려줄까?"

"야, 팀장이 먼저, 스스로, 두 배 준다 했잖아, 안 그래?"

"맞아, 그랬어, 보험 처리 하지 말자면서."

"니한테 준 돈, 그 거, 벌금, 형사합의금, 보험할증료, 못 받을 퇴직금을 몽땅 합한 금액에서 '새 발의 피'야. 팀장은 범죄기록 올라가면 진짜로 안 되지."

우리는 서로 어깨를 으쓱해 보였다. 그가 우리 차 뒷좌석으로 나를 밀어 넣었다. 돈을 받아낸 일에 대해 아무도 더 이상 말하지 않았다. 늘 해오던 일로 토론했고 감상문을 썼다. 말로 글로 하는 작업이 아니었다. 오로지 몸으로만 하는 행위였다. 한참 뒤에 가쁜 숨을 몰아쉬며 속삭였다.

"섹스지도사 자격증 딸까."

"섹스치료사 자격증이 더 어울려."

"둘 다 따."

여느 때보다 짜릿한 밤이었다. 나는 차가 충돌하고 돈을 받아내는 내내 가슴 졸였다. 그 긴장이 풀리면서 심신이 느슨해졌나. 섹스감상문 쓰기는 인기척이 들리는 새벽녘에야 멈췄다. 하늘에서 어두움을 지우며 번져가는 돈을별이 내 눈시울을 간질이지만 눈을 못 떴다. 3천 개 독서감상문 파일들은 폴더에서 나오기 싫었다. 빛이 두려웠다.

펜로즈 빵

펜로즈 빵

그는 동냥을 하지 않았다. 누워만 있었다. 흙바닥에 펼쳐진 골판지가 깔개였고 깡통을 뉘어 베개로 삼았다. 입고 있는 누더기는 땟국에 절어 무슨 색인지 어떤 옷인지 알아볼 수 없었다. 누운 그를 보면 사람이 쓰러진 걸로 여겨지지 않았다. 잡동사니가 담긴 길쭉한 보따리 하나가 한갓진 곳에 버려진 것처럼 보였다. 그는 늘 누워 있어서 '누운놈'이었다. 누운놈 코앞에는 다른 거지가 한 명 더 있었다. 목소리를 높여가며 동냥하러 언제나 서성대기에 '선놈'이었다. 선놈은, 상하로 쥐색 긴팔 트레이닝복을 입었다. 누운놈을 배경으로 삼아 동냥을 하려고 선 채로 설쳐댔다. 동정심이 엿보이는 사람들을 향해서는 꿇어앉아 찌그러진 양은냄비를 잽싸게 내밀었다. 고개는 꼿꼿하게 세웠다. 일부러 눈빛을 부드럽게 했다. 이빨을 감춘 채 입가에 미소까지 지어보이며 애원했다.

"땀나게 간구하는 거지, 구원 받십다. 열나게 구걸하는 거지, 큰돈 얻십다."

사람들은 엉너리치는 선놈 앞에서 머뭇거리지 않았고 스쳐 지나가버렸다. 동냥냄비에 담긴 지폐 한두 장, 동전 서너 개를 슬쩍 훔쳐보기만 했다. 선놈은 그럴 때마다 기어들어가는 목소리로 뭐라 중얼거렸다. 사람들은 선놈이 웅얼거리는 게 무슨 말인지 분명하게 알아듣지 못했다. 여음으로 말미암아 자신들의 등 뒤에다 욕을 내뱉는다고 짐작만 했다. 선놈은 그러다가 눈에 익은 얼굴이 다가오면 엉거주춤 일어섰다. 푼돈이 들어 있는 찌그러진 냄비를 받쳐 들며 외쳤다.

"누운 거지를 불쌍히 여기 소~오~서."

수요일이었다. 그날 따라 한낮인데도 쌀쌀했다. 해가 기울 때였다. 회색 승용차가 선놈 앞에 멈췄다. 멀쩡하게 서성거리던 선놈이 차를 보자 엉거주춤하게 자세를 낮추었다. 한 신사가 운전석 문을 열고 차도로 내려섰다. 길에 우뚝 선 신사의 키는 작아 보였다. 단풍잎이 그려진 넥타이를 매고 청색 양복을 입었다. 신사가 인도에 올라섰다. 선놈이 엉거주춤한 자세로 엉덩이를 흔들어댔다. 곧이어 자신의 트레이닝복 아랫도리 오른쪽 주머니로 손을 쑥 집어넣더니 바로 꺼냈다. 그 손을 거침없이 자신의 동냥냄비 안에 넣었다가 도로 뺐다. 잽싼 손놀림이었다. 선놈의 힘찬 목소리가 울려 퍼졌다.

"누운 거지를 불쌍히 여기 소~오~서."

신사가 냄비 앞으로 다가섰다. 바른손에는 지폐가 들려 있었다. 선놈은 자세를 꼿꼿하게 세웠다. 팔을 쭉 뻗어 냄비를 신사 앞으로 불쑥 내밀었다. 신사가 냄비 안으로 지폐가 들린 손을 넣었다. 선놈은 고개를 양 팔 사이로 푹 집어넣으며 소리쳤다.

"누운 거지를 불쌍히 여기 소~오~서."

신사는 냄비에 지폐를 놓았다. 그리고 가볍게 쥔 주먹손을 꺼내 자신의 바지 주머니에 넣으며 미소를 띤 채 선놈의 말을 받았다.

"거지 만세!"

선놈은 눈을 번득이며 냄비와 신사의 얼굴을 번갈아 보았다. 얼굴가득 미소 짓는 신사를 보고 따라 웃으며 외쳤다.

"거지 마~안~세."

그럴 때 선놈 키는 신사보다 머리 하나 정도 더 커보였으나 불룩한 똥배는 신사와 마찬가지였다. 선놈이 내지른 소리의 여음이 사라지고 있었다. 신사는 그 여운을 뒤로한 채 길 건너를 바라보며 횡단보도에 발을 디뎠다. 왕복 2차선 도로를 가로지른 횡단보도인데, 건널 때 정면으로 마주보이는 빵집이 내 가게다. 신사가 내 점포를 바라보며 길을 건너는데 달덩이 같은 웃음을 머금었다. 그 표정은 연단에 선 지도자를 떠오르게 했는데 사람들이 우러러볼 만했다. 신사는 가게로 들어서더니 먼저 코를 벌름거리며 쏟아지는 빵 냄새를 연거푸 들이마셨다. 진열된 빵과 케이크를 둘러보더니 감색 탁자로 가서는 감색 의자에 앉아 등을 기댔다. 팔짱을 낀 채 뛰어나온 배를 더욱 내밀며 눈을 지그시 감았다.

빵집은 정문 상가에도 하나 있다. 후문에서 걸어 10분 정도 가다보면 정문이 나온다. 후문 상가와 닮은 또 다른 상가가 있는 곳이다. 이곳 아파트는 임대인데 세대 수가 3천이나 되다보니 두 개의 상가가 모두 자생력이 있다. 상가 분양 규정에는 두 상가마다 각각 한 업종에 한 점포씩만 두게 되어 있었다. 그런데 후문 빵집을 팔겠다는 말이 돌던 때가 3년 전 추석쯤이었다. 그때 후문 빵집 주인은 50살 남짓 되는 여자였다. 주인 여자는 자기 가게가 정문 빵집보다 장사가 더 잘 되는데도 내놓았다. 점포 매매금액 외에 웃돈을 가장 많이 얹어주는 사람에게 팔겠다며 조잘거렸다. 나는 장사가 잘 된다는 여자 말이 믿기지 않았다. 말이 아닌 객관적인 증거가 필요했다. 추석을 쉰 뒤였다. 나는 알음을 통하여 세무서에서 나온 서류를 확보했다. 최근 2년치 부가가치세 과표와 납세 실적을 파악한 자료였다. 분기별로 조금씩 다르긴 했지만 평균치로 보면 후문 빵집이 정문 빵집보다 20% 정도 더 많이 팔린 걸로 기록 되어 있었다. 주인 여자의 말은 진짜였다. 나는 슬그머니 후문 빵집에 마음이 끌렸다.

나는 빵을 사는 척하며 가게 안으로 들어갔다. 바깥에서 통유리로 된 앞문을 잡아당겼다. 들어서자마자 왼쪽 벽에 실내등 켜는 스위치가 보였다. 계산대는 스위치가 붙은 벽에 기대어 자리를 잡았다. 계산대 옆에는 투명한 유리로 짜진 3단 케이크 진열대가 설치되어 있다. 길이가 다섯 걸음이나 되는 진열대를 따라가면 상가 내부 통로로 나가는 뒷문이 나타난다. 그 문이 아닌 왼쪽으로 꺾어 돌면 감색 의자가 네 개씩 딸린 둥그런 감색 탁자가 세 개 놓였다. 왼쪽으로 한 번 더 꺾어 돌면 유리 케이크 진열대 뒤 널찍한 터가 보인다. 널평상이 놓였는데 셀 수 없을 정도로 많은 종류의 갓 구운 빵들이 널려 있었다. 싱싱하며 향기로운 야생화 같은 빵들에 군침을 흘리다보면 길쭉한 진열대도 끝이 난다.

앞은 두꺼운 유리벽으로 막혀 더 나아갈 수 없으며 오른쪽으로 문이 보인다. 제빵 시설이 있는 곳으로 들어가는 출입구다. 유리벽은 튼튼하며 투명한데 가게를 안쪽과 바깥쪽으로 구분 짓는다. 유리벽에는 연한 오렌지색 선팅지가 어른 목만큼 밑에서부터 발라져 있다. 실내 천정이나 벽면을 차지한 베이지색과 어울렸다. 진열된 빵이나 케이크들이 베이지색 감색 오렌지색들의 기를 받아 보기도 좋고 감칠맛 나게 느껴졌다. 유리벽을 통해 바깥을 내다보면 길 건너에 공터가 있다. 잡풀들이 듬성듬성 나 있는 흙 밭이다. 그곳에서 거지 한 명이 서성거리며 동냥을 했다. 바로 선놈이다. 그때 선놈이 유리벽에 비친 나를 보았다면, 내가 목을 선팅지가 끝나는 가로선에 걸친 걸로 여겼을 거다. 가게는 더 손볼 데가 없도록 깔끔했다.

나는 웃돈을 듬뿍 내고 가게를 샀다. 나도 제빵사 자격증이 있지만 빵을 굽지 않았다. 최고의 솜씨로 내세울 자신이 없었다. 나는 빵을 굽기보다 맛있는 빵이 만들어지도록 질 좋은 재료를 고르는 게 일이었다. 그래야 빵이 잘 팔릴 것 아닌가. 나는 빵 굽는 솜씨가 따라올 사람이 없다고 소문난 제빵사를 채용했다. 신장개업 한 달 동안 손님들에게 10% 할인쿠폰을 돌렸다. 손님이 빵을 열 개 사면 할인쿠폰을 발급해줬다. 거기에다가 두세 개씩 덤을 얹어주었다. 인수하기 전에도 장사가 잘 되던 빵집은 내가 개업한 후 북새통을 이루었다. 나는 고객카드를 만들었다. 얼굴이 예쁘거나 몸매가 좋거나 상냥한 여인네들은 전화번호 옆에 美자를 따로 표시했다. 내 가슴이 설레도록 웃어주던 여자들이 많았다. 나를 바라보며 하얀 이빨을 드러내던 곱다란 얼굴들이 눈에 선했다. 여자들의 아리따운 목소리가 귓가에 늘 맴돌았다.

나는 말을 걸고픈 여자들의 아이들 생일을 알아냈다. 애들이 집에 없을 즈음 전화를 걸었다. 여자가 받으면, 여기는 후문 빵집입니다, 내일 둘째 생일이지요, 조그마한 선물을 준비했네요, 애를 저녁에 보내세요, 제 빵을 애용해주셔서 감사드려요, 했다. 여자들이 말을 이었다. 늙은 총각이 장사도 잘한다, 결혼하지 말어, 빵집만 해라, 사장님이 장가 가면 가슴이 너무 아플 거다, 라는 말들이었다. 통화를 마친 뒤 나는 언제나 앙가슴이 저렸다. 여자들과 나눈 말꼬리들이 가슴 속에서 꿈틀거린 탓이다. 애들은 저녁나절에 틀림없이 찾아 왔다. 그 애들이 어떤 때는 내 아이인 것 같은 착각이 들기도 했다. 나는 선물용 과자를 애들 손에 들려 보냈다.

나는 하루도 거르지 않고 두세 군데씩 돌아가며 전화를 걸었다. 오전 열 시부터 열두 시 사이에 이루어졌다. 제빵사가 빵을 구워 내는 시간이었다. 그때 빵집 실내의 향기는 구수했다. 입안에서 군침이 돌며 실없이 웃게 했다. 내 말들은 군침을 윤활유 삼아 여자들을 향해 거미줄처럼 풀려나왔다. 내가 통화를 하는 동안 말이 마르지 않은 건 빵 내음 탓이었다. 가게 빵이 잘 팔리다보니 저녁나절에 떨어지기도 했다. 집집마다 내 빵을 사재기한다는 우스갯소리까지 나돌았다. 빵을 못 팔아 남아도는 날은 없었다. 장삿속을 모르는 사람들은 내가 밑지는 장사를 한다며 쑥덕거렸으나 진짜로는 달랐다. 많은 이익 중 반쯤을 단골들에게 재투자하는 정도였다.

그 즈음에 단골들에게서 뜻밖의 말을 들었다. 정문 빵집의 속내였다. 손해를 보더라도 가게를 팔든지 아니면 다른 업종으로 바꿀지를 심사숙고 중이라는 거였다. 그 소문을 들은 나는 콧노래를 멈출 줄 몰랐다. 재미있게 살다보면 세월이 오가는 걸 모르게 마련이다. 일 년을 훌쩍 넘겼다. 그러고도 한겨울이 다가왔다. 설을 이삼 일 앞둔 때였다. 세금을 납부할 때마다 뒤를 봐주던 세무서 직원에게 선물을 보내야 했다. 사과나 한 상자 보내면 되겠지 했는데 생각이 달라졌다. 선물을 한우갈비 세트로 준비했다. 선물은 낮에 세무서 직원 집으로 보냈다. 전화는 밤에 걸었다. 나는 정문 빵집의 지난해 판매실적을 가르쳐달라 했다. 나만 본 후 바로 찢어버린다는 말까지 덧붙였다.

일 년 반쯤 전에 보았던 자료 때보다 두 가게의 매출을 합친 금액은 별로 달라지지 않다. 그러나 정문 빵집의 외형은 더 떨어졌는데 그만큼 내 가게의 판매가 늘어나 있었다. 앞섰던 판매 차이가 20%에서 50%로 더욱 벌려져 있었다. 시장점유율로 따지자면 67 대 33이었다. 정문 빵집은 내가 파는 것의 반을 겨우 파는 셈이었다. 나는 그때 다른 것을 깨달았다. 나에게 관심조차 없다는 듯 가게 앞을 무심코 지나가는 여자들이었다. 살찐다며 빵을 먹지 않는 여자들인데 열에 두셋은 되었다. 그녀들일수록 얼굴이며 몸매며 웃음이나 사근사근한 말투로 내 머릿속을 뒤흔들었다. 나는 그녀들이 가게 앞을 스쳐지나갈 때마다 한숨을 내쉬었다. 내가 빵장사인 것이 한심해서였다. 빵의 품격은 먹고 나면 사라진다. 먹지 않으면 안 먹게 되는 정도다. 구수한 내음도 머지않아 날아가버린다. 나는 시간이 지나도 사라지지 않아야 했다. 누군가가, 말하자면 예쁜 여자들이 나를 못 본 척하지 않아야 좋다. 나는 결혼할 것이다. 신붓감은 그녀들 가운데에서 고를 것이다. 그렇기에 다이어트하는 그녀들마저도 나를 바라보도록 만들고 싶었다. 그러려면 나를 바꿔야 했다. 언제까지나 빵 냄새만 풍기는 나로 머물 수는 없었다. 나한테 어떤 변화를 주는 것이 좋을지 설 연휴 내내 애를 태웠다. 전화코드도 뽑아버린 채 냉가슴을 앓았다.

노는 날들이 끝난 뒤 근무가 시작되는 날은 목요일이었다. 나는 해질녘쯤 시청 사회복지과로 전화를 걸었다. 굵직한 목소리가 받았다. 나는 어려운 이웃에게 도움 주는 일을 하고 싶다는 말을 상대편에게 했다. 전화기 건너에서 뭐하시는 분이냐고 되물었다. 나는 빵집을 하는데 장사가 아주 잘 된다고 했다. 감사하다며, 사회복지사를 보내겠으니 상담을 잘 해보라는 대답을 들었다. 이튿날이었다. 한 신사가 찾아왔다. 점심때가 얼마 남지 않았을 즈음 앞문을 열며 가게로 들어섰다. 키는 나와 비슷한 170쯤 돼보였다. 둥글둥글한 얼굴에 다정한 미소를 머금었다. 신사는 시청에서 일러주어 왔다는 말을 했다. 우리는 감색 탁자를 사이에 두고 의자에 앉아 마주보았다. 신사는 자신이 사회복지사라 했다. 사회봉사를 주관하는 사단법인 실장이었다. 신사는 나더러 도와달라고 했다. 이웃에 독거노인이나 소년소녀가장들이 많다며 팔다 남은 케이크나 빵을 그들을 위해 그냥 줄 수 있는지 물었다. 나도 좋은 일을 하는 사회단체가 있다는 건 귀동냥으로 알았다. 하지만 신사의 말은 나를 당황하게 만들었다. 빵이 없어서 못 파는 날이 부지기수인데 기증을 하라니, 나에 대해 몰라도 한참 모르는 말이었다. 나는 '남아도는 빵이 없어서 죄송하다'고 말했다. 그래서 '돈으로 기부하겠다'는 뜻을 밝혔다. 신사가 고개를 가로저었다. 나는 깜짝 놀랐다. 뭐라고? 돈이 싫다고?

신사가, 차분한 목소리로 말을 이었다. 손님들의 환심을 얻기 위해 얹어주는 빵들은 가치가 낮은 거, 덤으로 주는 빵은 없어도 되는 사람들에게 억지로 주는 거, 먹다가 싫증이 나면 쓰레기통에 버릴 수도 있는 거, 여자들이 내게 다정한 것은 알랑방귀, 나를 심심풀이 삼은 거라 했다. 신사는 뜻밖에도 나를 잘 알았다. 나를 뒷조사했나, 라는 생각이 들었다. 내 뒤를 캔 게 분명했다. 나로서는 뒤가 구릴 일이 없지만, 내 뒤가 파헤쳐졌다는 게 기분 나빴다. 나는 신사를 노려보았다. 봉사든 뭐든 다 때려치워야 했다. 이따위로 아전인수 격인 자가 사회복지사야, 웃긴다는 생각이 들었다. 나는 볼이 달아오르는 것을 느끼며 신사가 일어나 나갈 때까지 째려보기로 했다. 어서 가게에서 나가라는 것이었다. 신사는 정면으로 내 눈길을 맞받았다. 나는 눈을 치켜떠서 넌 사기꾼이야, 라는 투로 흘겨보았다. 아차하면 싸울 수도 있다는 느낌이 들도록 어깨에 힘을 주었다.

신사가 입을 열었다. 사장님은 눈이 작으신 편이네요, 사내답습니다. 하지만 성공하려면 눈을 크게 떠야 해요, 동네 아줌마들에게만 인기 있으면 뭐해요, 이웃에게 봉사하고 사회에 공헌하면 동네 밖 사람들까지 다 알아주잖아요. 사장님께서 넉넉한 사람들에게 덤으로 주던 빵을 불우한 이들을 위해서 기증한다는 소문을 내세요. 외치고 또 외치세요. 상상해보세요, 그거 대단하며 아무나 할 수 있는 일 아닙니다. 사장님이랑 저랑 함께 어울려 '불우이웃을 돕자!'라고 외칩시다.

신사의 음성은 따사로운 햇살처럼 나를 나른하게 만들었다. 왠지 신사가 위대한 지도자처럼 느껴졌다. 내가 사회사업가로 이름을 날린다면, 괜찮다는 예감이 들었다. 내 눈에 가득 차 있던 힘이 저절로 빠져나갔다. 치켜세웠던 눈이 사르르 풀렸다. 신사 말대로라면 내가 따로 큰 돈을 들이지 않아도 되었다. 나더러 여태껏 단골들에게 덤으로 주던 빵을 앞으로는 이웃 돕는 데 쓰라는 말이었다. 그렇게 하면 이웃들이 나를 존경할 거라는 의미였다. 내게서 빵을 사가는 여자들, 빵을 먹지 않고 다이어트 하는 여자들까지. 그뿐 아니다. 아파트 단지의 세대 수가 3천이니까 적어도 3천 명의 여자들이 나를 기억하며 우러러보게 될 거다. 돈을 기부하는 것보다 값어치가 더 높을 것 같았다. 내가 시청에 전화한 바람이 이루어지리라.

그때의 내 얼굴을 상상했다. 달이었다. 한 치도 빈틈없는 둥근 보름달이 다이아몬드처럼 빛났다. 나를 보름달처럼 만들어주기 위해 앞장설 신사에게 화를 내다니, 말도 안 될 일이었다. 나는 빳빳하게 날선 얼굴을 부드럽게 바꿨다. 스스럼없이 눈가에 웃음도 지었다. 신사가 두 손을 내밀자 내가 맞잡았다. 손바닥이 매끄럽고 따뜻했다. 신사가 사장님은 적극적으로 외치는 분이니까 성공하실 겁니다, 많이 도와주세요, 하더니 뜬금없는 말을 덧붙였다. 길 건너 거지 아시죠, 제가 그 놈을, 늘 서성거리도록 열심히 외치도록 가르쳤지요, 제가 뒤를 봐주지 않으면 놈은 바로 수용소에 끌려갑니다.

그날 선놈은 보이지 않았다. 신사의 말대로라면, 선놈은 한겨울이나 한여름에는 눈보라나 비바람을 피할 수 없어서 나오지 않는다. 선놈이 자리잡고 있으면 아파트 주민들은 불만을 터뜨렸다. 주민들은 거지가 보기 싫다, 애들 교육에 좋지 않다, 여자들이 무서워한다, 며 아파트에 파리나 모기가 끓는 것조차 거지 탓이라 했다. 그로 인해 시청으로 파출소로 심심치 않게 걸리는 전화가 여러 통이었다. 시청에서는 불시에 선놈을 부랑자수용소 차로 잡아가야 했다. 선놈에게는 난데없는 일이겠지만 단속반은 달랐다. 단속반들은 출동하기 이삼 일 전부터 준비했다. 네 명으로 된 후송팀을 짠 다음 움직일 차를 대기시켰다. 선놈을 붙잡아온 후 이발과 목욕 시킬 준비도 했다. 마지막으로는 선놈이 자리잡은 지역을 관할하는 사회복지사의 길라잡이를 받아야 했다.

그 사회복지사가 신사였다. 신사는 알게 된 부랑자수용차 출동 시간을 선놈에게 귀띔해주며 자리를 비우라 했다. 선놈은 신사의 말을 따른 탓에 후송차가 올 때마다 잡혀갈 위기를 탈 없이 잘 넘겼다. 신사 덕에 동냥을 꾸준히 했다. 신사의 선하며 호탕한 웃음소리가 빵 냄새만큼이나 가게 안에 퍼졌다. 신사는 더 적극적으로 외쳐야 한다는 말을 남긴 뒤 가게를 나섰다. 나는 혼자가 되었다. 의자에 앉아 어떻게 외쳐야 멋질까를 구상했다. 궁리 끝에 가게 전면 유리벽 바깥쪽에 대자보를 붙이기로 했다. 전지 두 장을 잇대어 글자는 크게, 글 수는 적게 해 겸손한 투로 썼다.

'단골손님들께 알려드립니다. 제 빵을 사랑해주셔서 감사합니다. 그 동안 고객님들께 덤으로 드렸던 빵을 독거노인, 소년소녀가장, 기초생활수급자 분들께 드리려 합니다. 이러한 사정을 여러분들의 크신 아량으로 헤아려주시길, 앞으로도 변함없이 저희 빵집을 사랑해주시길 부탁드립니다. 감사합니다. 주인 아룀.'

종이는 유리벽 바탕이 오렌지색인 것을 감안해 연한 베이지색으로 했다. 글씨는 초록 형광펜으로 썼다. 나는 신문지만한 종이 두 장을 위아래로 잇대었다. 그래도 마음이 놓이지 않았다. 그 큰 종이를 코팅까지 했다. 유리벽의 오렌지색 가로선이 가려지지 않도록, 가로선에서 아래쪽으로 한 뼘쯤 틈을 두어 붙였다. 나는 인도에 섰다. 때마침 저녁나절이어서 많은 사람들이 가게 앞을 지나다녔다. 나는 유리벽 글귀를 바라보았다. 가슴이 벅차올랐다. 여자들과 어린이들이 벽보를 읽고 가게에 들러 내 선행을 침이 마르도록 칭찬할 일이었다. 나는 가게 안으로 들어갔다. 밖을 내다보려 유리벽 앞에 섰다. 짐작했던 대로 여러 사람들이 벽보를 쳐다보았다. 단골들은 가게를 드나들며 한마디씩 했다. 모두 입을 맞춘 듯 한결같이 나더러 좋은 일을 한다고 말했다. 나는 자신감이 더 생겼다. 변신을 꾀하자마자 성공을 확신했다.

날이 바뀌어 토요일이었다. 나는 평소보다 더 힘차게 셔터를 올렸다. 제빵사는 어김없이 구수한 빵을 구워냈다. 나는 하루내 말을 많이 했다. 어깨를 쫙 편 후 사회복지사처럼 웃어가며 단골들에게 얹어드리던 빵은 불우이웃에게 주기로 했다, 고 떳떳하게 말했다. 여자들은 모두 잘 했다며 함박웃음으로 답했다. 나는 말을 많이 해서 입이 아팠다. 그러다보니 되돌아온 밤은 하릴없이 깊어졌다. 나는 장사를 마치려 셔터를 내렸다. 다른 날보다 더 피곤한 것을 무릅쓰며 언제나 했던 것처럼 하루 동안 판매한 금액을 집계했다. 카드 전표금액과 현금을 합쳤더니 어림잡았던 것보다 부족했다. 평소보다 15%쯤 덜 팔렸다. 나는 케이크 진열장과 널평상 진열대를 살펴보았다. 덜 팔린 빵이 부족한 돈만큼 남아 있었다. 장사를 시작한 이래 예측보다 넘겨 판 날이 대부분이었다. 매출이 어쩌다가 달리는 날이 있긴 해도 5%를 벗어나도록 저조한 적은 없다.

처음 겪는 판매 부진이었다. 다음날인 일요일은 빵이 앞날보다 배가 더 남았다. 그리고 월요일이었다. 정오 때까지도 매상이 늘어날 낌새를 보이지 않았다. 오히려 더 떨어질 거라는 조바심이 났다. 그즈음해서 단골들 중 누가 가게에 안 들르는지 파악되었다. 나는 갑자기 나타나지 않는 네댓 명의 여자들에게 전화를 했다. 자기네들끼리는 서로 가깝게 지내는 여자들이었다. 그녀들은 애들이 빵에 싫증을 낸다며 당분간 밥을 먹인다는 대답들을 했다. 오전에 구운 빵도 많이 남을 거라는 조짐이었다. 나는 씁쓸한 미소를 지으며 팔리다 만 빵과 케이크를 커다란 비닐봉투에 나눠 넣었다. 빈 라면 상자 다섯 개가 빵으로 가득 찼다. 나는 빵을 가져가도 된다며 신사에게 전화를 걸었다. 한 시간쯤 후에 신사가 들렀다. 상자 다섯 개를 보더니 눈을 크게 뜨며 놀라는 시늉을 했다. 놀란 건지 감탄하는 건지 아리송했다. 신사는 가져온 회색 승용차에 박스를 옮겨 싣고 사라졌다.

나를 놀리듯 화요일도 수요일도 빵들은 재고로 늘어만 갔다. 목요일은 빵을 평소보다 적게, 삼 분의 이쯤 만들었다. 저녁나절이었다. 나는 고객카드들 속에서 사나흘 동안이나 보이지 않는 여자들을 골라냈다. 모두 전화번호 옆에 美자가 붙어 있었다. 여자들은 전화를 받아도 상냥하지 않았다. 쌀쌀맞지도 않았다. 어색하다고 해야 되나, 사무적이었다. 세 여자가 마지못해 솔직하게 털어놓았다. 월요일 저녁부터 정문 빵집에서 10%를 적립해주고 우수리도 끼워준다는 말이었다. 다섯 개 사면 두 개를 더 주고 열 개를 사면 다섯 개를 더 준단다. 미리 광고하지 않은 뜬금없는 조치라 했다. 더 중요한 것은, 월요일에 제빵사까지 바꿨단다. 그 뒤로는 빵맛조차 아주 좋아졌단다. 나는 비로소 이해가 되었다. 정문 빵집 사장에게 내가 끼워주기를 중단한다는 말이 들어간 거다. 사장에게는 좋은 기회였다. 가게 문을 닫는 것은 쫄딱 망하는 일이다. 손님들에게 빵을 더 얹어주는 것은 그냥 손해 보는 게 아니다. 단골들에게 거듭 투자하는 셈이다. 사장은 덤을 쓰자는 쪽으로 머리를 굴렸다. 폭삭 망하기보다는 고객들에게 재투자를 해서라도 장사를 지속하는 것이 살아남는 길이라 생각한 것 같다. 주말에는 내 가게가 어떻게 돌아가는지 살펴보았을 거다. 월요일에는 제빵사까지 바꿔가며 빵맛을 돋운 후 나에게 반격을 시작했으리라. 그건 나에게 치명타였다.

나는, 다시 끼워주기를 해서 여자들을 되찾아올까, 대자보를 떼어낸 후 '정문 빵집보다 더 많이 얹어드립니다'로 바꿔 써 붙일까, 를 연구했다. 하지만 그럴 일이 아니었다. 삼천 명 이상의 여자들에게 존경받으려면 빵집만 해서는 안 된다. 이미 겪어보지 않았는가. 나는 빵을 사가지 않고 다이어트를 하는 예쁜 여자들을 머릿속에 떠올려 보았다. 그녀들까지도 나를 우러러보게 하려면 빵도 좋지만 그 보다 더 가치 있는 일까지 겸해야 했다. 나로서는 여인들에게 주던 빵을 불우한 이웃에게로 돌리는 게 으뜸가는 일이었다. 그 일이 잘 된다면 여자들은 정문 빵집에서 준 덤을 먹으면서 덤을 주지 않는 나를 우러러볼 거였다. 나는 내친김에 그냥 밀어붙였다. 유리벽에 붙은 벽보는 비바람에도 끄덕하지 않았다. 햇살에도 글씨가 바래지 않았다. 머지않은 훗날 보게 될 내 얼굴이었다.

신사는 수요일과 토요일마다 가게에 들러 빵이 담긴 상자를 가져갔다. 빵 판매는 지속적으로 줄어들었다. 그에 따라 만들어지는 빵도 감량되었다. 신사가 가져가는 빵 박스는 다섯 개에서 네 개로, 세 개로 줄어들었다. 신사는 나와 얼굴을 마주칠 때마다 빵을 먹는 불쌍한 이웃들이 감사해 한다고 했다. 내가 그들 앞에 나서서 연설할 날이 있을 거라고 눈웃음과 볼웃음을 지어가며 말했다. 신사는 여자들로부터 잊혀져가는 외로움과 판매부진의 괴로움에서 허덕이는 나를 이끌어주었다. 나는 감동으로 목이 메었다. 여자들로부터 끝끝내 내 자존심을 세워 나가기로 신사의 달덩이 같은 웃음을 향해 굳게 다짐했다.

가게는 빵 판매가 졸아들기 시작한 지 석 달 만에 적자로 돌아섰다. 나는 어쩌지 못해 제빵사를 내보냈다. 빵을 직접 구워냈다. 오랜만에 만들어 본 탓인지 빵들은 맛이 덜하고 못나 보이기도 했다. 빵은 더 안 팔렸다. 구조조정을 하여 적자를 벗어나긴 했는데 서너 달이 지나자 다시 손익분기점에 놓였다. 정문 빵집은 여전히 끼워 팔기를 하며 장사가 잘 된다는 말이 들렸다. 내 가게에서 단골손님이라는 단어는 전설이 되다시피 했다. 뜨내기들이 대부분이었다. 그토록 다정다감하던 여자들은 다 어디로 갔는지 한 명도 나타나지 않았다. 내가 하는 사회사업은 아무도 거들떠보지 않았다. 마침내 좋은 일에 쓰일 빵은 두 상자를 채우기에도 부족하게 되었다. 나는 신사에게 더 이상은 줄어들지 않을 거라 말했다.

신사는 길 건너를 가리키며 대꾸했다. 보세요, 선놈은 크게 외치잖아요, 달라고 말입니다, 사장님도 힘을 잃지 말고 남을 위하는 좋은 일에 더 적극적으로 동참하세요, 나중에는 내놓으신 것보다 몇 배, 아니 몇십 배라도 복으로 되돌려 받으실 겁니다. 나도 유리벽을 통해 길 건너 선놈을 보았다. 추석 때가 다가오자 선놈이 다시 나타난 것이다. 덤으로 다른 거지 하나를 데려왔다. 딸려온 거지는 누워 있었다. 앓아누운 것 같기도 해서 선놈의 도움이 절실해 보였다. 나는 선놈이 거지일지라도 신사처럼 훌륭한 분이 이끌어주니 뭔가 다르다고 생각했다. 선놈은 서성거리며 오가는 사람들에게 열심히 구걸했다. 나는 신사의 말을 곱씹으며 두 주먹을 불끈 쥐었다. 온몸에서 힘이 솟아났다.

두 거지가 나타난 지 일주일쯤 지난 수요일이었다. 신사는 으레 가게에 들렀다. 얼굴에 미소가 사라지고 걱정거리가 있는 듯했다. 길 건너 거지가 두 명으로 늘어난 것이 화근이었다. 동사무소나 파출소에 거지들을 치워달라는 민원전화가 많아진 것이다. 선놈 혼자 있을 때보다 서너 배로 늘어났다. 그러자 전에는 부랑자수용소 차가 마지못해 나섰는데 이제는 당연히 출동하게 되었다. 그 때를 잘 넘기지 못하면 두 거지는 붙잡혀가는 거였다. 신사가 거지들을 보살펴야 한다며 속을 태우는지라 나도 덩달아 시름에 잠긴 척했다. 신사가 내 표정을 살피더니 돈이 필요하다고 말했다. 이제는 맨 입으로 거지들을 지켜줄 수 없을 정도로 일이 커진 탓이라 했다.

거지가 동냥을 하는데도 뒷돈이 필요해, 처음에는 돈을 거절하더니 이제는 드러내놓고 돈을 달라고, 나는 눈을 치뜨며 신사를 바라보았다. 신사는 말을 이었다. 전에는 출동하는 차량팀만 도닥거렸는데 이제는 사정이 달라졌단다. 수용소 소장, 관할 동장, 사회복지과 계장까지 무마시켜야 한다는 거였다. 그럴싸했다. 내가 고개를 끄덕이자 신사는 바싹 다가앉으며 말했다. 봉사를 더 하세요. 빵은 그 정도면 되니 돈을 내라는 말이었다. 거지들을 위해서 지폐 중 큰 것으로 다섯 장씩, 한 달에 두 번만 내놓으라는 뜻이었다. 돈을 거저 내는 게 아니라 했다. 사회복지단체의 미래를 담보하는 금고에 저축하는 거라 했다. 돈을 내면 내가 사회복지관에서 강연을 하도록 힘쓰겠다는 말도 했다. 일이 더 잘 풀리면 내가 복지단체의 간부가 될지도 모른다는 귀띔도 있었다.

나는 미래를 담보하는 금고라는 말이 솔깃했다. 더 감칠맛 나는 건 내가 사회복지단체의 간부가 되는 일이었다. 내가 사람들 앞에서 강연을 하다니, 사람들이 날 우러러보게 되다니, 입안에서 단침이 치솟았다. 밤알만한 군침이 식도를 간질이며 내려갔다. 나는 웃음을 터뜨렸다. 신사도 입이 크게 벌어졌다. 나는 망설이지 않고 신사가 바라는 돈을 주었다. 이틀 후였다. 거지들은 아침부터 보이지 않았다. 수용소 승합차가 오후 3시쯤에 문득 나타났다가 곧바로 사라졌다. 거지들은 다음날 어김없이 제자리에서 눕거나 선 채 동냥을 했다. 나는 그들을 바라보며 보람을 느꼈다. 내가 누군가를 지켜주다니. 불쌍한 거지들을.

추석을 쇤 후 열흘 남짓 되는 날이었다. 나는 돈을 신사에게 또 주었다. 그날 점심때가 지난 뒤였다. 뜻밖에도 누운놈이 일어나 동냥을 했다. 내가 보기에 뜬금없는 일이어서 누운놈을 살펴보았다. 누운놈의 구걸하는 자세는 꼿꼿하지 못한 채 구부정했다. 걸음을 옮길 때마다 다리를 절룩거렸다. 사람들에게 적선하라는 말도 못했다. 시선을 자신의 발등에 묶어놓고 있었다. 행인의 눈치를 살피는지 동냥그릇을 대뜸 내밀지도 못했다. 누운놈에게 적선하는 사람은 없었다. 모두 서둘러 누운놈을 지나쳤다. 옆에 있던 선놈이 하던 짓을 멈춘 채 누운놈을 쳐다보고 있었다.

선놈은 뭔가 불만스러워 보였다. 눈을 부라린 게 화가 난 듯했다. 씩씩거리더니 오른손으로 서성거리는 누운놈 얼굴을 밀쳤다. 누운놈은 얼굴을 두 손으로 감싸며 땅바닥에 털썩 주저앉았다. 선놈은 발로 누운놈 앞가슴을 찼다. 누운놈은 흙바닥에 쓰러지더니 두어 번 뒹굴며 흙먼지를 뒤집어썼다. 누운놈은 아무런 저항도 하지 않았다. 일어나려 하지도 않았다. 허공을 바라보며 땅바닥에 팔다리를 쭉 뻗어버렸다. 오가던 사람들 서너 명이 그 꼴을 보았다. 남자들이 나서서 선놈에게 나무라는 것 같았다. 선놈은 한참을 씩씩거리며 승리자처럼 서 있었다. 나도 달려가려 했지만 거지들 일인데 하며 말았다. 선놈은 폭력을 더 이상 드러내지 않았다.

가게는 그날 따라 장사가 더욱 저조했다. 저녁나절이었다. 나는 의자에 앉은 채 진열대 위 널브러진 빵들을 바라보았다. 빵이 다른 때보다 많이 남아 나를 갑갑하게 했다. 널평상에는 야생화들이 피어있지 않았다. 빵 쓰레기가 널려 있었다. 그 위로 어둠이 밀려들었다. 나는 불을 켜야 했지만 일어서지 않았다. 시간은 내 속마음을 안다는 듯 가게를 집어 삼키기 시작했다. 가게 안이 꺼메지자 쓰레기가 보이지 않아서 좋았다. 하지만 어두움도 빵의 악취는 가리지 못했다. 나는 벌떡 일어났다. 홀을 벗어나 유리진열대 앞을 지났다. 벽에 붙은 전기 스위치와 눈이 마주쳤다. 좁쌀만한 빨간 불빛 하나가 스위치를 또렷하게 표지했다. 나는 끝내 불을 켜지 않았다.

앞문을 열며 밖으로 나섰다. 밤공기가 제법 차가웠다. 지나다니는 차들은 별로 없었다. 몇 대인지 손꼽을 정도였다. 나는 심호흡을 하면서 심장을 억누르던 빵 냄새를 토해냈다. 깊은 밤이 아니어도 인도를 거니는 사람들이 뜸했다. 상가 불빛들은 사람들을 찾다 못해 풀이 죽어 있었다. 불빛은 주변이 따뜻한 만큼 멀리 나간다. 상가 야경은 사람들 발길이 뜸한 탓에 싸늘했고 길게 뻗어나가지 못했다. 전기불빛들은 국물 속 국수발처럼 흐물흐물했다. 그런 틈새로 희미한 울음이 들렸다. 나는 고개를 두리번거렸다. 둔탁한 소리도 서너 번 났다. 낮에 선놈이 누운놈을 때리던 게 떠올랐다.

길 건너는 캄캄했다. 전깃불들은 거지들이 있는 곳까지 애써 비추려 하지 않았다. 어둠은 거지들을 가게 안 빵처럼 덮어버렸다. 하지만 팔다가 처진 빵 냄새 같은 울음은 가리지 못했다. 나는 울음을 좇아 걸음을 옮겼다. 횡단보도를 건넜더니 둘의 실루엣이 드러났다. 선놈이 누운놈을 발로 찼다. 누운놈은 쓰러진 채 소리를 죽이며 울었다. 선놈이 또 발길질을 했다. 비명도 지르지 못하고 까무러지는 누운놈이 보였다.

나는 그러지 마라며 선놈을 밀쳐냈다. 누운놈은 윗몸을 일으키며 내 다리를 붙잡았다. 선놈은 주먹을 불끈 쥐며 누운놈을 또 때리려 했다. 나는 왼팔로 선놈을 가로막으며, 하지 마! 라고 소리 질렀다. 싸우려면 나와 하자며 그러쥔 주먹을 선놈에게 보여주었다. 선놈 키가 어두움 속에서 불쑥 나보다 더 커보였다. 내게로 시꺼먼 것이 한 순간 달려드는 듯했다. 나는 울컥 무서워졌지만 주먹을 치켜세웠다. 선놈에게 내보이며 소리쳤다.

"까불지 마! 네가 누구 덕에 여기서 동냥이라도 하는지 알아?"

선놈이 주춤거렸다. 나는 서슬을 더 세웠다. 빨리 꺼지지 않으면 경찰에 연락하겠다고 했다. 선놈은 내 기세에 눌렸다. 나는 누운놈을 일으켜 세웠다. 쓰레기 썩는 냄새가 코를 자극했다. 속이 울렁거렸다. 누운놈은 가벼웠다. 나는 누운놈을 이끌어 가게로 들어섰다. 어쩔 수 없이 벽 전기 스위치를 켰다. 가게 안이 밝아졌다. 선놈은 가게까지 뒤따라 들어오려 했다. 나는 셔터를 내린 뒤 유리문을 닫고서 잠가버렸다. 누운놈을 데리고 주방으로 들어간 후 자세히 들여다보았다. 얼굴은 찰기가 없는 밀가루 반죽 같았다. 땟국이 흐르고 입술이 터지고 코에서 피가 났다. 나는 앞에 있지도 않은 선놈에게 개새끼라는 욕이 절로 나왔다. 나는 누운놈에게 왜 맞냐며 따지듯 물었다. 아무런 반응이 없었다. 나는 선놈이 자주 두들겨 패냐고 또 물었다. 누운 놈은 마지못해 입을 열었다. 말투가 어눌한 게 주눅이 들어 있었다.

선놈은 누운놈에게 앉거나 일어서지 못하게 했다. 아프지 않아도 환자처럼 누워 있으라 했다. 그래야 동냥이 더 잘된다는 거였다. 선놈은 누운놈이 일어서기라도 하면 폭언을 퍼부었다. 선놈 혼자 동냥을 하겠다는 거였다. 스스로 열심히 구걸하는 자였다. 누운놈은 게으르며 나약한 자가 되게 하려는 거였다. 그날도 누운놈은 누워 있기가 지겨웠다. 점심때 잠시 일어나 움직여 보았다. 온몸이 시원하며 기분도 상쾌했다. 내친김에 구걸을 했더니 선놈이 욕하고 때렸다. 선놈은 동냥한 돈을 누운놈에게 나눠주지 않았다. 누운놈은 울먹거리며 말했다. 나는 누운놈에게 얼굴과 손을 씻게 했다. 나중에는 홀로 데려와 의자에 앉혔다. 누운놈이 배가 고픈 것 같아 팔리지 않은 케이크를 꺼내 반쪽을 떼어주었다. 복분자 주스도 한 컵 따라 주었다. 누운놈은 곁눈질로 나를 힐끔거렸다. 나는 누운놈이 편하게 먹도록 자리에서 일어나 앞문으로 다가갔다. 선놈은 그때까지 셔터 앞에서 서성거렸다. 나는 유리문만 연 채 선놈에게 소리를 질렀다.

"구더기 같은 놈아, 썩 꺼져!"

선놈은 어슬렁거리며 어둠 속으로 사라졌다. 나는 셔터가 단단히 잠겼는지 확인했다. 유리문을 다시 닫고 자물쇠를 채웠다. 나는 탁자로 돌아가 누운놈을 마주보며 앉았다. 어느새 케이크와 주스를 다 마셔버린 뒤였다. 내가 왜 그 꼴을 당하며 사냐고 물었다. 누운놈은 처음과 달리 말을 술술 꺼냈다. 지난 여름에 비를 피하러 중앙공원에 갔다가 선놈에게 붙잡혔다. 누운놈은 수시로 달아나고 선놈은 그때마다 쫓아가 두들겨 팼다. 여러 번 슬그머니 도망쳤으나 번번이 붙잡혔다. 나중에는 내 가게 건너까지 끌려오게 되었다. 누운놈은 비밀이 있다며 갑자기 말소리를 낮추었다. 나는 눈을 크게 떴다. 누운놈은 속삭이듯 말했다.

선놈에게 집이 있다는 것이다. 30분쯤 걸어가면 나오는데, 등산로 입구에 있는 1층짜리 주택 한 채가 선놈 집이라 했다. 허름한 슬래브 집인데 딸린 가족은 없었다. 누운놈이 동거인이었다. 그 집에는 방 두 개, 부엌 겸 거실이 있었다. 십 년이 넘은 1톤 화물차도 있었다. 동냥을 못할 때는 그 화물차로 날품팔이를 했다.

나는 실없이 소리 내어 짧게 웃었다. 말도 안 되는 소리를 한다는 식으로 누운놈을 향해 눈살을 찌푸렸다. 누운놈이 손사래를 치더니, 가보면 알 것 아니냐며 의자에서 벌떡 일어섰다. 나는 양미간을 폈다. 누운놈은 목소리를 더욱 죽여 들릴 듯 말 듯 속삭였다. 집 이야기는 작은 비밀이라 했다. 다른 비밀을 떨어놓았다. 선놈이 상납을 한다는 말이었다. 나는 누운놈 눈을 똑바로 쳐다보았다. 회색 큰 차를 타고 다니는 신사에게 한 달에 두 번씩 돈을 바친다는 내용이었다. 나는 누운놈 눈을 뚫어지게 바라보며 내 귀를 의심했다. 나는 틀림없냐며 누운놈을 다그쳤다. 누운놈은 거짓말이면 자신을 죽여도 좋다고 대꾸했다. 그러고 나지막하게 웅얼거렸다.

"신사가 정문 빵집 주인아줌마랑… 뭣인가 된다던디."

처음에 나는 그 말이 들릴락 말락 했다. 그래서 '무슨 뜻이지' 했다. 하지만 뜻을 어렴풋이 이해하는 순간 뇌리 깊숙이 박혔다. 나는 누운놈을 한동안 멍하니 바라보았다. 누운놈은 시선을 허공에 두고 딴전을 피웠다. 나는 또다시 입가에 헛웃음을 흘렸다. 길게 아주 길게 말이다. 우리는 홀 의자에 앉아 뜬눈으로 밤을 새웠다.

다음 날 점심때쯤이었다. 나는 밖을 내다보았다. 길 건너 공터에 선놈 혼자 동냥질을 했다. 나는 누운놈과 함께 밖으로 나섰다. 왕복 2차선 도로를 가로지른 횡단보도를 건너 선놈에게 다가섰다. 나는 선놈의 눈을 찌를 듯 삿대질을 하며 '한 번만 더 누운놈을 때리면 넌 내가 죽여버린다'고 으름장을 놓았다. 선놈은 눈을 번득이며 나를 노려보았다. 내 머릿속은 선놈보다 신사로 가득 차 있었다. 달덩이 같은 웃음이 뇌리에서 지워지지 않았다. 누운놈은 내 눈치와 선놈의 눈치를 번갈아 살폈다. 나는 누운놈에게 선놈이 때리면 재빨리 내 가게로 도망치라 일렀다. 누운놈은 선놈을 곁눈질로 훔쳐보았다.

나는 신사와 마주앉았다. 신사는 빵 내에 취했는지 감은 눈을 뜨지 않았다. 나는 쓰레기 냄새가 나서 눈을 크게 부라렸다. 악취는 신사에게서 났다. 신사가 눈을 떴다. 나는 신사에게 약속한 돈을 건네며 수용소 승합차가 언제 오는지 물었다. 신사가 금요일 오후 세 시라 했다. 하얀 이빨을 드러내 웃으며 알려주었다. 이틀 후였다. 나는 그 정보를 선놈에게 내가 직접 알려주면 좋겠다고 했다. 이번만큼은 꼭 그러고 싶다며 부탁하듯 말했다. 신사가 그러자고 했다. 의자에서 일어나더니 빵이 담긴 상자까지 들고 밖으로 나갔다. 나는 앞문 안쪽에 서서 밖을 내다보았다. 신사가 상자 두 개를 승용차 뒷자리에 실을 때였다. 길 건너 선놈이 소리를 질러 신사에게 아는 체 했다. 신사도 마주보며 '거지 만세'라 외쳤다. 누운놈은 땅바닥에 깔린 골판지에 누워 있었다.

이튿날 밤이었다. 나는 거지들에게로 다가갔다. 누운놈이 아파서 쉬어야 한다고 선놈에게 말했다. 선놈은 눈을 부라리며 나를 노려보았다.

나는 선놈을 거들떠보지도 않은 채 누운놈을 데리고 가게로 돌아왔다. 우리는 홀 의자에 기대어 앉아 밤을 새웠다. 다음날 나는 가게 문을 열지 않았다. 그날 따라 시간이 더디게 갔다. 나는 자주 핸드폰 액정화면을 들여다보았다. 따분하다 싶으면 유리벽 밖으로 시선을 돌렸다. 선놈은 이리저리 오가며 지나는 사람들에게 열심히 구걸했다. 그럭저럭 오후 세 시가 되었다.

나는 또다시 유리벽 앞으로 다가가 오렌지색 가로선에 턱을 걸쳤다. 곧 이어 승합차 한 대가 선놈 앞에 멈춰 서는 게 보였다. 뒤에는 회색 승용차가 따라 붙었다. 승합차에서 건장한 사내 넷이 한꺼번에 튀어 나왔다. 신사도 차에서 내렸다. 사내 중 한 명이 차 뒤쪽 문을 열었다. 그런 뒤 사내 넷이서 선놈에게 달려들었다. 순식간에 선놈 사지를 하나씩 붙잡아 들어올린 다음 차에 태우더니 뒷문을 닫아버렸다. 눈 깜짝할 사이에 벌어진 일이었다. 후송차는 먼지를 날리며 떠났다.

신사는 승용차 앞쪽에 서서 내 가게를 바라보았다. 다른 때보다 더 밝게 웃었다. 배를 쑥 내밀며 얼굴에 웃음을 머금은 채 왼팔은 뒷짐을 졌다. 오가는 이들 눈에 잘 띄도록 오른팔을 높이 쳐들었다. 모든 사람들에게 보라는 듯 시계불알처럼 흔들어댔다. 거지들을 치우는 일에 큰 몫을 한 것처럼 당당했다. 갑자기 실내에서 쓰레기 냄새가 자욱하게 풍겼다. 코끝이 매캐하더니 구역질이 날 것 같았다. 내 곁으로 누운놈이 다가 와 있었다. 나처럼 유리벽 가로선에 목을 걸었는데 입에 빵을 물었다. 제 마음대로 꺼낸 빵이었다. 나는 물끄러미 입에 물린 빵을 보았다. 그는 밖을 내다보며 웃었다.

포스트게놈 시리즈 2050

*

택시가 포장길을 달린다. 나는 차 안에서 아스팔트가 저 멀리 정글에 닿는 모습을 바라본다. 4차선 도로 끝이 밀림에 묻혀 보이지 않는다. 문명이 원시림에 생채기를 냈다고 구시렁거릴 만하다. 그런데 좀 다른 느낌이다. 둘이 잘 어울리는 모습으로 말이다. 자연에 흠을 낸 건 아닌 듯싶다. 오히려 조화롭게 느껴진다. 그가 저기에서 살고 있어야 한다는 바람 때문일까. 그를 만나려는 기대가 큰 탓일까. 그가 안 살면 어떡해. 만나야 하는데.

나는 시엠릿 게스트하우스에서 오토릭샤를 하루 동안 세냈다. 오토바이 뒤에 릭샤를 매단 탈것이다. 오토바이에 운전사가 앉고 릭샤에 승객을 태운다. 여기 사람들은 택시라 부르기도 한다. 택시가 포장길을 내달린다. 길이 저 멀리 앞에서 숲의 짙은 그늘에 눌려도, 어디 더 눌러 보라는 듯 줄곧 머리를 열대림으로 들이민다. 그를 찾아보려는 오롯한 내 마음이 아스팔트 포장길을 앞질러 간다.

여대 2학년이던가, 그때 닷새 일정으로 여기에 왔었다. 친구들과 어울려 앙코르 유적지와 둘레의 이름난 곳을 돌아다녔다. 톤레삽 호수는 구경 못했다. 꼭 가보려 했으나 힘들 것 같아 지레 겁먹었다. 그때 이 길은 차가 다니지 못할 만큼 험한 비포장길이었다. 시간도 넉넉지 않았다. 나를 포함한 일행들 모두는 마지못해 포기했다. 그로부터 여러 해가 흘렀다. 어제 나와 함께 온 설계사들은 하루치기로 앙코르 유적을 구경하러 나섰다. 나는 가봤다며 일행에서 빠졌다. 따로 떨어져 톤레삽 호수로 간다. 대학 2학년 여행 때 못 가본 아쉬움을 이제야 달래는 걸까. 그가 호수 어딘가에서 사는지 안 사는지 그게 더 궁금하다.

릭샤를 뒤에 매단 오토바이가 바람을 가르며 달린다. 오토택시 운전사는 우리말을 제법 할 줄 안다. 자신을 벤타이라 소개하며 22살 먹었는데 나더러 몇 살이냐고 묻는다. 나는 입을 다물어버린다. 한국 여자들은 모두 젊고 예쁘다며 시키지 않은 말을 또 한다. 오토바이에 앉아 운전하는 녀석 뒷모습은 덜 자란 소년 같다. 덥수룩한 머리에서 황토 냄새가 피어올라 뒷좌석으로 날아든다. 녀석은 사오 년 전부터 한국 사람이 주인인 게스트하우스에서 하인이나 다름없는 종업원 노릇을 했다. 우리나라 사람들을 많이 만났고 한글을 배웠다. 몸놀림에서도 한국적인 티가 제법 난다. 녀석 몸은 온통 검붉은데 커다란 두 눈망울이 하얗다.

시엠립을 벗어난 지 한 시간 남짓 되었을까. 멀리서 짙은 그늘로 보이던 숲은 야자수 군락이다. 오토택시가 야자수들이 즐비한 곳으로 달려든다. 아스팔트길을 삼킨 숲의 짙은 그늘 속으로 나는 딸려간다. 끝나지 않을 것처럼 줄기차게 뻗어나가던 아스팔트가 숲속에서 멈춘다. 숲과 잘 어울리던 도로가 뚝 끊겨버린다. 눈앞에서 반듯한 길을 잃는다. 차가 흙으로 올라선다. 나무 밑은 온통 흙이다. 집들도 흙이다. 눈에 띄는 사람들조차 흙으로 빚은 듯하다. 살아 움직이는 흙들. 나는 흙이 살아 있다는 걸 깨닫는다. 흙에 뿌리내린 야자수들 틈으로 잿빛하늘이 드러난다. 하늘은 먼동을 틔우듯 진회색 구름을 한 꼭지 두 꼭지 내보인다.

녀석은 열대림을 베어낸 넓은 흙밭으로 택시를 몰아간다. 흙밭 한가운데 허름한 집들이 옹기종기 자리잡은 마을이 보인다. 이어 마을 중앙으로 여겨지는 삼거리가 나타난다. 녀석은 거침없이 차를 몰아 동네 한복판으로 들어선다. 판자를 잇대어 벽을 만들고 야자수 이파리로 지붕을 얹은 집들이 길을 따라 양쪽으로 늘어서 있다. 집집마다 서너 명이거나 대여섯 되는 사람들이 길을 향해 웅크려 앉았다. 집안은 어둑어둑하다. 호수쪽 집들 뒤로 철다리처럼 생긴 기다란 잔교가 보인다. 물도 없는 마른 땅에 웬 선착장이지.

"여기는 큰 선착장이죠. 우기에 비가 많이 오면 강이 역류하면서 호숫물이 마을 바로 앞까지 차올라요. 그때는 호수로 나가는 배를 여기에서 타고 내리고 하죠."

녀석이 구멍가게 앞에 택시를 멈춘다. 가게는 판잣집이 아닌 흙집이다. 다른 집들보다 두 칸 정도 더 커 보인다. 동네에서 가장 큰 집 같다. 싱싱하지 않아 보이는 식품과 흙먼지가 두텁게 낀 잡화들이 점포 오른쪽으로 무질서하게 진열되어 있다. 녀석이 자기 집이란다. 자신이 번 돈으로 가게가 딸린 네 칸짜리 흙집을 샀다며 제법 으스댄다. 장남인데 동생이 네 명이란다. 녀석 덕에 온 가족이 잘 사는 건가, 우쭐댈 만하다. 가게에 녀석 얼굴이 보이자 동네 꼬마들이 스무 명 남짓 몰려든다. 애들이 오토택시를 보며 차, 택시, 차, 택시라며 소란스럽다. 녀석으로부터 미리 연락을 받고 몰려든 애들 같다. 나는 꼬마들 손에 1달러짜리 지폐를 하나씩 쥐어준다. 아이들이 돈을 받아든 채 녀석에게로 시선을 모은다. 슬리퍼 신은 아이들이 눈에 띄긴 한데 맨발로 다니는 아이들이 더 많다. 반바지에 반소매 남방셔츠 차림인데 윗옷은 단추를 채우지 않아 걸쳤다고 말하는 게 더 어울린다. 애들은 머리끝에서부터 발끝까지 흙먼지투성이다.

"호수에서 혼자 사는 한국남자 있나 알아봐, 5달러 더 준다."

녀석의 말이 떨어지자마자 애들은 뜀박질 한다. 그가 머무는 곳을 알기라도 하듯 달려간다. 우리는 다시 차에 오른다. 마을을 벗어나자마자 비포장 둑길이다. 버스 한 대가 지나갈 만한 넓이의 외길이다. 길에 난 크고 작은 구덩이들이 너무 많다. 구덩이들이 쇠사슬처럼 이어졌다. 구덩이사슬 길이라 해도 무방하다. 오토바이나 릭샤 바퀴가 구덩이와 구덩이를 건너야 앞으로 나간다. 대학교 2학년 때 호수로의 여행을 포기하게 만든 시엠립에서 녀석네 마을까지 길을 떠오르게 한다. 그 험한 길이 지금은 포장길이기에 마음 놓고 호수로 향한 것이다. 그나마 다행이다. 아직도 마을에서 호수로 가는 길은 비포장이다. 비포장이라는 말이 잘 못 됐다. 자연스러운 본디의 길이라 해야 맞다. 게다가 차가 다니는 길이 아닌 둑길이니 더더욱 알 만하다. 그렇지만 이런 길로 프놈펜이나 태국 방콕에서 온 리무진 관광버스도 다닌다.

녀석네 마을을 벗어나자마자 차가 너무 뒤뚱거리는 통에 정신이 다 흔들린다. 채 5분이 안 돼 골반과 허리와 목이 따로따로 노는 것 같다. 먼지가 폴폴 나는 둑 양쪽으로 초막들이 늘어서 있다. 아까 보았던 삼거리 집들보다 작으며 허술하다. 어른 팔뚝만한 긴 막대기를 비탈진 둑에 박아 세우고 판자로 수평을 잡아 방바닥을 만들었다. 그 위에 야자수 이파리로 하늘을 가린 게 지붕, 옆으로 두른 게 벽이다. 창문은 아예 없다. 마른 갈대로 발을 엮어 드나드는 곳에 쳐놓았다. 그걸 문으로 치나 보다. 걷어 올린 발 틈으로 바깥을 내다보는 젊은 부부와 두세 명의 아이들이 있다. 서로 기댄 채 비스듬하게 눕거나 쭈그려 앉았다.

그들의 하얀 눈들이 지나가는 나를 뚫어지게 바라본다. 그들은 내가 신기한가 보다. 내가 그들을 둘러보는 게 아니라 그들이 나를 관광한다. 그네들과 때 묻은 그릇 몇 개와 얇고 낡은 담요가 방바닥에 뒹군다. 따스한 햇살이 살가워 시름을 놓고 살아가는 둔치의 갈대가 가냘픈 바람을 일으켜 초막으로 밀어 넣는다. 저들은 녀석의 마을 주민들보다 훨씬 더 가난해 보인다. 뭘 해서 뭘 먹고 살까. 저렇게 살아가는데 돈이 필요할까. 어쩌자고 나더러 이런 곳으로 와 함께 살자는 말을 했을까. 나는 새삼스레 그가 이해되지 않는다. 돈을 가져오더라도 쓸 곳이 없어

보인다. 초막들이 하나둘씩 사라진다.

차가 둑길을 벗어나 내리막길로 접어든다. 잡초가 우거진 들판으로 들어간다. 축구장만한 공터가 불쑥 나타난다. 선착장이었던 흔적이 뚜렷한데 호수는 보이지 않는다. 땅이 바싹 말라 뻣뻣해진 수초들이 물바람을 주거니 받거니 하며 한가롭다. 녀석이 여기가 작은 선착장이라 알려준다. 사람들은 보이지 않는다. 관광회사 간판들이 삼삼오오 무리지어 서 있다. 한글로 된 간판들 개수 파악이 쉽지 않을 정도로 많다. 오토릭샤가 공터를 지나친다. 비포장길의 요철이 더 심해진다. 나는 오토택시 천장에 자주 머리를 찧는다. 허리와 골반을 휘감는 통증 때문에 걷는 게 나을 듯싶다. 10분쯤 더 갔다.

저만치에 비로소 호숫물이 보인다. 사람들 소리가 소란스럽다. 신형 리무진 버스가 세 대나 서 있다. 조금 전에 지나쳤던 공터와는 달리 시설물들은 하나도 없다. 차가 물가에 다다랐다. 녀석이 차를 세운다. 내가 릭샤에서 내리자 녀석도 따라 오토바이에서 내렸다. 관광선과 사람들이 뭍과 물로써 자연이 그어준 경계 언저리에 뒤엉켜 있다. 관광객을 태우려는 배들이 관광버스보다 작은데 1톤 트럭만 하다. 배에 오를 때 딛을 나무 계단조차 없어 선원들이 승객들의 팔을 하나하나 붙잡아 뱃전으로 끌어올린다. 출렁이는 호숫물이 구정물처럼 탁하다. 물에 쓰레기들이 떠다닌다. 호수 물에 손을 담가봐야지 했던 내 생각이 싹 가신다.

호객하는 현지 사내들과 가이드들 사이에서 관광객들이 술렁거린다. 이리저리 쏠리는 사람들 모양새가 물에 떠다니는 오물과 구별되지 않는다. 녀석이 호수에 물이 가장 적을 때 사용하는 나루터라 설명한다. 그 쪽에서 좀 떨어진 푸른 물 위에 허름한 배들이 셀 수 없을 만큼 떠 있다. 나루터 너머로 두어 마장쯤에 몰려 있다. 배들이 많아 선단이라 해야겠다. 생선을 잡는 것 같지 않아 녀석에게 뭐하는 배들이냐 물었다. 수상마을이란다. 잡지나 텔레비전에서 보았던 수상가옥들인가 보다. 녀석이 가볼 거냐 묻는다. 나는 손을 내젓는다. 그보다는 마을로 돌아가 아이들로부터 그에 관한 정보를 들으면 좋겠다. 주체하기 힘들 만큼 몸이 피곤하다.

내가 먼저 차에 오르자 녀석이 따라오른다. 들어올 때와 같은 길인데 나갈 때가 요동이 더 심하다. 차가 뒤집힐 것처럼 뒤뚱거린다. 몸을 가누기가 힘들다. 눈꺼풀이 무거워지며 하품이 나온다. 녀석이 운전을 하며 한국에 가고 싶다는 말을 꺼낸다. 한국에서는 돈을 많이 벌 수 있으며 치료를 잘하는 좋은 병원이 많다고 들었단다. 녀석의 아버지가 한 달 전에 세상을 떠났다. 어디가 아픈지도 모른 채 시름시름 앓다가 드러누운 지 서너 달 만에 숨을 거두었다. 호수 인근에서는 무슨 병인지를 알아낸다거나 낫게 해줄 병원이 없다. 병원이 있다 하더라도 치료받으러 갈 돈이 없다. 녀석 아버지는 약 한 번 써보지 못하고 마흔두 살에 죽었다.

호숫가 주민들은 모두 녀석 아버지와 비슷한 처지인데 스스로 불행하게 여길 줄 모른다. 대부분 글을 모르거나 다른 세상을 접해볼 기회가 없는 탓이다. 녀석은 외국인들에게 귀동냥한 게 많아 바깥세상이 다르다는 걸 안다. 한국에서 돈을 많이 벌어 나처럼 예쁜 여자와 결혼하겠다며 고개를 뒤로 돌려 추파를 보낸다. 돈이 귀찮아서 병원이 싫어서 여기로 줄행랑친 한국 남자가 있다. 내가 지금 찾는 그 남자라며 큰소리로 녀석에게 알려주고 싶다. 녀석이 안 믿으리라.

'사람은 자연으로부터 몸을 빌린 거야. 반환해야 해. 그런데 돌려주지 않으려 야단법석을 떨어. 빚이 떠넘기는 고통을 채무자가 스스로 늘리는 거야. 의술은 장삿속으로 채워졌어. 환자를 위하는 척하지만 속은 달라. 빚이 주는 통증을 파는 거지.'

그가 떠나기 전에 했던 말들이 머릿속을 스친다. 그는 외아들인데다 활동적이지 못했다. 입이 짧아서, 키가 175인데 몸무게는 60쯤이다. 말수가 적고 표정에는 늘 그늘이 슬었는데 차를 마실 때만큼은 밝다. 어느덧 녀석네 구멍가게 앞에 이르렀다. 나는 차에서 내린다. 온몸이 쑤시고 아프다. 기지개를 켜는데 온몸에 배인 통증이 조금도 가시지 않는다. 풀어 놓은 애들이 하나둘씩 돌아온다. 모두들 풀이 꺾여 있다. 상금으로 5달러를 더 받아갈 애는 없을 것 같다. 나는 생수를 한 모금 마신 뒤 다시 차에 오른다. 오토택시는 뻘겋게 달아오른 수평선으로 넘어가는 해에게 매연을 뿜으며 숙소로 향한다. 게스트하우스에 도착한다. 앙코르를 구경하러 갔던 다른 일행들은 돌아오지 않았다.

방을 배정 받았다. 세 명이 쓸 방이다. 먼저 들어가 쉬어야겠다. 방문을 열며 들어선다. 커다란 나무 침대가 놓였는데 너무 커서 다섯 명도 자겠다. 옷을 벗어 옷걸이에 걸고 여행 가방에서 세면도구를 꺼내들어 욕실로 들어선다. 집을 나설 때 일부러 녹차비누를 챙겨 넣었다. 비누 거품에서 차향이 새어 나온다. 몸을 씻고 나오니 어둠이 짙게 깔렸다.

이제야 일행이 돌아온다. 전국에 산재한 영업소에서 1등이거나 혹은 2등인 영업사원들로 채워진 여행자들이다.

나도 영업소에서 1등을 했다. 지금은 영업소장이지만 반드시 회사의 최고 경영자가 되겠다며 목표달성을 위해 수단과 방법을 가리지 않는 남편 덕이다. 우수 영업사원들에게는 포상으로 일주일짜리 동남아 단체여행이 주어졌다. 주된 코스가 방콕 쇼핑과 앙코르 유적지 관광이다. 여행에 참여하는 영업사원들 대부분은 방콕에서의 쇼핑에 관심이 많다. 앙코르의 도시 시엠립은 방콕에서 출발하여 캄보디아 국경에 인접한 아란 야프라텟을 통해 드나드는 걸로 되었다. 리무진 관광버스를 타긴 하지만 가는데 꼬박 하루 오는데도 마찬가지로 걸린다. 그런 까닭에 앙코르 관광은 이박삼일로 잡혔지만 사실상 하루뿐이다. 시엠립 게스트하우스에서 잠만 두 밤 잔다. 그래서 이박삼일이다. 시엠립을 태국 쪽에서 드나드는 건 프놈펜을 경유하는 것보다 여행 비용이 덜 든다. 또 방콕에서 묻지 마 쇼핑을 하려는 속셈도 있다.

여행 코스가 알려졌을 때 나는, 톤레삽 호수를 머릿속에 떠올렸다. 그에게 메일을 보내려 생각했으나 망설이다가 그냥 출발했다. 대학을 마친 뒤로는 처음 떠나는 여행이었다. 출발하기 전이었다. 나는 자리를 비운 동안 내게 연락할 가능성이 있는 고객들에게 일일이 전화를 걸었다. 급한 일이 생기면 나를 대신해 박팀장을 찾으라 했다. 박팀장은 내가 추천하여 영업사원이 된 대학 선배다. 믿음직하며 좋은데 술을 즐긴다. 잘 참다가도 기분이 나쁠 때에는 폭주를 해버린다. 잔뜩 취했을 때가 문제다. 누군가 마주 앉아 꼬치꼬치 캐물으면 할 말 못할 말 다 해버린다. 그런 일이 가끔 있다 보니 어쩌다 내가 책상을 치며 박팀장과 가깝게 지낸 걸 후회한 적도 있다.

나는 집안 단속을 마친 뒤 여행길에 올랐다. 김포로 가는 비행기에서 서울 오빠들이 생각났다. 평소에는 잊어버린 듯 살았는데 경기도로 가다보니 문득 그리워진 것이다. 얼굴은 못 보겠지만 목소리라도 듣고 싶었다. 김포공항에서 전화를 하려 했으나 우리 일행을 인천공항으로 태워 갈 리무진버스가 미리 대기 중이었다. 버스 타기가 더 바빴다. 인천공항에서는 시간이 넉넉했다. 큰오빠에게 전화를 걸려다가 말았다. 언제나 바쁜 사람이다. 대신 큰올케에게 전화를 했다. 오랜 만에 들어보는 목소린데 반가워하는 기색 없이 서울에 무슨 일로 왔냐고 물었다. 자기네들은 입에 풀칠하느라 정신이 없다며, 생활이 늘 그렇단다. 나도 막연하게 다음에 언제 봐요, 한 후 전화를 끊었다. 다음에, 언제가 다음이지, 다음에, 라는 짧은 한마디가 참 편리하다. 작은오빠에게 전화하려던 생각은 털어버렸다. 그네들 얼굴이 그립거나 목소리를 꼭 들으려는 건 아니다. 엄마가 돌아가시고 동기간이 더 멀어졌다.

방에서 나랑 함께 잘 두 사람은 아직 들어오지 않는다. 식당에서 한국 아줌마들 특유의 시끄러운 소리가 들린다. 술 마시겠지, 노래도 부르고 엉덩이까지 흔들어가며 신나게 노는가 보다. 오토택시 좌석에 앉아 하루내 시달린 탓인지 다른 때보다 잠이 빨리 온다. 나는 침대에 드러누워 홑이불을 덮는다. 잠결에 눈을 떠보니 벌써 창이 밝아진다. 밤새 깊은 잠에 들었나 보다. 언제 들어 왔는지 다른 두 사람은 곤히 잔다. 나는 방문을 밀치며 밖으로 나선다. 이곳 아침 공기는 별나게도 상쾌하다. 야자나무 밑에서 낯익은 얼굴들이 뜰을 배경삼아 사진을 찍으며 서성거린다. 어제 다녀온 유적지에 대한 느낌을 수다로 풀어내고 있다.

인솔자가 '빨리 빨리 하자'며 방마다 문을 두드리고 돌아다닌다. 방콕의 숙소까지 돌아가는데 열 시간 넘게 걸린다며 아침식사를 서둘러 끝내라 다그친다. 시엠립에서 국경까지 대여섯 시간, 국경에서 방콕 숙소까지 네 시간 남짓 걸린다. 모두들 바쁘게 식사를 마친 뒤 짐을 챙겼다. 우리를 태운 버스가 방콕을 향해 출발하려 한다. 벤타이가 게스트하우스 출입문 앞에 우두커니 서 있다. 내가 녀석에게 먼저 손을 흔든다. 녀석의 커다란 눈이 용케 나를 알아본다. 두 팔을 높이 들어 마구 흔든다. 버스가 움직인다. 혹시라도 그가 호숫가에 산다면 만나볼 수 있기를 바랐는데, 아쉽다. 눈시울이 뜨거워진다.

*

그는 창가에 앉아 책을 읽었다. 탁자에는 두꺼운 책이 두세 권 놓여 있었다. 탁자 위에는 등산용 가스등이 켜져 있었다. 가스등 불빛은 야영하는 분위기를 자아냈다. 나는 병원이 아닌 산기슭이나 바닷가에 있는 기분이 들었다. 불빛에 이끌려 탁자 앞으로 다가섰다. 하지만 책 읽는 그를 방해하고 싶지 않았다. 나는 창밖으로 시선을 돌리며 우두커니 서 있었다. 창밖은 아무 것도 보이지 않았다. 오히려 창 안의 것들이 밖의 어두움 때문에 유리창에 또렷하게 비쳤다. 무심코 병실을 향해 돌아서는데 그가 앉으라며 자리를 내주었다. 그는 책을 손에 들었는데 헤르만 헤세의『싯다르타』를 읽던 중이었다. 나는 그를 마주보고 앉으며 주로 그림동화만을 읽었던 내 어릴 적 기억을 떠올렸다.

"보름달이 뜨는 날은 창가로 꼭 오세요. 차 드릴게요."

"두꺼운 책을 많이 읽으시나 봐요."

"읽는다기보다는 버릇이 돼서요, 어릴 때부터 그랬어요."

가벼운 몇 마디가 오가는 중에 그의 어머니도 폐암으로 입원해 있다는 걸 알았다. 그들이 머무는 방은 특실이었다. 내 어머니가 간암으로 입원한 병실에서 세 칸 떨어진 곳이었다. 지난 초가을인데 철 이른 한가위였다. 어머니 눈에 황달기가 뚜렷해지며 여름보다 몸이 더 수척해 보였다. 작은오빠네는 명절을 쇠러 오지 않았다. 큰오빠네도 오빠 혼자만 내려 왔다. 만나면 서로 얼굴을 붉히는 올케들 탓이었다. 명절 연휴가 끝난 다음날이었다. 하나뿐인 여동생의 성화 때문이었을까, 큰오빠가 어머니를 병원으로 모셔갔다. 진단 결과는 간암 말기였다. 암세포가 다른 장기까지 전이된 상태였다. 입원을 하려는데 6인용이나 8인용 병실에는 빈 침대가 없었다. 어머니를 우선 특실에 입원시켰다. 큰오빠는 일상 때문에 서울로 올라갔다.

앓아누운 환자를 돌보는 일은 내 몫이었다. 회사 일에 쫓기다 보니 어머니를 병구완할 시간이 빠듯했다. 내가 삼사분기 마감 때문에 퇴근이 늦은 날이었다. 잠시 집에 들러 낮부터 입었던 블라우스 위에 감색 카디건을 걸쳤다. 집을 나서 정신없이 병원으로 차를 몰았다. 편치 못한 마음으로 병실에 들어섰다. 어머니는 잠이 들어 있었다. 나는 흐트러진 물건들을 대충 치워놓고 병실 밖으로 나섰다. 복도 중간에 간호사

데스크가 있다. 그 앞을 쭉 지나가면 복도 끝에 다다르는데 희미한 불빛이 보였다. 티 탁자가 있는 곳이었다.

창가 탁자 위에는 등산용 가스등이 켜져 있었다. 그가 책을 읽으려 켜놓은 것이었다. 가스등 옆에는 빈 찻잔이 놓여 있었다. 창밖 보름달은 드높았다. 달이 창문에 가득 들어찼다. 그로 인해 빈 찻잔에도 달빛이 넘실거렸다. 그가 찻잔에 차를 따랐다. 창에 비친 달이 찻물에 비쳤다. 그가 눈을 지그시 감은 채 차를 마시며 향을 느꼈다. 그가 녹차향이 병원 냄새를 지워준다며 내게도 마셔보라 했다. 나는 달빛에 말은 차맛이 궁금했다. 내 앞으로 달빛 차가 건네졌다. 나는 두 손으로 찻잔을 집어 들었다. 그가 하던 대로 눈을 지그시 감으며 차를 혀끝에 적셨다. 맛도 향도 그저 그런 물이었다. 특별한 맛이나 향을 느끼지 못했다. 달빛조차 온데간데없었다.

차맛이 무심하여 나머지를 홀짝 들이키는데 목을 넘어가려던 물이 목젖에 걸려 사레가 들었다. 나는 어줍은 몸짓으로 눈물을 찔끔거리며 부끄러움을 견디려 애를 썼다. 창가에는 남녀의 잔웃음이 병동 통로에서 달빛을 밟으며 굴러다녔다. 그는 어떤 차를 마시지 않아도 그 차맛을 잘 알았다. 새 차 봉지를 튼 후 엄지와 검지로 봉지 속 차를 조금 집어 다관으로 옮길 때, 찻잎을 손끝으로 만지작거리며 차맛을 미리 느꼈다. 그가 머리를 가볍게 서너 번 끄덕이면 그 차는 향기, 맛, 색깔이 모두 좋았다. 그는 차, 라는 호칭에 대한 말을 했다. 차, 라 해야 되는데 다들 녹차라고 부른다며 씁쓸한 낯빛을 드러냈다.

그 후 이삼 일이 지났다. 날이 흐린 까닭에 달을 보지 못하는 날이었다. 창문으로는 어두움만 밀려드는 밤이었다. 티 탁자에는 가스등이 켜져 있었다. 등불은 한 채의 초가집처럼 탁자에 머물렀다. 병동 복도에는 초가에서 새어나온 희미한 불빛이 달빛을 흉내내며 떠다녔다. 나는 차를 우려내는 그의 손놀림을 바라보는 게 즐거웠다. 병원에서 때우는 시간이 따분했던 내가 무심코 말을 건넸다.

"병 없이 살 수 없을까요. 아프지 않고 천 년을 사는 때가 온다던데."

"뭐가 다르나요?"

그는 잘게 웃으며 차를 따랐다. 그는 발효차를 좋아했다. 나도 차를 마시며 차향으로 인해 병원 안에서 병원을 잊었다. 나중에는 차를 머릿속에 떠올리면서 병원 냄새를 잊기도 했다. 그가 차를 마시며 말했다.

"곧 2인실 하나가 통째로 빈대요."

"그래요? 함께 쓸까요?"

반가운 일이었다. 녹차 향은 밤새 통로에서 등불과 함께 몸을 섞어 달빛을 만들었다. 이틀 후 병실을 합쳤다. 간암을 앓은 내 어머니와 폐암환자인 그의 어머니가 겪는 통증은 점점 더해갔다. 거친 호흡이 심장 박동을 대신하는 듯했다. 폐암환자는 얼마 남지 않은 생을 숨쉬기에 매달리는 것처럼 보였다. 암세포가 폐 대부분을 잠식한 탓에 턱까지 차오르는 숨을 몰아쉬었다. 산소호흡기가 연결되고 링거 병의 수액을 통해 알 수 없는 약들이 몸속으로 들어갔다. 거친 호흡은 진통제로도 잡을 수 없는 통증을 동반했다. 폐암환자는 가끔 나더러 며느리하면 좋을 텐데, 라고 가쁜 숨을 몰아쉬며 말했다. 간암환자는 별로 고통스러워하지 않았다. 말기 암환자답지 않게 태연할 수 있었던 것은 진통제 덕이었다. 폐암환자를 보며 스스로 위로할 줄도 알았으리라.

"아야, 피차에 얼마 남지 않은 목숨인디, 난 저이보다 낫지?"

내게 슬그머니 일러주는 간암환자의 말을 더 빌자면, 내가 병실에 없을 때 폐암환자가 자신의 집안 이야기를 꺼냈던 것이다. 그가 경영학과 1학년일 때였다. 그의 아버지가 쓰러졌는데 나중에 반신불수가 되었다. 부축 없이는 어느 것 하나 해낼 수 없었다. 그의 어머니는 아버지의 퇴직금으로 저잣거리 복판에 있는 건물 2층에 카페를 냈다. 어머니는 카페에 나갈 때 화장을 짙게 하고 화려한 옷을 차려입었다. 집에서 오후에 나가고 새벽에 들어왔다. 아버지의 병 수발은 그의 몫이었다. 그의 극진한 간병이 꾸준히 이어졌다. 그는 대학을 졸업했으나 취직을 못했다. 돈은 어머니가 벌고 아버지의 간병은 그가 도맡다시피 했다. 아버지의 병세가 조금씩 차도를 보였다. 어머니가 운영하는 카페 덕분에 경제적인 어려움은 없었다. 그럭저럭 8년 남짓 지났을 때 아버지는 혼자 설 수 있었다. 지팡이를 짚고 서서히 걸었다. 운동 삼아 집 근처 학교 운동장을 두어 시간쯤 걸어 다니곤 했다.

햇살이 한참 뜨거운 한낮이었다. 매미들이 거실 창문 앞 목련나무에 터를 잡아 놀았다. 한더위가 발소리를 죽이며 창으로 다가서다 자지러지게 울어대는 매미소리에 주눅이 들기도 했다. 거실로 들어오는 바람이 조금은 시원했다. 그 바람에 아버지가 먼지떨음을 한 날이었다. 어둠이 깔리기 시작했으나 아버지는 그때까지 귀가하지 않았다. 그는 아버지를 걱정스러워했다. 그러다가 배가 고프자 저녁식사로 뭘 먹을까 생각했다. 갑자기 거실에서 요란한 소리가 났다. 그는 나뭇가지에 있던 매미 한 마리가 어두움에 쫓겨 집안으로 들어와 전기 불빛을 햇빛으로 착각하며 날개를 비비는 줄 알았다. 신기해 눈을 두세 번 껌벅인 후에야 비로소 전화 소리라는 것을 깨달았다. 병원 응급실에서 걸려온 전화였다.

몸이 우선해진 아버지가 할 일은 없지만 소일거리는 한 가지 있었다. 눈을 뜬 하루내내 어머니를 생각했다. 가끔 어머니 몸에서 담배 냄새가 난다며 트집을 잡았다. 아버지는 기분이 좋지 않을 때만, 어머니더러 왜 담배 피우냐고 싸움을 걸었다. 어머니는 그럴 때마다 일부러 아버지에게 용돈을 곱절로 주곤 했다. 아버지는 가끔 밤중에 가게로 뜬금없는 전화를 걸어 어머니가 술 파는 일을 난처하게 만들기도 했다. 어머니가 그에게 아버지의 버릇을 뜯어 고쳐야 한다는 푸념을 늘어놓았다. 아버지는 어머니가 가게 문을 열기 전에 역전시장에 들른다는 것을 알았다.

아버지가 택시를 탔고 어머니보다 5분쯤 앞서 시장 입구에 내렸다. 시장은 혼잡했다. 아버지는 어머니 눈에 잘 띄지 않을 곳에 몸을 숨긴 후 택시 승강장에서 눈을 떼지 않았다. 곧이어 어머니가 택시에서 내렸다. 아버지는 오가는 사람들 틈으로 이삼십 보 거리를 두면서 어머니의 뒤를 밟았다. 어머니의 걸음걸이는 빨랐다. 뒤따르는 아버지가 몸이 좋아졌다지만 그래도 환자였다. 아버지는 발걸음이 절뚝거려 빨리 걷기가 쉽지 않았다. 곧 숨이 가쁘며 현기증이 났다. 무리해서인지 다리는 쥐가 날 것처럼 저렸다. 잠시 서서 숨을 추슬러야 했다. 그러나 행인들에 의해 이리저리 떠밀리다 보니 몸의 중심을 잃었다. 한쪽으로 몸을 비켜 길가 세워둔 차에 허리를 기댔다.

겨우 몸을 바로세운 뒤 앞을 보니 어머니가 없어졌다. 눈을 크게 뜨며 고개를 쭉 빼어 앞을 내다보았으나 찾을 수 없었다. 급했다. 뛰려고 몸을 추슬렀다. 자신도 모르게 나타나는 반사적인 행동이었다. 두세 걸음 옮겼을까, 갑자기 앞이 보이지 않았다. 누군가와 세게 부딪힌 것도 같았다. 아버지는 숨이 쉬어지지 않고 뒷골이 당기며 두 다리가 너무 아파 죽을 것 같았다. 그가 병원으로 달려갔다. 손으로 침대에 누운 아버지의 눈가에 맺힌 눈물을 닦으며 말했다.

"엄마, 매일 시장에 들러 부식거리 사서 가게로 가는 거 몰라요?"

"니는 몰라야. 집으로 전화가 가끔 오는디, 내가 받으면 딱 끊어."

당직 의사는 아버지의 상태를 심각하게 읽었고 검사에 들어갔다. 그가 아버지의 병력을 의사에게 얼추 말했다. 의사는 결과를 보자 했다. 검사 결과가 한밤중에 나왔다. 의사는 아버지가 간이 매우 안 좋다며 정밀진단을 받아보라 했다. 시계를 보니 어머니가 가게 문을 닫을 시간이었다. 어머니에게 전화를 걸어 응급실이라고 말했다.

"그래야, 그란디 나도 죽겄다. 니가 고생 좀 해라. 내일 보자."

정밀진단 결과는 간암 3기였다. 아버지는 중풍이 다 낫지 않았는데 간암이 겹친 것이다. 아버지는 병원에 입원했다. 머지않아 아버지는 복수가 차올라 숨쉬기조차 어려웠다. 어머니는 가끔씩 병원에 들렀다. 그럴 때마다 침대 옆에 앉아 마른기침을 했다. 어머니는 여름 들어 감기를 자주 앓았다. 가까운 약국에서 약을 지어먹으면 수그러들었다. 어머니는 생계를 꾸려나가느라 밤에는 일하고 낮에는 쉬는 둥 마는 둥했다. 또 언제 숨을 거둘지 모르는 아버지 때문에 마음놓고 쉴 겨를이 없었다. 해가 바뀌고 또 바뀌었다. 그리고 몇 달이 지났다. 아버지 몸은 곁에서 더 이상 볼 수 없을 만큼 쇠약해졌다. 어머니도 허약해지고 있었다. 매미 날갯짓 소음이 잦아들 즈음이었다. 아버지는 떨리는 손으로 그의 손을 겨우 붙잡더니 숨을 거두었다. 간암 3기 판정을 받은 지 2년 조금 지난 때였다. 그 동안 아버지의 병수발을 그 혼자서 치러냈다. 그가 10년 남짓 도맡은 아버지의 병구완이 끝나는 시점이었다.

"그란디, 그 걸로 끈난 게 아니란 말이오."

나의 간암환자가 그의 폐암환자에게서 들은 말을 이어 전했다. 나는 듣기만 했다. 그는 아버지의 장례를 치른 후 여행을 떠났다. 한 달 일정이었다. 몸에 밴 병원 냄새를 털어버리기 위해서였다. 병원을 벗어나 집에 있어도 소독약 냄새가 콧속에서 끊임없이 풍겨 나왔다. 병원 냄새는 사체를 뜯어먹는 독수리의 부리가 되어 그의 머릿속을 쪼았다. 그는 톤레삽 호수를 찾았다. 우기인지라 물은 온통 황토 빛이었다. 구름 한 점 없는 정오의 하늘 아래에서는 사하라 사막처럼 보였다.

그는 관광선을 빌려 호수 깊은 곳으로 나갔다. 배를 사십대 초반쯤으로 보이는 남자가 몰았다. 병원에 매달리지 않아도 될 세상이 호수에 있었다. 그가 사십대에게 배를 세우라 말했다. 배가 멈추자 그는 물로 뛰어 들었다. 그의 갑작스런 행동에 사십대가 깜짝 놀랐다. 그를 구하러 물로 뛰어들려다가 두고 보기로 했다. 그는 물속에서 눈을 떴으나 흙탕물이라 앞은 보이지 않았다. 그는 먼저 눈을 껌벅이며 눈알부터 닦았다. 물에 녹은 미세한 흙알갱이들로 결막에 낀 병원의 더께를 씻어냈다. 입을 벌려 물을 들이켰다. 혀가 흙 맛을 반겼다. 흙탕물이 위 속에 들어가 차곡차곡 쌓였다. 그로 말미암아 창자 속에서 버티던 인육 썩는 냄새가 밀려나가는 것을 느꼈다. 연거푸 흙탕물을 마셨다가 토해냈다. 몸 안에 버티던 가면 부스러기들이 휩쓸려 나왔다. 단 한 순간이라도 목숨을 더 끌고자 죽음을 속이려는 가면이었다.

그의 의식에는 아버지 몸을 감아 돌던 역겨운 냄새가 각인돼 있었다. 그마저 청소가 되었다. 그는 황톳물 속에 가라앉고 싶다는 생각이 들었다. 손발 움직임을 멈춰버렸다. 온몸에 힘을 잔뜩 넣으며 숨을 멈췄다. 몸이 호수 밑으로 빨려 들어가는 걸 느꼈다. 그러자 머릿속에 어머니가 떠올랐다. 요즘 들어 잔기침이 늘지 않았는가. 홀로 남게 될 어머니가 측은했다. 겹겹이 둘러싼 거짓나부랭이들 속에서 가장 견디기 힘든 것은 외로움이다. 사람은 쓸쓸하지 않으려 속이거나 속으며 산다. 그는 자신이 어머니 곁을 지켜야 한다는 다짐을 하며 정신을 가다듬었다. 그는 몸에 힘을 빼며 발차기를 했다. 양팔을 저어 가슴으로 물을 끌어 모았다. 몸이 가벼워지면서 목을 물 밖으로 내밀 수 있었다. 두 손으로 배 난간을 붙잡았다.

그는 여행을 마치고 집으로 돌아왔다. 한 달 만에 본 어머니의 기침은 심상치 않았다. 어머니는 여전히 약국에서 지은 약을 먹었다. 그는 어머니와 함께 종합병원을 찾았다. 한가위가 보름 정도 남은 날이었다. 폐암 말기로 확인돼 바로 입원했다.

"술을 잘 안 먹는디, 그란디 추석 때, 술을 꽤 먹었습디다. 혀꼬부라진 소리로 호수에서 있었든 이야기를 하는디, 내가 미쳐불 것드만요. 걔 앞에서는 어찌어찌 참았는디, 나중에 나 혼자 원 없시 울었소. 나 죽는 것은 상관없는디, 저 놈이, 뭔 죗값을 저리 크게 치른 다요."

폐암환자의 눈시울에 눈물이 그렁그렁하더라고 간암환자가 말했다.

"그란디, 어째, 딸뿐인 것 같으요. 아들은 업소?"

간암환자에게는 굳어버린 간보다 더 아픈 말이다. 작은아들이 사업을 한다며 큰아들에게 보증을 서달라 했다. 미적거리는 첫째를 채근하여 보증을 서게 한 것이 간암환자다. 둘째의 사업은 실패를 하고 첫째는 보증 선 빚을 지금까지 갚는 중이다. 간암환자는 그놈의 보증이 집안을 말아먹었다며 늘 넋두리했다.

"장가를 보내야헐 텐디, 그나저나 시집 안 보낼라나?"

폐암환자의 말끝에 간암환자는 고개를 벽 쪽으로 돌렸다. 그러든지 말든지 폐암환자는 기침을 참아가며 혼잣말을 이었다.

"내 아들은 설 새면 서른하난디 집이 딸은 얼마나 되았소?"

천식기가 갑자기 폐암환자의 말꼬리를 물고 뛰어나와 온 병실을 휘감았다. 간암환자가 놀라 고개를 되돌리며 폐암환자를 걱정스럽게 지켜보았다. 보기에 짠했던지 폐암환자가 숨이 좀 돌아온다 싶을 때 마지못해 한마디 던졌다.

"설 새면 스물여덜인가, 에미가 이 모양으로 있는디, 그냥 그러요."

"나이가, 둘이, 딱… 존… 디."

호흡을 가다듬던 폐암환자는 더 이상 말을 잇지 못했다.

내가 다닌 보험회사는 영업 실적에 대한 마감을 한 달에 세 번씩 했다. 10, 20, 말일마다 한 것이다. 실적이 저조한 달에는 15일 마감까지 추가로 했다. 마감 업무를 전담하던 나는 그만큼 일이 많았다. 나는 회사에서 마감 일을 보다가 간암환자의 병세가 발작적으로 심해진다는 연락을 받으면 병실로 달려가야 했다. 그 때문에 회사 일에 대한 집중력이 떨어졌다. 사무실 업무가 나로 인해 터덕거렸다. 실수가 잦았다. 본사 업무팀에서는 왜 일을 이따위로 처리하냐며 나한테 직접 나무랐다. 당연히 윗사람들로부터 질책이 떨어졌다. 동료들 눈치도 받아야 했다. 나는 마감 때문에 밤 늦게 일이 끝나는 날이면, 늦은 시각 회사에서 병원으로 부리나케 차를 몰았다. 운전하는 30여 분 동안에 교통사고가 날 것 같은 위험을 느끼면서 가속 페달을 밟았다. 그럴 때마다 몸에 붕대를 감고 병원에 입원해 있는 내 모습을 상상하기란 어렵지 않았다. 어쩔 때는 등에서 진땀이 났다.

헐레벌떡 병실 문을 열고 들어서면, 폐암환자와 간암환자 곁에는 늘 그가 있었다. 간암환자는 그에게 핸드폰을 맡겨놓기도 했다. 걸려오는 전화를 받아주는 것은 물론 전화를 걸어달라는 부탁도 했다. 나중에는 서슴지 않고 잔심부름까지 시켰다. 병실에는 이동식 침대 두 개가 마주보며 벽에 붙박이인 듯 자리를 잡았다. 그 밑에는 넓지 않은 앉은뱅이 침대가 하나씩 배치돼 있다. 얇은 침대 두 개를 끄집어내 딱 붙이면 좁지만 아쉬운 대로 더블침대가 된다. 더블침대는 거의 내 차지였다. 그는 내가 병실에 없을 때 더블침대에 누워 허리를 쭉 폈다. 침대 하나를 두고 둘이서 번갈아 쓴 셈이다. 내가 더블침대에서 자면 그는 병원 통로로 나가 기다란 나무의자에 누워 잤다. 잠자리가 편할 리 없었다. 그런 모습을 보면서 나는 속으로 깊어가는 겨울에는 어쩌지, 라는 걱정을 했다.

한강에 첫 얼음이 얼었다는 뉴스가 들렸다. 날씨가 많이 추워지면서 몸을 움츠리게 했다. 내가 사는 곳은 남쪽 해안가 도시다. 그런 까닭에 서울보다 따뜻했다. 포근하기에 첫눈이 내리는지 안 내리는지 잘 알지 못할 정도로 흩뿌리다 말았다. 그럼에도 병원에는 호흡기질환 환자들이 몰려들었다. 그가 감기에 걸렸다. 한강이 얼었다는 뉴스를 듣고도 이레가 넘게 병실 밖 나무의자에서 새우잠을 잔 탓이리라. 며칠 뒤 병원에 눈보라가 몰아친 날이었다. 그는 드러누워야 할 만큼 감기몸살에 시달렸다. 폐암환자는 숨이 컥컥 막히는 바람에 잠들지 못했다. 거친 숨은 질곡에서 벗어날 시간마저 얼마 남지 않았다는 것을 보여주었다. 폐암환자의 링거 병에서 몸으로 흘러드는 진통제나 수면제는 더 이상 소용이 없었다. 폐암환자는 더 강한 약을 써보자는 의사의 말을 물리치며 죽고 싶다는 말을 했다.

"장가 가는 것 봐야 하는디…, 빨리, 죽어야할 텐디."

폐암환자는 혼수상태에서조차 호응을 바라듯 간암환자에게 시선을 주며 중얼거렸다. 그럴 때마다 간암환자는 벽 쪽으로 고개를 돌리거나 아예 돌아누웠다.

내가 바람이 차가워 모직 롱코트를 꺼내 입은 날이었다. 오후부터 바람이 강해지더니 저녁나절에는 진눈깨비가 쏟아져 내렸다. 그때 나는 병실에 머물렀다. 폐암환자가 잠을 못 이룬 지 사흘째 되었다. 곧 꺼지려다가도 향을 사르는 불씨처럼 타들어갔다. 담당 의사가 더 이상은 미룰 수 없다며 새로운 처방을 내왔다. 폐암환자가 유언을 하려는 듯 아들을 불렀다. 간암환자와 나는 긴장했다.

"그냥 둬라."

새로운 처방을 쓰지 마라는 뜻이었다. 그냥 죽고 싶다는 말이었다. 옆에 서 있던 나는 몸을 돌렸다. 눈시울이 뜨거워져 견디기 힘들었다. 간암환자는 불쌍하다는 듯 미간을 찌푸리면서 폐암환자를 지켜보았다. 그는 어머니 옆에서 무덤덤하게 서 있었다.

"내 새끼…, 불쌍…, 장가 가야 할 턴디."

그 말이 떨어지자 간암환자가 끙, 하는 신음을 내며 등을 돌려 누웠다. 폐암환자가 체념하듯 눈을 감았다. 그는 10여 년에 걸친 아버지의 병간호 때문에 말라버렸는지 눈물을 보이지 않았다. 그의 결정에 따라 의사와 간호사는 마약 성분이 강한 데메롤을 폐암환자의 앙가슴에 붙였다. 견디기 힘든 통증이 가장 세게 짓누르는 곳이었다. 그것만으로 잠들기 힘들다며 정맥에 아티반을 주사했다. 숨을 거두기가 고통스러운 환자에게 마지막으로 쓰는 약이었다. 폐암환자의 숨소리가 몇 분 지나자 골라졌다. 아침까지 푹 잘 것이었다. 감기가 낫지 않은 그의 얼굴은 부어올라 있었다. 눈마저 충혈된 상태였다. 그를 복도 소파에서 자게 하고 싶지 않았다. 병실의 더블침대에서 쉬게 한 뒤 내가 집으로 가면 될 일이었다. 저녁식사 후 나는 감기몸살 약을 먹은 그에게 더블침대에서 자라는 말을 했다. 나는 괜찮다는 그를 놔둔 채 병실을 나섰다.

저녁 7시였다. 병원 현관문을 여는데 진눈깨비가 흩날렸다. 앞이 잘 보이지 않았다. 도로 바닥에는 빗물과 우박이 뒤엉켜 있었다. 나는 운전할 마음이 내키지 않았다. 시간이 지나면 날씨가 좋아지려나, 텔레비전에서 일기예보를 할 텐데, 생각하며 병원 1층 휴게실에 들렀다. 텔레비전에서 뉴스를 했다. 나는 멀찍이 서서 화면에 귀를 기울였다. 다리가 저려올 때쯤 TV에서는 지방 뉴스를 끝내며 일기예보를 했다. 밤새 한파가 몰아치다가 새벽녘에는 길이 얼겠으니 운전하는 사람들은 조심하라는 말을 했다. 춥고 긴 밤을 썰렁한 집에서 혼자 자야 하다니, 날이 바뀌면 새벽같이 일어나 집을 나서서 병원에 들렀다가 출근해야 하는데, 의자에 앉아 졸더라도 병실에서 밤을 지새우는 게 더 나을 듯했다. 휴게실에서 벗어나 병실로 향했다.

병실 문을 열며 슬그머니 들어섰다. 텁텁한 공기가 숨통을 조르듯 훅 달려들었다. 그는 더블침대에 누워 있었다. 내가 문을 여닫아도 꿈쩍하지 않았다. 나는 코트를 벗어 옷걸이에 걸었다. 간암환자는 잠들지 않은 채 양손으로 개똥벌레를 붙잡고서 손장난을 했다. 반딧불, 저렇게 커다란 반딧불이가 있었나. 나는 눈을 크게 뜨고 보았다. 그건 핸드폰이었다. 간암환자는 내가 들어선 것을 아는지 모르는지 문자 입력에 정신을 팔았다. 그때껏 다른 기능들은 잘 모르겠다며 통화만 주고받았는데 문자 보내는 것을 언제 배웠지. 나는 간암환자의 손놀림이 멈추기를 기다렸다. 전자음이 가볍게 울리더니 반딧불이 사라졌다. 나는 기척을 하며 호들갑을 떨었다.

"와! 문자 보낼 줄 알아? 누구한테 배웠는데?"

"응, 총각이 애썼다."

"나한테는 왜 한 번도 안 보냈어?"

"니는 늘 보잔냐."

"누구한테 보냈어."

간암환자는 대답하지 않았다. 물어보나마나 서울 오빠들과 주고받았을 것이다. 나는 묻지 않아야 할 말을 던진 듯해 기분이 꿀꿀했다. 그는 핸드폰을 갖지 않았다. 여기저기를 찾아다니며 핸드폰 사용법을 알아낸 후 간암환자에게 가르쳐 주었다. 간암환자가 몸을 반이나 일으키더니 아래켠에서 잠든 그를 내려다보았다.

"손놀림이 곱더라. 팔자를 저리 나기도 힘들제."

혀를 몇 번 차더니 건너편 침대를 바라보았다.

"나도 며칠 안 남았는디. 편히들 가야할 텐디."

폐암환자가 호흡이 거칠지는 않지만 힘들어하는 기색이 뚜렷했다. 간암환자는 쓰러지듯 눕더니 잠시 후 가느다랗게 코를 골았다. 복수로 불룩해진 배 위에는 핸드폰을 꼭 쥔 양손이 얹혀 있었다. 갑자기 나도 오빠들이 그리웠다. 나는 냉장고 옆에 놓인 의자에 앉았다. 모터 돌아가는 진동을 느꼈다. 냉장고가 숨을 쉬었다. 방 안의 것들은 모두 작동되었다. 멈추지 않아야 하는데, 기계든 사람이든 먼저 멈추는 것부터 밖으로 실려 나간다. 더블침대는 병실 바닥에 닿을 것처럼 높이가 낮아서 환자용 침대보다 밤이 더 짙게 깔렸다. 깊이 잠든 그의 옆으로 들어가 눕고 싶었다.

누군가 내 어깨를 잡아 흔들었다. 눈을 떴더니 그의 얼굴이 내 앞을 가렸다. 집으로 못 갔으면 자기를 깨울 것이지 의자에서 잤냐며 투정을 부렸다. 그의 입 냄새가 코끝을 간질였다. 연한 차 내음이었다. 순간 그의 목을 껴안고 싶은 충동이 일었다. 무심코 그에게 팔을 뻗으려 했다.

의자에 앉아 잠을 잔 탓일까. 그때 허리의 통증이 전신을 휘감아 나도 모르게 실비명을 토했다. 내 입김이 그의 코끝으로 퍼지는 것을 알았다. 나는 입을 다물었다. 그가 아직 새벽인데, 자기는 밤새 푹 잤으니 나더러 더블침대에 가서 편히 누우라 했다. 나는 거절하지 못해 더블침대에 놓인 담요를 들추며 쏙 들어가 누웠다. 그의 체온이 햇살처럼 내 살갗으로 스며들었다. 나는 그가 거침없이 밀고 들어올 수 있다는 상상을 했다. 온몸을 뒤틀며 기지개를 켰다. 담요에서 차 냄새가 났다.

밥그릇이 달그락거리는 소리가 들렸다. 나는 잠자리에서 일어났다. 약에 취한 폐암환자는 잠결이었다. 그가 간암환자의 아침식사를 거드는 중이었다. 간암환자는 숟가락으로 떠올려주는 음식을 천연덕스럽게 받아먹으며 내게 눈을 흘끔거렸다. 너보다 낫다는 눈치였다. 그가 오히려 미안해하는 나에게 출근이 늦지 않았냐, 빨리 준비하라며 여유를 보였다. 나는 두유 한 컵을 서둘러 마셨다. 어제 입은 옷 그대로 매무새를 손질했다. 머릿결 맵시는 손가락으로 대충 잡았다. 나는 세 사람을 뒤로 한 채 병실을 나섰다. 병실의 그 누구도 내 뒷모습을 바라보지 않은 것 같았다.

괜히 그가 신경쓰였다. 출근 준비하던 나를 보며 어떤 느낌을 가질지 궁금했다. 좋은 모습으로 여겨주길 바랐다. 엘리베이터를 타고 1층 로비에서 내렸다. 현관문을 열고 병원 밖으로 나섰다. 주차장에서 차를 몰아나가는데 길바닥이 어설프게 얼어 있었다. 나는 조심스레 운전을 하여 회사에 다다랐다. 조회가 막 시작하려던 참이었다. 직원들 대부분은 이미 출근해 있었다. 내가 먼저 출근해 설계사들의 아침 분위기를 도닥거리며 조회 준비까지 맡아서 해야 하는데 그러지 못했다. 나는 상사들과 직원들 대하기가 민망했다.

조회가 시작되었다. 먼저 지점장으로부터 인사이동 발표가 있었다. 뜻밖에 내가 인사발령을 통보받았다. 새 근무지는 서울 본사 비서실이었다. 다른 직원들은 인사이동이 없었다. 나만 서울로 발령이 났다. 조회가 끝난 뒤 나는 지점장과 면담을 했다. 나는 지점장 책상 앞에 앉아 눈시울을 적셨다. 서울로 갈 처지가 아니라며 인사발령을 취소해달라는 요청을 했다. 지점장은 그렇다면 자진해 사표를 쓰라 했다. 12월 31일자로 사직하면 내년 2월까지 봉급이랑 설 보너스까지 준다며.

서울 본사 비서실은 회사가 못마땅한 여직원들에게 대기발령을 내는 곳이다. 나를 자르려는 인사발령이었다. 속이 뻔하게 들여다보였다. 하지만 나로서는 어쩔 수 없었다. 회사에 저항할 힘이 없지만 정붙이며 살던 고향을 떠나기도 싫었다. 차라리 회사를 때려치운 뒤 보험설계사를 해야 될 일이었다. 그게 수입이 더 낫고 업무도 덜 버거울 것이다. 어머니를 간병해야 하는 처지에 시간 내기도 더 편할 일이었다. 평소에 가끔씩 그런 생각을 하긴 했다. 나는 지점장에게 알았다며 면담을 마쳤다. 그날 오전에 사직서를 제출하며 남은 겨울이 여느 때와 다르기를 바랐다.

*

설계사로 재취업하는 일은 간암환자를 보살펴야 하기에 미루기로 했다. 12월 23일이었다. 회사에서 봉급과 연말보너스가 나왔다. 나한테만 이듬해 1, 2월 봉급과 설 보너스가 미리 지급되었다. 퇴직금까지 통장에 찍혔다. 나는 23살 2월 초에 입사해서 28살 2월 말일자로 퇴사했다. 5년을 꾹꾹 눌러 채우고 며칠을 더 넘겼다. 저잣거리에는 크리스마스 캐럴이 울려 퍼졌다. 건물마다 반짝이는 전구들이 쇼윈도를 밝혔다. 평화롭거나 아늑한 느낌을 주는 허깨비들이었다. 사람들은 거기에 속아 넘어가는 척하며 흐느적흐느적 밤거리를 쏘다녔다. 눈은 걷기에 알맞도록 내렸다. 화이트 크리스마스였다. 성탄절에도 폐암환자는 데메롤과 아티반을 투여했다. 육신의 아픔을 덜어내는 외길이었다. 간암환자가 성탄절인 것을 알았다.

"둘 다 축복받어라."

뜻하지 않은 말이었다. 나는 간암환자 말에서 용기를 얻었고 그에게 핸드폰을 선물했다. 옆에서 간암환자의 병구완을 도와준 것에 대한 감사의 표시였다. 내가 컬러링은 〈스탠 바이 미〉로, 벨 소리는 〈엘 콘도르 파사〉를 입력했다. 대학 다닐 때는 하루에도 몇 번씩 듣던 곡이다. 그는 한사코 사양하다가 마지못해 받았다. 간암환자가 어두워지자 약 힘을 빌려 잠들었다. 내가 눈 맞으러 가자며 그의 옷소매를 잡아끌었다. 우리는 걸어서 병원 밖으로 나섰다. 상쾌한 바람이 귓불을 스쳤다. 내가 성기게 내리던 눈송이 하나를 입으로 훅 부니 그의 볼에 가 앉았다. 그가 날리는 눈을 내게로 훅 불었다. 그 눈은 내 입술에 내려앉았다. 그가 손을 내밀어 내 입술을 닦으려 했다. 내가 팔을 내밀어 그에게 팔짱을 끼며 말했다.

"지금만 애인 해요. 우리."

그가 내게 바싹 몸을 기댔다. 내 오른쪽 젖무덤을 팔짱 낀 그의 왼팔이 압박했다. 나는 그의 팔을 더욱더 꽉 끌어안았다. 걷다보니 등에 땀이 배었다. 내리던 눈이 멈추자 밤하늘에는 눈썹 같은 달이 죽치고 있었다. 양력으로는 하순인데 음력으로는 초순인가, 초승달이 떠 있었다. 눈이 더 올 것 같지 않았다. 빈약해 보이는 조각달이 하늘에 쌓인 눈을 모두 땅으로 날려버릴 만큼 힘이 세다는 걸 나는 그때 눈치챘다.

"찻물 따를 때 물 허리가 휘잖아. 저 달도 어딘가에 자신을 따르나 봐."

"맞다. 우리 찻잔에 따랐을 거야. 그래서 쪽달인가 보다."

우리는 서둘러 병원으로 돌아왔다. 창가에 놓인 탁자에 앉아 밤이 깊을 때까지 조각달이 따라주는 차를 마셨다. 그가 나더러 먼저 자라했지만 나는 떨어지기 싫었다. 그도 그런 낌새를 흘렸다. 우리는 의논 끝에 더블침대를 조금 변형한 다음 나란히 자기로 합의했다. 보조침대 두 개를 딱 붙이지 말고 조금만 떼어놓기로 한 것이다. 설마하니 편찮은, 위독한 어머니들이 양쪽에 누워 자는데 별일이 있겠냐는 데까지 의견 일치를 보았다. 우리는 진즉 그 생각을 해내지 못한 서로를 향해 혀를 끌끌 차며 병실로 들어섰다.

보조침대를 떼어놓으려는데 벌릴 틈이 넉넉지 않았다. 겨우 반 뼘 뗄 수 있었다. 내가 보조침대 위에 담요를 깔았다. 그 위에 홑이불을 편 뒤 먼저 자리에 누웠다. 망설이는 그의 손을 내가 잡아끌었고 4, 5초간 실랑이가 있었다. 그 바람에 간암환자가 몸을 뒤척였다. 우리는 나란히 누워 숨을 죽였다. 잠시 동안 털끝 하나 움직일 수 없었다. 간암환자가 다시 고르게 숨을 쉬었다. 어쩌다가 둘의 손이 서로 닿았다. 내가 그의 손을 뚝 쳐서 밀쳤다. 그의 몸에 밴 차향이 내 가슴 속으로 파고들었다. 나는 밀어냈던 그의 손을 슬며시 되잡았다. 팔베개를 하려 했는데 그가 더는 기다려주지 않았다. 자신 있게 내 품에 안겼다. 나는 차 향기 때문에 숨이 막힐 뻔했다. 그는 차맛을 미리 알아볼 때처럼 손끝으로 나를 매만졌다.

창밖에서는 달이 한쪽 눈을 찡긋 감은 채 병실 안을 엿보았다. 달빛은 발가벗은 우리를 가려주었다. 그는 달빛 아래서 나를 우려냈다. 좋은 차맛은 찻잎을 많이 넣지 않을 때 난다. 은은한 차향을 살리려면 물이 너무 뜨겁지 않아야 한다. 차에서 달빛이 새어나오게 하려면 차 우려내는 결이 길지도 짧지도 않아야 한다. 찻물을 따르고 마시는 소리가 두 환자의 숨소리보다 작아야 했다. 나는 온 힘을 다해 그의 목을 껴안은 채 숨죽이며 차를 마셨다. 다관의 차는 쉽게 마르지 않았다. 내가 목말라할 때마다 그는 차를 따랐다. 나에게만 내어주는 그의 차였다.

암환자들의 끊길 듯 말 듯한 숨소리와 차를 나눠 마시는 거친 숨소리가 달빛과 뒤엉켜 병실을 떠돌았다. 내 갈증은 조각달이 창 안을 들여다보지 않을 때까지 풀리다가 이어지기를 되풀이했다. 두 환자를 가끔 둘러봐야하는 간호사가 껴안은 채 깊이 잠들어 있는 우리를 보았을 것이다. 어쩌면 차를 나눠 마실 때 봤겠지.

이튿날이었다. 폐암환자 상태가 아주 나빴다. 누가 보아도 며칠을 넘기지 못할 것처럼 보였다. 간암환자의 몸도 복수가 차오르는 배를 빼면 모두 수척했다. 복수를 빼내지만 다시 차올라 환자가 힘겨운 숨소리를 내게 만들었다. 해가 바뀌었다. 병동 안에 머물며 늘 보던 사람들이 우리더러 달라졌다며, 한 식구 같은데 소문 없이 언제 결혼했냐는 말로 놀렸다. 우리는 드러내놓고 신혼부부처럼 굴었다. 폐암환자는 의식을 놓았다가 가끔 눈이 떠지면 내 손을 잡았다. 간암환자는 나를 볼 때마다 한숨을 푹푹 쉬며 같은 말을 되풀이했다.

"어째 니는 넘이 하잔 대로 따라가냐. 또 그런다."

설을 며칠 앞둔 날이었다. 우리는 창가에 앉아 차를 마셨다. 그날 따라 그는 시름에 잠겨 있었다. 내가 무슨 일인지 물었다. 돈이 필요하면 큰 건 몰라도 작은 액수는 돌려줄 수 있다는 말을 했다. 그는 고개를 저으며 대답했다.

"임신하면 어떡하지."

내 가슴이 쿵 내려앉았다. 그는 태어날 애가 짊어질 짐을 생각하는 중이었다. 제 몫으로 가져온 삶의 무게야 어쩔 수 없지만 애비가 떠넘기는 버거운 덤은 어쩔 거냐는 것이었다.

"별 걱정을 다 한다. 모든 게 지 몫이지~요."

"떠넘기지 않을 수 있다면 주지 말아야 해."

그는 병원이 없는 곳에 가 살면, 목숨을 늘리려는 짓을 하지 않아도 되며, 일부러 사서하는 고통을 자식에게 대물림하지 않아도 될 거라 했다. 톤레삽 호숫가에 가 살고 싶다며 나를 바라보았다. 나는 장난삼아 궁금한 게 하나 떠올랐다. 돈을 넉넉히 가져가야 할 텐데 어떻게 보관하는지 궁금했다. 그가 은행에 여권을 보여주면 달러로 예금을 받아준다는 대답을 했다. 내가 고개를 끄덕이자 그는 그런 게 걱정이냐며 입가에 잔웃음을 지었다. 나는 작은 목소리로 그에게 핀잔을 주었다.

"아직 임신 안 했네~에~요. 걱정이 팔자시네~요~옹."

우리는 두 환자를 위로하기 위해 설을 쇠자마자 바로 결혼하는 게 좋겠다는 것으로 얘깃거리를 거두었다. 시간이 별로 남아 있지 않은 어머니들께 말하자며 창가에서 일어났다. 병실로 들어서는데 폐암환자의 용태가 심상치 않았다. 숨을 몰아쉬는 목에서 가래 끓는 소리가 겨우 들렸다. 급히 간호사를 불렀다. 간호사가 폐암환자의 눈을 까보고 맥을 짚더니 밖으로 나갔다. 내가 보기에 폐암환자는 여느 때와 달라보였다. 그가 폐암환자의 한 손을 잡더니 혼자말로 중얼거렸다.

"손이 차가워!"

간호사가 의사와 함께 들어왔다. 폐암환자는 침대에 실린 채 중환자실로 옮겨졌다. 의사가 그에게 마음의 준비를 하는 게 좋겠다는 귀띔을 했다. 나도 모르게 눈물이 나왔다. 고통 속에서 힘들게 숨을 거두는 폐암환자가 불쌍하고 하나뿐인 혈육을 떠나보내는 그가 더 안타까웠다. 눈물이 멈추지 않았다. 그를 위로하려 울었다. 그의 한쪽 손을 잡으며 눈을 마주치려 얼굴을 보았다. 그는 눈물을 보이지 않았다. 무표정한 채 폐암환자 얼굴을 들여다볼 뿐이었다. 어쩌면, 이런 순간에 눈물을 흘리지 않을 수 있을까.

나는 그가 독하게 느꼈다. 너무나 오랫동안 사람에게 시달리면 저렇게 되나. 그가 불쌍해서 내 마음이 아팠다. 차분한 그의 몸짓이 조금은 두렵기까지 했다. 그 때문에 나는 눈물이 더 많이 나왔다. 옆에 있던 사람들은, 내가 숨넘어가는 환자가 불쌍해서 서럽게 우는 줄 알았을 것이다. 그는 설 다음날 폐암환자의 주검을 화장했다. 명절인 탓에 조문객이 없었다. 그는 장례를 치르자마자 병원이 지긋지긋하다며 집으로 가버렸다. 그 뒤로 병원에는 아예 들르지 않았고 내게 전화만 자주 걸었다.

간암환자는 호흡을 애써 이어 나갔다. 옆 침대가 비었는지 안 비었는지도 잘 몰랐다. 초상 치른 지 사오 일 지났을 때 약 기운을 빌어 정신을 차린 다음에야 비로소 옆 침대가 빈 걸 알아차렸다. 간암환자가 힘겨운 목소리로 그를 찾았다. 나는 그에게 핸드폰을 걸어 어머니가 찾으니 빨리 오라 했다. 그가 급히 병실에 들어섰다. 간암환자가 그의 손을 꼭 잡은 채 놓을 줄 몰랐다. 그는 간암환자가 잠들자 집으로 가려 했다. 내가 함께 있자고 하자 마지못해 머물렀다. 그는 병원 생활을 너무 오래한 탓에 병원 냄새 맡는 걸 힘들어 했다. 나는 그런 그가 처음에는 안타까웠는데 나중에는 은근히 화가 났다. 그에게 집으로 가버리라며 짜증을 부렸다. 그는 미안하다는 말을 남긴 뒤 침울한 표정을 지으며 병실에서 나갔다.

그로부터 이삼 일쯤 지났다. 간암환자는 줄곧 잠들지 못해 괴로워했다. 나도 그가 보고 싶어 힘들었다. 틈틈이 통화를 했지만 그는 병실로 오지 않았다. 내가 간호사를 불렀다. 간암환자에게 데메롤을 붙이고 아티반을 투여하자 잠이 들었다. 폐암환자의 막바지 모습이 간암환자에게서 다시 보였다. 나는 집안에 다른 큰일이 생겼다며 간호사에게 간암환자를 부탁했다. 그와 싸움이라도 해야 할 것 같았다. 간암환자도 숨거둘 날이 얼마 남지 않았는데 그 동안 내 옆에 머물면서 위로해줘야 할 것이 아닌가. 정말 못돼 처먹은 독한 인간이라는 생각이 들었다. 버르장머리를 확 뜯어 고치거나 아니면 이쯤에서 헤어져야 한다는 마음을 다지고 또 다지며 병실을 나섰다. 택시를 타고 그의 집으로 갔다. 그는 거실 소파에 앉아 책을 읽는 중이었다. 내가 따졌다.

"날마다 같이 있다가 이렇게 혼자 지내니 좋아?"

그는 나를 소파에 앉혔다. 그런 뒤 미안하다며 나를 달랬다. 간암환자의 용태를 묻더니 집을 팔려고 내놨다는 말을 했다. 나와 함께 있어야 하는데 병실 드나들기가 더는 괴롭다는 것이었다. 그는 바깥의 건물들조차 모두 병원 같아서 집 밖으로 나서지 못했다. 집에서도 중풍환자 냄새, 암환자 냄새가 풀풀 났다. 그는 콘크리트 벽이 없는 곳으로 떠나고 싶어 했다. 내게도 모두 정리한 후 함께 가자는 말을 했다. 어디로 가자는 말인가. 나는 그의 말이 납득되지 않았다. 언뜻 보기에 그는 우울증환자처럼 보였다. 나는 오싹 소름이 끼쳤다. 엉겁결에 그를 와락 껴안았다. 소파에 앉은 채로 그의 등을 토닥거리며 나를 안심시켰다.

"잘 됐네. 집 팔아, 내 집으로 가자."

그는 미안해, 하더니 톤레삽 호수로 나더러 함께 가자 했다. 자신은 거기로 가려 한다며 병원이 있는 곳에서는 몸이 힘들어 한다는 것이었다. 그가 얼굴을 내 젖가슴 새에 파묻었다. 내 몸을 그리워하는 몸짓이었다. 그가 나를 붙잡으려는 애절한 몸놀림이었다. 그에게서 차 냄새가 났다. 혼자 마셨냐 물었더니 응, 했다. 그의 귀에 입술을 가져가 넌 나쁜 남자라고 귓속질했다. 그가 내 겉옷을 벗기려 했다. 떠나려 마음 먹은 놈이. 나는 막지 않았다. 속옷까지 벗겨주길 바랐다.

우리는 소파에서 일어선 채 맨몸을 느꼈다. 그 동안 함께 자면서도 두 암환자에게 안 들키려 숨죽이느라 서로의 알몸을 살피지 못했다. 비로소 그의 육체를 내 기억에, 내 나체를 그의 뇌리에 담아줄 수 있었다. 나는 그가 떠나지 않기를 바라며 그는 내가 함께 떠나길 애원하며. 떨어져 지낸 날 수는 며칠이지만 몸은 달랐다. 속살을 비비며 땀 흘린 추억이 아득했다.

그가 소파 팔걸이에 걸터앉으며 나를 끌어안았다. '부부교합상'이라며 내 허리를 끌어당겼다. 나는 그 말에 이끌려 품에 쏘옥 안겼다. 그의 등 뒤는 벽이었다. 민들레 꽃씨가 두둥실 떠다니는 벽지인데 전기 스위치가 부착돼 있었다. 내가 손을 내밀어 스위치를 내렸다. 병실에서는 의식이 몸을 지배했다. 거실에서는 몸이 의식을 밟으며 일어섰다. 나는 정신을 놓지 않으려 속으로 민들레 꽃씨를 헤아렸다. 칠백을 넘기긴 했는데 팔백을 갔는지 말았는지는 기억이 없다. 그는 내 몸을 빌려 자신을 가둔 빗장을 벗기려 했다. 덜 털어 낸 병원 냄새를 토해냈다. 나는 날아다니는 민들레 꽃씨를 놓쳐버렸다. 그의 목에 매달려 떠오르는 귀엣말로 내 머릿속이 풍선처럼 부푼 탓이었다.

귓속질을 해야 했다. 사랑한다든가, 당신이 미치게 좋다든가, 자기 바람피우면 안 돼, 라는 입김을 불어 넣지는 않았다. 기억이 또렷하진 않은데 가려면 가, 나쁜 놈, 떠나버려, 못된 놈, 을 되뇐 것 같다. 그랬을 것 같은 기분이다. 부풀던 풍선이 터진 탓이다. 내가 나를 비웠을 때였다. 그가 내 윗몸을 가볍게 밀어내며 눈을 떠, 내 눈을 봐, 했다. 시선이 마주쳤을 때 나는 알았다. 섹스의 극치는 서로의 눈길에서 갈무리되는 걸. 그

때까지의 운우는 둘의 눈빛을 태우기 위한 몸짓에 불과했다. 둘은 서로의 시선을 끝없이 나눴다. 나는 그의 눈길을 놓치지 않으려 입술을 깨물고 또 깨물었다. 서로의 눈동자를 셈하기에 한겨울 밤은 짧았다.

나는 샐녘이 내지르는 실비명이 산마루를 움켜쥐려 할 때쯤 그의 집을 나섰다. 병실에 들어서는데 간암환자가 혼미한 상태였다. 덜컥 겁이 났다. 당직 간호사가 뛰어와 간암환자를 점검했다. 위독하기는 해도 금방 돌아가실 것 같지는 않다고 했다. 간암환자가 무척 힘들어 보였다. 간호사가 주사기 서너 개를 가져와 링거에 주사했다. 간암환자는 쉽게 진정되지 않았다. 나도 피곤이 짙게 밀려 왔다. 몸이 소멸을 거부하지 못하고 생동을 외면하지 못했다. 내 머릿속에서 죽음을 좇는 신음과 삶을 좇는 비명이 뒤엉켰다. 피골이 상접해 꺼칠해진 손을 포동포동하고 부드러운 손으로 잡았다. 나는 더블침대에 걸터앉아 가슴을 침대에 기댄 채 간암환자 손등에 뺨을 비볐다.

박팀장이 신임 오소장과 함께 병실에 들어 선 것은 점심때였다. 오소장은 일 잘하기로 회사 내에 소문이 자자했다. 다음 달에 나를 영업사원으로 등록하러 의논할 겸 찾아온 병문안이었다. 간암환자가 길게 견디기는 어려울 것 같았다. 나는 며칠 더 보자 했다. 그의 집이 팔렸다. 그는 내게 한마디 말도 없이 원룸을 얻었다. 어디론가 떠날 사람처럼 큰 짐들은 처분했다. 책과 옷가지 따위들을 원룸으로 옮겼다. 원룸은 좁아서 불편했다. 나는 그를 졸랐다. 틈을 주지 않고 초근초근 떼를 썼더니 그가 반나절 만에 뜻을 꺾었다. 짐은 그대로 원룸에 둔 채 우선 몸만 내 집에 들어오기로 했다. 내가 욕실에 녹차비누를 사다 놓았다.

병실 텔레비전이 첫 홍매화를 보았다고 떠들어댄 날이었다. 간암환자는 기도를 메우러 끊임없이 달려드는 가래를 당해낼 힘이 끝내 부쳤다. 숨을 거두었다. 박팀장이 가장 먼저 영안실에 나타나더니 곧이어 그가 들어왔다. 박팀장에게 그를 소개했다. 박팀장은 그 틈에도 나중에 셋이서 술을 찐하게 마시자 했다. 큰오빠네는 출상 전 날 밤에, 작은오빠네는 출상 날 동이 틀 무렵 모습을 드러냈다. 모처럼 동기간들이 한자리에 다 모였다. 내가 그를 불러 신랑감이라며 소개했다. 그가 '박인교'라 하며 인사를 꾸벅했다. 큰오빠는 악수를 하더니 돌아섰다. 작은오빠는 인사를 하는 둥 마는 둥했다. 올케들은 과장된 인사를 나누었다. 나는 황당하고 그는 어리둥절했다. 나는 지그시 혀를 깨물었다.

초상 치른 후였다. 그가 나더러 집안에 무슨 일이 있는지 물었다. 언젠가는 알아야 할 일이라 말했다. 보증 때문이고 집 상속 때문이라 일러줬다. 간암환자는 지닌 집을 오롯이 나에게 넘겼다. 상속을 나누지 못한 오빠들, 올케들이 못마땅해 했다. 그는 멍하니 뜬구름을 쳐다보았다. 나는 모든 것이 새로워졌다. 어머니는 떠났지만 믿고 의지할 남자가 생겼다. 직장에선 하는 일이 달라진다. 그의 얼굴을 바라보면 행복했다. 거실 텔레비전 옆에 폐암환자와 간암환자의 영정을 모셨다. 내 어머니 사진 앞에는 어머니 핸드폰을 놔두었다. 어머니와 말할 수 있다는 느낌을 저버리고 싶지 않았다. 나는 집에 있기가 따분해 여행을 떠나고 싶었다. 그는 싫다며 집 안에서 책을 읽을 뿐 바깥출입을 하려들지 않았다. 오소장에게서 다음 달에 영업사원 등록을 하자는 연락이 왔다. 내가 필요한 서류들을 챙길 때였다.

"다 정리해서 호숫가로 가자."

"애 낳아 키우려면 병원, 학교 있어야 되지 않을까?"

"난 콘크리트 상자가 싫어, 죽음이 다가와도 바로 죽지 못하잖아, 꽉 막힌 곳에 누워서 죽는 순간까지 돈에 저울질 당해, 싫다."

현실성이 있는 건지 없는 건지, 눈앞 현실은 볼 줄 알아야 되는데. 나는 번뜩 신경정신과가 떠올랐다. 그를 유심히 살폈다. 눈빛 얼굴표정 몸짓에서 별다른 이상은 보이지 않았다. 환자 수발을 10년 넘게 했으니 정신적인 후유증에 시달릴 수 있겠다, 고 여겼다. 나는 그를 더 살피기로 했다. 내가 넓은 마음으로 포용하면 머지않아 풀릴 거라는 생각을 했다. 뭇 개나리가 병아리 떼처럼 화단이나 언덕을 기어 다니며 소란을 피우는 날이었다. 영업사원으로 출근하는 첫날인지라 오랜 만에 정장을 입은 채 거울 앞에 서서 얼굴을 꾸몄다. 화장을 마친 뒤 그에게 다가가 입술을 들이밀었다. 예쁘다는 말을 듣고 싶었다. 그가 립글로즈를 바른 입술에 입맞춤을 하고서 말을 꺼냈다.

"봄꽃들 중 가장 예쁜 꽃, 그래, 매화보다 더 예뻐."

그랬으면 말 일이지 내가 문제였다.

"진짜로?"

그랬으면 말 일이지 그가 문제였다.

"실제로는 화장 안 한 얼굴이 훨씬 더 예쁜 걸."

나는 슬그머니 짜증이 났다.

"나도 귀찮아, 여잔데, 예의를 갖춰야 되잖아."

"예의가 아니야, 상업성에 길들여진 거지, 상술에 마취당한 거야."

드디어 나는 그에게 말을 쏘아붙였다.

"자기 좀 이상해, 신경정신과에 가봐야 되는 거 아냐, 나 무서워."

그가 큰소리로 웃었다. 나는 '아차' 하며 몸을 움츠렸다. 그의 웃음이 잦아들었다. 그가 빨리 출근하라며 내 엉덩이를 손바닥으로 툭툭 쳤다. 이어지는 그의 웃음소리가 내 치맛자락에 매달려 밖으로 따라나섰다. 아파트 단지 뒤쪽 언덕에도 화사한 개나리들이 까불며 소란을 피웠다. 신입 영업사원들을 위한 교육이 있었다. 나는 점심을 먹은 뒤 그에게 전화를 했다. 〈스탠 바이 미〉가 끝없이 허공으로 날아갔다. 오후 교육이 시작되었다. 수업 중에 나는 그에게 문자 메시지를 보냈다. 응답이 없었다. 네 시가 넘어서 교육이 끝났다.

나는 부리나케 집으로 향했다. 집은 비어 있었다. 그의 옷가지들이 보이지 않았다. 다시 그에게 전화를 했다. 〈스탠 바이 미〉가 귓가에 들리는가 싶더니 〈엘 콘도르 파사〉가 거실에서 울렸다. 그의 핸드폰이 원룸 열쇠와 함께 간암환자 핸드폰 옆에 놓여 있었다. 나는 택시를 타고 원룸으로 갔다. 그가 들른 흔적이 없었다. 경비실에 물었더니 그가 들르지 않은 게 확실했다. 나는 허탈한 기분으로 집에 돌아왔다. 컴퓨터를 켜서 메일 창을 열었다. 여러 개의 메일들이 들어와 있었다. 그의 ID가 있나 훑어보았다. 윗부분에 igba가 보였다. '사랑한다'는 제목이었다.

— 다현아, 사랑한다, 함께 있고 싶은데, 갇혀서는 못 살겠어, 건물들이 다 병실 같아, 사람들은 그 속에서 지폐에 둘둘 말려 사는 것 맞지?

콘크리트 상자에 갇혀 발버둥치며 살다가 외로운 줄도 모르는 채 사라지는 거, 그런 꼴을 사랑하는 너에게 보이기 싫어, 출근하는 너의 뒷모습을 보며 떠나기로 마음먹었어, 자리잡으면 메일 보낼게, 내게로 올 거지? 꼭 와야 돼, 다현아, 지금도 보고 싶어, 사랑해.

나는 읽고 또 읽었다. '지가 무슨 새야, 나쁜 놈.' 나는 편지 쓰기로 들어갔다.

— 왜 그래 어디야 전화 해 빨리 보고 싶단 말이야 미워.

나는 그때부터 메일 창을 열어 놓았다. 퇴근해서 집으로 돌아가면 메일 확인부터 했다. 컴퓨터 앞에서 밥을 먹고 잠을 잤으며 아침을 맞이했다. 집을 나서면서 비로소 컴퓨터를 껐다. 사무실에서도 일이 손에 잡히지 않았다. 수시로 메일을 확인했다. 그에게 독한 면이 있다는 것을 알았으나 이렇게까지 나올 줄은 몰랐다. 밤이 못마땅했다. 조금 지나자 밤새우기가 버거웠다. 나중에는 혼자라는 것이 무서웠다. 퇴근 후 집에 들어가면 밥보다 술부터 마셨다. 술이 내가 걸머진 삶의 짐을 덜어줄 것 같았다. 빨리 취하려 양주를 마셨다.

머리가 핑 돌면 컴퓨터 앞에 앉아 편지를 썼다. 아침이면 보낸 편지의 내용이 기억나지 않았다. 보낸 편지를 열어본 뒤 대부분 발송 취소를 눌렀다. 나는 파리해졌다. 사무실 사람들이 무슨 일이냐며 걱정스러워 했다. 가랑비에 젖은 벚꽃 이파리들이 꽃샘바람을 피해 나뭇가지에서 뛰어내리다가 아스팔트로 추락하는 날이었다. 떨어지는 벚꽃 잎새들 틈에 나도 함께 섞여 뒹굴었다. 내 몸이 수척해진다며 병원 가봐야 한다는 박팀장 말을 무시했다. 그러다가 박팀장 손에 이끌려 병원을 다녀왔다. 집에 돌아와 그에게 편지를 쓰려 메일 창을 열었다.

— 나 아기 가졌어 당신 돌아와야 해 전화할 거지.

몸과 마음이 시들다보니 몸엣것이 있는지 없는지 몰랐다. 의사가 이제라도 술을 먹지 말라 했다. 밤이 무서운데, 어떻게 혼자 견디나, 한 잔 먹어야지, 한 잔 더, 한 잔만 더, 하다가 결국은 양주 한 병을 밤새 모두 비웠다. 나는 출근을 못했다. 사무실에 내가 안 보이자 박팀장이 전화했다가 술 취한 내 목소리에 깜짝 놀랐다. 술 먹으면 안 되는데 웬 술이냐, 혼자 있냐, 고 물었다. 박팀장이 총알처럼 들이닥쳤다. 낌새를 눈치챘는지 슬쩍 캐물었다. 나는 기댈 곳이 필요해서 모두 말해 버렸다. 그날 박팀장 품에 안겨 잠들었다. 모처럼 느껴보는 사람 냄새 덕분에 포근하게 잠을 잤다. 박팀장은 걱정하지 말라며 나를 또닥거리더니 한 달만 기다려보자 했다. 한 달 후에는 자기 말을 들으라 했다.

박팀장은 이삼 일 거리로 내게 들렀다. 집안을 정리하고 음식을 만들어 나와 함께 먹고 빨래까지 해주었다. 술은 못 먹게 했다. 남편과 초등학생 남매를 자녀로 둔 주부로서 쉽지 않은 일이었다. 그 동안의 내 영업 실적은 오소장이 채워주었다. 박팀장은 오소장이 내게 관심이 많다고 넌지시 귀띔했다. 나는 그가 미워지기 시작했다. 시간이 갈수록 이

기적인 나쁜 놈이라는 생각이 점점 커졌다. 그는 메일을 열어보지 않았다. 아무런 연락도 없었다. 사는 게 고행이라는데, 사람들이 다 아픔 속에서 사는데, 지는 뭐 얼마나 잘났어, 독한 놈.

박팀장 말대로 한 달이 지나고 어버이날이었다. 나는 사지가 떨려 걸을 수 없었다. 난 못한다며 발을 동동 굴렀다. 애를, 어떻게, 그렇게 할 수 있냐, 난 못한다, 소리죽여 하소연했다. 나는 박팀장 손에 떠밀리다시피 산부인과에 들어갔다. 의사가 나더러 몸이 너무 허약해서 뒷일이 걱정 된다, 자궁에 뒤탈이 생기면 나중에 큰일나니까, 몸을 함부로 하면 안 된다는 주의를 줬다. 나는 병원에 다녀온 후에도 틈틈이 박팀장의 보살핌을 받았다. 박팀장은 보름쯤 지나자 손길을 거두었다. 나는 마음을 다잡아야 했다. 메일을 열어 그 동안 내가 보낸 편지를 모두 발송취소 시켰다. 수신확인 목록도 다 지웠다. 그의 ID까지 없애려 하자 마우스가 움직여지지 않았다. 마음은 굴뚝같은데 손이 말을 듣지 않았다. 나쁜 놈, 제 놈 몸 좀 편하자고 날 이토록 아프게 해.

5월말 마감이 끝난 날 저녁이었다. 내가 오소장과 박팀장에게 식사자리를 마련했다. 밤중 술자리는 오소장이 쐈다. 새벽에는 박팀장 단골집으로 끌려갔다. 내가 연기처럼 사라져버린 그로부터 마음을 거둘 수 있는 길은 밤 늦게까지 쏘다니는 일뿐이었다. 나는 술을 퍼마셨다. 웃고 떠들며 신나게 흔들었다. 우리는 허구한 날을 새벽까지 몰려다녔다. 그러던 중 나는 아랫배가 땅기는 걸 느꼈다. 샅에 노란 점액이 꽤 비쳤다. 그렇지만 나는 병원에 가지 않았다. 나중에는 노랗던 점액이 검붉어지면서 견디기 힘든 만큼 아랫배가 아팠다. 나는 마지못해 병원에

갔다. 그런 일이 반복되었다. 의사는 나더러 몸 관리를 잘 하라는 충고를 했다. 나중에 임신하면 자연유산이 되다가 결국에는 불임이 된다는 말도 했다. 나는 집에 혼자 있는 것이 지겨웠다. 술에 취하지 않으면 잠들지 못했다. 지워버린 애의 눈물 같은 냉과 의사가 준 약과 술의 숨바꼭질은 계속 되었다.

해가 바뀌었다. 나는 가끔, 아주 가끔, 메일 창을 열었다. 수없이 들어 찬 스팸메일 말고 다른 편지는 없었다. 그는 어디로 갔을까. 그가 머물고 싶어하던 톤레삽 호수가 떠올랐다. 내가 대학교 2학년 때 근처까지 갔다가 정작 가보지 못한 곳이었다. 5월이 또 돌아왔다. 잊히지 않는 어버이날이었다. 나는 가까운 산기슭에 자리잡은 암자를 찾았다.

암자는 며칠 남지 않은 석가탄신일을 맞이하느라 분주했다. 나는 연등 값을 봉투에 담아 처음 보는 스님에게 건넸다. 스님이 연등을 하나 주며 이름을 쓰라 했다. 애가 지금쯤이면 뒤뚱뒤뚱 걸을 텐데, 아기 이름을 써야 했다. 나는 머뭇거리다가 '민들레 꽃씨'로 적었다. 연등을 가슴에 품으며 젖 물리듯 꼭 끌어안았다. 그런 나를 향해 스님이 합장을 했다. 사월초파일에 걸린 연등 중, 사람 이름이 아닌 다른 글이 적힌 유일한 등이었을 거다.

나는 암자에 다녀온 후 집안을 뒤집었다. 어머니 사진을 작은 방으로 옮겼다. 어머니 핸드폰과 그의 핸드폰, 원룸 키를 책상 서랍에 쑤셔 박았다. 도배를 새로 하고 싶었다. 벽지 고르러 지업사에 들렀다. 베이지색 바탕에 새겨진 하얀 민들레 꽃씨 무늬 벽지가 눈에 띄었다. 내일이라도 그가 돌아올 거라는 느낌이 들었다. 가게 주인에게 거실과 방을 모두 그 벽지로 도배해달라는 주문을 했다. 가구와 가전제품도 거의 바꿨다.

나는 술을 삼가기로 했다. 어쩔 수 없는 자리일 경우에 조금 마셨다. 그 대신 밤 늦게까지 수영을 했다. 운동으로 지친 몸은 술기가 없어도 쉽게 잠들었다. 휴일에는 가까운 곳으로 여행을 다녔다. 오소장과 함께 다니는 경우가 늘어났다. 오소장은 나와 동갑이라는 핑계로 나에 대한 배려가 남달랐다. 그때부터 내 마음에는 오소장이 자리를 잡았는데 시간이 흐르면서 점점 넓어졌다. 다음, 그 다음 해에 오소장은 내 남편이 되었다.

남편은 빚더미에 눌러 앉은 농갓집 큰아들이다. 그런 탓에 몸만 가진 채 장가를 들었다. 남편은 자기가 계약자이며 피보험자로 된 보험증권 스무 개를 내게 건네주었다. 그때 자기 명의로 된 보험계약자를 나로 교체했다. 나는 조건을 따지지 않고 남편을 맞아들였다. 내 집으로 신접살림을 준비할 때였다. 나는 천장과 벽을 다른 문양의 벽지로 덧도배하려 했다. 남편이 왜 바꾸려 하냐, 좋은데 그대로 두자 했다.

*

'실적이 인격입니다!' 앵무새처럼 되뇌는 남편 핸드폰 인사말이다. 맞는 말이다. 보험회사에서 실적이 저조한 사람은 흔적도 없이 사라진다. 사람의 존재 가치가 보험 판매 실적에 따라 오르락내리락 하는 곳이다. 존재가 가치를 결정하는 것이 아니라 가치가 존재를 결정한다는 문구가 실감나게 하는 공간이다. 내가 동남아를 여행하는 중에 남편은 경기사업부 영업소 소장으로 발령이 났다. 수평이동이었다. 회사에서는 해마다 설을 쇠고 나면 관리직 직원들의 인사발령을 낸다. 이번 인사이동에는 틀림없이 낄 차례라며 남편은 마음을 다지고 있었다. 남편은 고참 소장이었다. 이제 지점장으로 진급할 일만 남았다. 남편의 서열은 지점장으로 승진할 대상자들 중 1, 2위를 다툰다. 지금까지 열심히 했지만 이제부터 더 잘 해야 된다. 경기도는 아무리 둘러보아도 생면부지라서 걱정이 앞선다.

"오소장은 다 잘 하잖아. 진급 잘 할 거야."

박팀장이 내게 쪽지를 전해주며 한소리 한다. 지지난 주 금요일에 일찍 집을 나서 여행을 떠났다가 지난 주 토요일 늦게 돌아왔다. 그 동안 나를 찾는 전화가 많았나 보다. 쪽지에는 그 내용들이 꼼꼼하게 적혀 있다. 월말 마감이 낀 월요일이라 그런지 사무실이 사람들로 붐빈다. 조회가 시작된다. 신상품이 나왔다며 신임 소장이 팸플릿을 나누워 준다. 상품명이 특이하다. '포스트게놈 시리즈Postgenome series'라 되어 있다. 세 단계로 분리되어 판매되는 것인데 ps1, ps2, ps3라는 애칭까지 따로 붙었다.

Postgenome series 1

질병 원천봉쇄. 신체기능장애 복원. 200살을 보장.
2030년에 시행 가능.

의술로 복원 가능한 장기 중(뇌 제외, 개발 중)

ps1 1. 배아줄기 세포를 이용

고객님의 불편한 장기를 건강하게 바꿉니다.

ps1 2. 사고나 질병에 의한 신체기능장애 완전히 복원합니다.

ps1 3. 병든 유전자를 치유해 질병을 막아줍니다.

ps1 4. 수술을 하지 않습니다. 주사가 아닌 알약 치료입니다.

고객님 염기서열에 맞춘 약으로 예방, 치료합니다.

고개님을 위한 유일무이한 약이라 부작용이 없습니다.

ps1 5. 상위 1%에게 권하는 상품입니다. 즉시 가입하세요.

ps1 6. 상품의 특성상 일시불 계약만 가능합니다.

ps1 7. 중도해지금이나 만기환급금이 없습니다.

고객님들께서 내신 보험료는 과학자들 연구비로 씁니다.

ps1 8. 치료 목적 상품이라 양도 상속 압류 설정이 불가합니다.

ps1, ps2에 모두 가입하면

ps3 가입 금액을 20% 할인해 드립니다.

인간복제는 인륜과 법률에 어긋나는 일입니다.

포스트게놈 시리즈는 인간복제가 아닙니다.

듣도 보도 못한 신상품이다. 수명을 200살까지 늘리다니, 신의 계시처럼 느껴지는 상품이다. 보험설계사들이 모두 혀를 내두른다. 시행이

2030년인데 200살까지 아프지 않고 사는 게 말이나 되냐며 쑥덕거린다. 나도 믿기지 않는다. 매스컴에서 유전공학이 발달하면 별일이 다 생길 거라는 뉴스를 여러 번했다. 요즘 들어 더 자주 보았다. 3월 한 달이 신상품 특별판매 기간이란다. 사무실의 어수선한 분위기를 정리하겠다는 듯 신임 영업소장이 큰소리친다.

"200년을 살 수 있다면 돈 많은 부자들은 쌍수를 들어 환영할 것입니다. 여러분이 먼저 이 상품을 믿어야 팔 수 있습니다. 여러분, 포스트게놈 시리즈를 믿습니까?! 의심하는 사람은 먼저 죽습니다."

대답하지 않을 수 없다. 모두 예! 라고 한다. 믿어야 한다. 이 상품을 팔기 위해서는, 수당을 많이 받으려면, 200살까지 산다는 걸 내가 먼저 인정해야 된다. 호응하지 않은 영업사원은 결국 회사를 떠난다. 보험료가 부담스럽기는 하겠다. 그런데 내 기준에서 본 것이 아닐까, 생각을 바꾸자, 200살까지 살기를 원하는 사람은 무슨 수를 써서라도 ps에 가입한다. 결코 돈을 문제 삼지 않는다. 나는 이 상품을 믿어야 한다, 나는 팔 수 있다, 라는 말을 한두 번 해서는 안 된다. 턱이 아프도록 되뇌어야 한다. 나는 팔 수 있다, 영업소장의 커다란 목소리가 귓전을 맴돈다.

회사 홈페이지에는 '이달의 우수영업소'라는 창이 있다. 거기에서는 화상 조회하는 동영상이 팝업창으로 항상 뜬다. 작년 가을이었다. 내가 근무하는 영업소가 우수영업소로 선정되었다. 시상식은 화상 조회로 했다. 분기별 우수영업소와 우수사원에게 시상을 하려고 매 분기 첫째 주 화요일마다 한 번씩 하는 행사였다. 본사와 전국의 영업소가 동시에 화상으로 하는 회의다. 화상에서 대표이사가 전 사원에게 조회 개시를 보고했다. 영업하는 보험설계사 20,050명과 1,000명의 영업소장들이 조회에 참석했다며 대표이사는 크게 외쳤다. 이러한 숫자는 회사의 경영지침에 따른 조직개편 결과라는 설명까지 있었다. 경영지침이란 회사의 모든 고객들로 하여금 2050년부터는 1,000살까지 살게 해야 한다는 말이었다. 그렇게 되려면 먼저 2030년의 200살까지 살기에 도전해야 한다는 것이다.

회사는 그때부터 ps 출시에 군불을 지폈다. 대표이사가 발언권을 내 남편인 영업소장에게 넘겼다. 남편은 우수영업소 성공사례를 발표했다. 본사 대표이사와 중역들이 귀를 기울였다. 남편이 발표를 마쳤다. 대표이사가 남편에게 멋진 구호를 하나 외치라고 말했다. 전 사원들이 모두 격려 박수를 쳤다. 남편이 선창했다. '실적이 우리의 인격입니다!' 선창이 끝나자 모두 따라하더니 이어 우레와 같은 함성과 박수가 쏟아졌다. 연이어 다른 영업소들도 '실적이 우리의 인격입니다!'라는 구호를 외치기 시작했다. 화상 속 모든 영업소로 파급되는데 오랜 시간이 걸리지 않았다. 회의 중반 무렵이었다. 대표이사가 남편에게 구호를 한 번 더 외치라 명령했다. 남편은 '실적이 우리의 인격입니다!'라며 소리를 질렀다. 남편의 선창에 따라 사원들의 재창이 다시 이어졌다. 삼창까지 외친 20,050명의 영업사원들은 자리에서 일어나 남편에게 박수를 보냈다. 다시 장내가 조용해지자 남편의 연설이 시작되었다.

"판매가 우리의 지성이다. 수금이 우리의 정서이며 수당이 우리의 교양이다. 여러분 우리 모두 최고의 인격을 갖춘 사원이 됩시다."

짧은 연설이 끝나자 기립박수가 되풀이되었다. 남편은 사보에 실렸다. 얼굴이 왼쪽 한 면을 다 차지하고 구호는 오른쪽 면을 가득 채웠다. 회사 젊은이들 중 절반 이상이 영웅을 따르듯 남편을 신망했다. 남편에게는 높은 고가점수 외에도 상장과 손바닥만한 케이스를 상품으로 줬다. 케이스 안에는 대표이사 직인이 찍힌 황금 한 냥짜리 행운의 열쇠가 들어 있었다. 그날 나도 상장과 금 열쇠를 받았다. 남편이 외친 구호 문구를 만들어 낸 대가였다. 남편은 그때 핸드폰 인사말을 내가 만든 구호로 바꿨다. 자신의 목소리로 직접 저장까지 했다.

신임 영업소장의 ps1에 대한 설명이 끝나자 영업사원들이 수금하러 나서는데 박팀장도 바쁘게 뛰어나간다. 수금은 대부분 자동이체로 하는데 직접 하는 경우도 꽤 많다. 수금액이 고액일수록 직접 수금을 한다. 수금이 잘 안 되면 실적 때문에 설계사가 대납을 한다. 나는 사무실에 남았다. 내 자리에 앉아 컴퓨터에서 로그인을 한 다음 메일 창을 연다. 쌓인 편지가 83건이다. 발신자와 제목을 보니 모두 스팸 메일이다. 전체 선택, 스팸 메일 차단을 누른다.

편지쓰기로 들어간다. 호숫가에 그가 없다고 생각하니 이제는 죽었는지 살았는지가 궁금하다. 한참을 망설인다. 너무 오랜만이라 낯선 사람에게 편지를 쓰는 것 같다. 지금은 친숙하지도 낯설지도 않다. 궁금할 뿐이다. 주소록에서 igba를 찾아 주소 란에 써넣는다.

— 톤레삽에 다녀왔어요.

현지인을 시켜 당신을 찾았는데 못 찾았어요.

다른 곳에 있는 건가요 살아 있기는 해요.

여독이 덜 풀렸는지 몸이 무겁다. 바깥으로 나가지 않은 영업사원들이 고객들과 통화하는 소리로 사무실은 시장바닥 같다. 말일이라 모두들 바쁘다. 내 핸드백에서 시냇물 흐르는 소리가 들린다. 핸드폰에 저장된 비발디의 〈봄〉이 남편에게서 전화가 온 것을 알려준다.

"옆에 사람들 많아? 그냥, 들어."

이달 마감은 대충하란다. 이곳 영업소는 자신이 떠나버린 곳이라 더 이상 책임이 없다는 말이다. 다음 달부터는 내 소속을 자신의 영업소로 옮긴다는 뜻이다. 남편 사무실이라 해도 나로서는 서울까지 날마다 출퇴근은 못 한다. 나는 사무실 근무자가 아닌 재택근무자가 된다. 내가 영업사원 생활이 7년째인가. 그 동안 내가 성사시킨 보험계약이나 수금실적들 모두 그쪽으로 가져간다. 그 중에는 내가 매달 돈을 대납하는 보험이 삼십여 개나 된다. 이번 달에도 월말마감을 잘 하기 위해서는 늘 하던 대로 목돈을 밀어넣어야 한다. 명절이 낀 달은 언제나 수금이 저조하다. 계약자들은 다음 달에 보자며 대납을 해달라는 것이 인사다. 다음 달은 신학기가 시작되는데 별 수 있을까. 가계자금 대부분은 학자금으로 들어가버린다.

나에게 돈을 갚아야 할 고객들은 또 미룰 것이다. 밀리고 밀리다보면 회수하지 못하는 대납금이 많이 생긴다. 빚이 늘어날 수밖에 없다. 버는 돈보다 떼이는 돈이 더 많을 때가 비일비재하다. 더 나아가, 버는 돈은 쌓이지 않는데 떼이는 돈은 쌓이기만 한다. 늘어나는 빚을 생각하면 답답하다. 지금은 신용카드 12개를 사용해 돌려막기를 한다. 나는 주어진 판매목표나 수금목표를 반드시 달성했다. 단 한 번이라도 못 맞춘

적이 없다. 나는 그만큼 승진을 앞둔 남편을 뒷바라지했다. 남편 말대로 이곳 영업소에서 하는 마지막 월말마감을 망쳐버릴 수도 있다. 하지만 정들었던 사무실에서 마지막하는 마감인데 평소처럼 잘 해야 되지 않을까. 오히려 더 깔끔하게 마무리 해야겠다.

나는 전화를 끊고 ps1의 보험료를 들여다본다. 한숨이 저절로 나온다. 서울에 있는 4년제 사립 대학교를 넉넉하게 마칠 돈이다. 등록금을 포함해 기숙사비나 용돈까지 포함해도 될 액수다. 거기에다 계약할 때 일시불로 납부해야 한다. 도시라지만 시골이나 다름없는 이곳에서는 엄두가 나지 않는 금액이다. 200살까지 병에 안 걸리며 건강하게 산다는데, 먼저 그 200살을 살아야 뒤이어 1,000살까지 간다는데, 부자들은 젊어지기 위해 그보다 더한 돈을 쓴다는데, 어떨지 모르겠다. 나는 ps1 판매가 쉽지 않아도 남편 영업소의 실적을 채워줘야 할 것이다.

책상서랍을 연다. 통장 열댓 개와 손가락만한 나무도장이 통장 숫자만큼 들어 있다. 그 밑에는 통장주인들 신분증 사본도 잘 접혀져 있다. 살펴보니 나이 든 여자 고객들 자료뿐이다. 매월 보험료가 계약자의 통장에서 자동이체로 회사에 입금되게 해야 하는데 계약자들이 자동이체를 싫어하는 경우가 더러 있다. 피보험자에게 보험계약 사실을 알리지 않은 계약자가, 자신을 사망보험금 수익자로 지정한 계약들이 대부분이다. 그런 경우 대체적으로 보험료가 크다. 설계사들로서는 놓치기 아까운 한 건이다.

보험설계사들은 고객과 보험계약을 할 때 수금방법을 자동이체로 하지 않으면 성과수당에서 아주 불리한 적용을 받는다. 그럴 때는 계약자들 이름으로 된 통장을 따로 만들어야 했다. 고객과 설계사 사이에서 설계사만 아는 비밀통장인 셈이다.

나는 계약자들에게 사망보험금 수익자는 신분증 사본이 필요하다는 거짓말을 했다. 남자들은 의아해 하거나 따지는데 나이 든 여자들은 별 말 없이 수긍했다. 나도 다른 설계사들처럼 계약자의 신분증 사본 이름으로 된, 계약자는 모르고 나만 아는 비밀통장을 개설했다. 그게 열댓 개나 된다. 통장에 사용할 나무도장은 내가 알아서 새긴 것들이다. 내가 고객으로부터 월 보험료를 직접 수금한 후 비밀통장에 넣어두면 자동이체가 된다. 수금이 계획대로 잘 되면 그렇다. 하지만 월 납입 보험료가 큰 건일수록 말일에 수금이 잘 안 된다.

회사로 입금이 안 된 보험료가 월말 수금실적에서 많으면 많은 만큼 설계사의 수금 성과수당이 줄어든다. 그런데 보험회사가 웃기는 게 있다. 미납 보험료가 다음 달에 입금되면 수금실적으로는 치되 지급하지 않은 수금수당은 소급해주지 않는다. 그런 까닭에 설계사들은 매달 수금실적이 판매실적 못지않게 중요하다. 설계사들이 보험료를 대납하는 까닭이 거기에 있다. 보험회사의 운영시스템이 설계사들로 하여금 보험료 대납을 독려하는 것이다.

나도 내 돈을 고객 이름으로 된 비밀통장에 먼저 입금시켜 놓아야 하는 사례가 열 건이 넘는다. 말일 안에 자동이체가 돼야 하기 때문이다. 말일이 지나 고객에게서 수금을 해 내 돈을 되찾는 경우가 허다하다. 수금이 안 되면, 이 달만 대납해, 이 달만 대납해, 하다가 대납이 두세 달 쌓인다. 생각만 해도 끔찍하다. 한 달치 금액이 큰데다 두세 달 대납

보험료를 합산하면 금액이 엄청난다. 한 건만 터져도 빚이 팍팍 늘어난다. 그로 인한 빚이 나도 벌써 꽤 된다. 앞으로 남고 뒤로 망해가는 중이다.

나도 사무실을 나선다. 계약자들을 찾아다니며 수금한 돈을 은행에 입금을 시켰다. 수금 예상액보다 덜 들어온 돈은 카드에서 현금서비스를 받아 자동이체가 될 통장들에 미리 채워두었다. 그렇게 해서 나가는 현금서비스 이자도 만만치 않다.

월말마감을 끝냈는데 집밖에 갈 곳이 없다. 집에 들어서자 혼자라 그런지 분위기가 썰렁하며 거실이 넓게 느껴진다. 습관적으로 텔레비전을 켜보니 저녁 뉴스를 한다. 소파에 앉아 월말 마감할 때 뽑아 쓴 카드전표를 훑어본다. 점점 늘어나는 빚이 눈에 들어온다. 남편은 영업소 마감을 마무리하는 대로 출발한다며 전화를 했다. 마감이라는 게 꼬이기 시작하면 밤을 새워도 끝나지 않는다. 내일 온다는 뜻이리라. 오늘은 금요일이다. 나는 내일과 모레 이틀 쉰다. 월요일에 출근하면 된다. 남편은 다르다. 월요일 출근에 지장이 없어야 하기에 일요일 오후에 집을 나설 것이다. 나는 소파에 모로 드러눕는다. 침대보다 편하다. 졸음이 눈의 초점을 흐린다.

현관 벨이 울린다. 눈을 비비며 시계를 보니 12시다. 시간이 벌써 이렇게 됐나. 남편이다. 마감이 순조롭게 되어 일찍 출발했는데 휴게소마다 들러 쉬엄쉬엄 오다보니 꼬박 5시간 걸렸단다. 동남아여행을 다녀온 이후 처음 본다. 보름 만에 보는지 스무 날 만에 보는지 잘 모르겠다. 반갑다. 남편도 반가워한다. 남편은 아랫배가 인사이동 전보다 더 나왔다. 부임 후 매일 밤을 술로 보냈단다. 마감 때문에 바빴는지 턱수염 깎을 때를 넘겼다. 맥주를 찾는다. 모처럼 마주하는 마누라 앞인데 술타령부터 한다. 나는 목욕 먼저 하라고 그 동안 준비한다며 남편을 욕실로 떠민다. 남편은 귀족풍이라며 장미향비누를 좋아한다. 나는 냉장고에서 맥주 두 병을 꺼내 거실 탁자에 놓는다. 우리는 탁자 앞 소파에 나란히 앉는다. 내가 참외 껍질을 깎는데 남편이 맥주를 권한다.

나는 받아놓은 채 마시지 않는다. 남편이 운전을 오래했더니 피로하다며 자리에서 일어난다. 방으로 가려다가 내게 입을 맞추려 한다. 장미향과 알코올향이 뒤섞여 내 비위가 상한다. 남편 가슴을 살짝 떠민다. 나는 이른 잠을 푹 잤다. 이제는 아예 잠이 오지 않을 것 같다. 베란다 문을 열며 창으로 다가간다. 창문을 열자 차가운 바람이 집안으로 빨려든다. 불빛들이 무리지어 어두움 속을 배회한다. 나는 창문을 닫고 돌아선다.

침대로 가려다가 망설인다. 혼자 잘 자는데, 소파로 가자, 옆에서 지켜줄 사람 하나 없는데, 잠을 이룰 수 있을까, 쓴웃음이 난다. 나는 소파에 드러누웠다. 새벽녘에야 가까스로 선잠에 든 것 같은데, 놀라 눈을 뜬다. 무언가에 짓눌리는 무게 때문에 가슴이 답답하다. 지난 밤 남편에게서 맡았던 역겨운 냄새가 난다. 남편이 거친 숨을 내쉬며 내 잠옷자락을 들추고 속옷을 벗기려 든다. 까칠한 턱을 목덜미에 대고 부비는 바람에 견디기 힘들 만큼 따갑다. 남편은 오늘도 두서없이 설치기만 할 것이다.

이럴 때 저항하면 남편은 더 서둔다. 하는 대로 그냥 두기로 한다. 몸에 힘을 빼고 편하게 있자. 짓누르는 남편의 호흡이 더욱 거칠어진다. 오랜만에 느껴보는 남편 아랫배 무게가 전과는 확실히 다르다. 나는 눈이 스스로 감겨지기를 기다린다. 그 전에는 천장을 바라보며 벽지에 그려진 민들레 꽃씨를 헤아린다. 남편의 가쁜 숨소리에 박자를 맞춰 수를 세는 것이다. 숫자를 똑바로 세다보면, 어쩔 때는 7백 몇 십에서 또 어느 때는 8백 몇 십에서 눈꺼풀이 나도 모르게 내려가야 한다. 지금 또렷하게 눈을 뜬 체 8백을 넘긴다. 이쯤이 남편의 한계다.

나는 일부러 눈꺼풀을 내린다. 검은 바탕에 민들레 꽃씨의 하얀 잔상이 는개처럼 어른거린다. 나는 남편 등을 꼭 껴안은 팔에 힘을 준다. 이럴 때는 준비한 귀엣말이 내 머릿속을 항상 풍선처럼 부풀린다. 나는 남편 귓불 가까이에 입술을 가져간다. 귓속에 입김을 달콤하게 불어넣으려는 것이다. 그러나 아직까지 남편에게는 귓속질을 해보지 못했다. 섹스를 하는 새에 서로의 눈빛을 단 한 번도 비벼보지 못했다. 이때쯤이면 남편은 갑자기 숨을 멈춘다. 몸이 뻣뻣해지며 주술 같은 짧은 죽음을 혼자 맛본다. 눈을 감으며 제풀에 맥을 놓는다. 서서히 저 홀로 깊은 잠에 빠진다. 나는 버려진다. 부풀었던 풍선은 터지지 못한 채 바람이 새버린다. 지금도 어김없이, 때 묻은 잔설을 바라볼 때 같은 허탈이, 밀어내고 싶은 남편의 무게만큼 나를 억누른다. 나는 남편을 끌어안은 팔을 풀지 않는다. 더욱 힘주어 껴안으며 내 스스로 몸을 부르르 떨어본다.

날이 바뀐다. 토요일을 넘긴 일요일이다. 남편은 내일 근무에 지장이 없어야 한다더니 오후에 집을 나선다. 월요일에 남편은 내 주민등록을 자신이 세 들어 사는 원룸으로 옮긴다. 나를 자신의 영업소 영업사원으로 등록하기 위해서다. 남편은 나더러 ps1을 꼭 팔라는 당부를 한다. 나는 궁리를 한다. 아무리 머리를 굴려보지만 내 주위에는 ps1을 선뜻 계약해줄 사람이 없다. 일시불로 납부하는 보험료가 '억' 소리를 질러야 할 정도다. 나는 몇 군데 전화를 걸어 넌지시 떠본다. 될 듯 싶은 서너 사람을 염두에 두고 찾아다닌다. 말짱 헛일이다. 그런데 있어야 할 달거리가 보이지 않는다. 낌새가 달라 병원을 찾는다. 초음파 진단을 한다.

사무실에 들르지 않고 바로 퇴근해 집으로 들어온다. 핸드폰이 비발디의 〈여름〉을 흘려 내보내며 남편이 전화한 것을 알려준다. 남편이 ps1을 팔았냐고 묻는다. 남편은 상반기 마감일이 다가오자 어쩔 줄을 모른다. 전화가 날마다 서너 번씩 걸려온다. 회사에서는 다음달 1일에 ps2를 내놓는다. 내달부터는 ps2를 팔아야 하기 때문에 ps1 판매는 이제 종결을 지어야 한다. 남편은 ps1을 한 건 더 채우면 전국에서 1등이라며, 지점장 승진은 받아놓은 밥상이라고 녹음테이프를 틀어 놓은 것처럼 되뇐다. 나는 알아볼 데는 다 알아봤다며 더 이상 알아볼 곳이 없다고 말한다. 전화를 끊어야 되겠다는 생각이 든다. 비로소 꾹 눌러 참았던 말이 입밖으로 나온다.

"지금 3개월이래."

남편이 그게 무슨 말이냐, 알아듣게 말하라 다그친다. 나는 다시 말하려다가 그냥 통화 종료 앱을 누른다. 컴퓨터를 켜고 인터넷에 접속한다. 이메일 창을 연다. 삼사 일 만에 열어보는데 도착한 메일이 25개나 된다. 뻔하지만 하나씩 지워가며 ID와 제목을 자세히 살핀다. 모두 스팸메일이다. 문득 낯설긴 한데 반가운 글자가 보인다. 그의 igba가 있다. '반가워…' 라는 제목이다. 나는 숨을 멈춘 채 메일을 연다.

— 호수에 왔었어? 날 찾으러? 현지인을 풀어 날 찾아 다녔다구?
그랬구나. 만나면 좋았을 걸.
수상가옥 쪽으로 들렀으면 만났을 텐데.
넌, 예전처럼 예쁘지. 안 변했지?

난 호수 안에서 살아. 수상가옥에서 사는데 전기가 안 들어 와.
그 가스등 있지. 우리 함께 차 마실 때 켰던 등,
어두워지면 지금도 그걸 켜.
그 불빛 아래서는 너만 생각해.

가끔 시내에 나오면 너에게 메일을 보내려 했는데,
니가 내게로 오지 않을 것 같아 두려웠어.
니가 올 거라 여겼다면 보냈을 텐데.

니가 보낸 메일 다 읽었어, 그런데 답장을 못 보냈어,
보낼 수가 없었어, 미안해, 정말 미안해, 내가 나빠,
네 말대로 난 나쁜 놈이야, 더 이상 변명하지 않을 게.

너한텐 미안한 말인데, 난 잘 지내. 여긴 살기 좋은 곳이야.
먹는 것은 빵 한 쪽과 생선 한 조각이면 돼.
옷도 별로 필요 없어.

이웃 사람들과 잘 지내. 여기 사람들은 병에 걸리긴 하는데,
나으려 발버둥치는 걸 보지 못 했어. 돈이 없는 탓이기도 해.
수상마을에 병원이 있긴 한데 간판뿐이야.
병원에서는 크레졸 냄새 대신 흙탕물 냄새가 나.

시내에 나올 일이 별로 없어서, 반 년 만에 나왔나?
꽤 오랜만에 나섰어. 차가 떨어졌거든.
녹차가 없어서 연잎차를 마셔.
베트남 건데 괜찮아. 차가 그리워.

내 말만 했네. 잘 지내? 허탕치고 돌아갈 때 울지 않았지?
넌 씩씩하니까.

나, 언제 다시 시내에 나올지 몰라.
니가 메일 보내는 건 좋은데 언제 열어볼지 모르거든.

수상마을에는 인터넷이란 게 귀하고 또 잘 안 돼,
시엠립에 나와야 하는데 속도가 엄청 느려,

메일 안 열어본다고 욕해도 돼, 그래서 더 미안해.

앞으로는 잘 열어볼 게.
그립다는 말을 해도 될까? 정말 보고 싶다.
마무리지어야 하는데, 무슨 말을 해야 되지.

난 아주 평온해. 넌?
다현이는 어떻게 달라졌을까, 많이 달라졌을 거야.
안녕 ^!^

뭐야, 평온해? 웃자는 거야 울자는 거야. 그때 수상가옥은 몸이 피곤해 못 갔는데, 벤타이도 몰랐을까. 그때 벤타이가 수상가옥 쪽으로 가 보자 했는데, 내가 싫다고 했어. 기다리고 기다리다 받은 메일인데 싱겁고 아쉽다. 나쁜 놈, 잘 있다니 다행이긴 하다. 눈물이 핑 돈다. 마우스 옆에 둔 핸드폰에서 흘러나오는 비발디의 〈여름〉이 조금은 지루하며 나른하게 들린다. 핸드폰을 치켜들어 발신자 표시를 보니 남편이다. 또 전화야, 통화한 지 채 한 시간도 안 되는데. 나는 빚 독촉 당하는 사람처럼 가슴이 내려앉는다. 전화를 받을까 말까 망설이다가 마지못해 통화 앱을 누른다.

"아까는 바빠서 바로 전화하지 못했는데, 당신, 임신한 거야?"

남편은 전화를 늦게 받는다고 다른 때처럼 따지지 않는다. 나는 아무런 대답을 하지 않는다. 남편이 임신이냐 또 묻는다. 나는 채근하는 게 귀찮아 그래, 한다.

"집에 자주 못 가 미안, 이번 주말 꼭 내려갈 게. 근데, ps1 팔았어?"

나는 주저하지 않고 전화를 끊어버린다. 다시 메일을 들여다본다. 평온해? 누군 평온해서 좋겠다. 누구는 보험판매실적, 보험료 수금실적, 맞춰야 하는데. 나는 편지쓰기로 들어간다.

— 살아 있네 평온하니 좋네 간 김에 들렀어 잘 지내

뜬금없이 그와 메일을 주고받다니, 오히려 허망하다. 나는 씁쓸한 입맛을 다시며 보낸 편지로 들어간다. 방금 보낸 편지를 다시 연다. 너무 짧다. 나는 글을 길게 쓰지 못 한다. 긴 글을 많이 읽지 않은 탓이라 들었다. 다시 편지쓰기로 들어간다.

— 임신했어

먼저 보낸 편지글이 짧은 탓에 아쉬워서 다시 쓴 편지가 더 짧다.

두꺼운 책을 끝까지 읽으려 했지만 언제나 초반부에서 포기했다. 교과서조차 한 권을 다 읽은 기억이 없다. 어렸을 때 그림동화책은 여러 권을 끝까지 읽었다. 글자라 해봐야 모두 합쳐도 한 주먹밖에 되지 않는 그림동화책이다. 쪽 수도 몇 쪽 안 되는 책들이다. 글공부라기보다 그림공부라는 게 더 타당하다. 나는 메일 창을 닫고 로그아웃을 한다. 컴퓨터 앞에서 일어선다. 세살 버릇 여든 간다던가. 글을 익히기 시작할 때부터 그림이 적고 글씨가 많은 책을 읽는 습관을 들인다면 어떻게 될까. 나중에 글을 잘 쓰게 되지 않을까. 내가 긴 글을 쓰지 못하는 까닭을 생각해본다.

나는 상상력이 좋다는 말을 많이 들었다. 그림책으로 공부한 덕분인가. 상상을 많이 하면 뭐 해. 상상한 걸 제대로 옮겨 적을 줄 모르는데. 대학 1학년 땐가 교양과목에서 '반드시 알아야 할 아름다운 우리 어휘'라는 책을 교재로 썼다. 학점 때문에 그 책을 달달 외우기는 했다. 대학을 졸업한 후 보험회사에 취직했다. 사무실에서 가끔 있었던 일인데, 누군가 뜻을 잘 모르는 단어가 있다는 말을 할 때마다 내가 바로 알려주었다. 나는 살아 숨쉬는 국어사전으로 불렸다.

며칠이 지났나. 회사에서는 ps1 판매 때문에 15일 마감을 한단다. 이 달은 마감을 네 번 하는 셈이다. 나는 ps1 판매에 두 손을 들었고 사무실에 들러 마감하는 걸 포기했다. 집 소파에 앉아 텔레비전에서 하는 일기예보를 본다. 당분간 날씨가 맑단다. 사무실 사람들이 마른장마라며 쑥덕대는 소리를 들은 기억이 난다. 이어 광고가 나온다. 한 달 전부터 하루에 서너 번씩 본 CM이다. 내일부터 열흘 간 바닷가 어떤 포구에서 '바다 회 축제'를 한다는 것이다. 며칠만 더 보면 저 선전은 끝나겠지. 초여름인데 회 먹어도 되나, 사람들이 잘 안 오니까 저렇게 홍보하겠지.

나는 거실 창문 쪽으로 시선을 돌린다. 열린 창틈으로 밤하늘이 보인다. 달도 별도 보이지 않는 게 흐린 듯하다. 하지가 가까워지면 장마가 시작될 거라 했는데 아직 비는 안 온다. 그냥 후덥지근하다. 박팀장이 전화를 했다. 텔레비전 봤는지 나한테 물었다. 포구에서 내일부터 '바다 회 축제'하는데 보험 아줌마들 서너 명이 어울려 간다며 나더러 함께 가잔다. 아침 6시에 출발한단다. 난 몸이 안 좋아 못 간다며 잘 다녀오라 했다. 실은 남편한테서 집에 온다는 전화가 있었다.

나는 다시 소파에 앉아 채널을 이리저리 바꾼다. 총을 쏘고 차가 달리는 영화를 하는데 언젠가 한 번쯤 본 것 같다. 마땅하게 틀어 놓을 데가 없어 그대로 둔다. 남편은 한밤중에 도착한다더니 아직 안 온다. 이제 시간은 새벽으로 들어선다. 나는 전화기를 들고 숫자를 누른다. '실적이 인격입니다'라며 변함없이 지껄인 뒤 무슨 행진곡이 들린다. 한참 후 곡이 끝나갈 즈음 전화를 받는다. 잠에 취한 목소리다. 남편은 수원 쪽 고속도로 휴게소인데 졸음을 참을 수 없어서 차에서 잠을 잔단다. 얼마 동안 잔 지는 모르는데 더 잔다며 전화를 끊는다. 언제 도착한다는 말이 없다. 아침에는 오겠지.

영화 속에서는 배우들이 쫓고 쫓기느라 정신이 없다. 영화 밖에서도 저렇게 해야 따분하지 않을 것 같다. 나처럼 방에 박혀 있으면 지루하겠지. 아니야, 나도 쫓겨. 매달 마감 실적에 부대껴, 점점 커지는 빚에 시달리는데. 실적이야 어느 때라도 그만두면 되는데 빚은 포기한다고 없어지는 게 아니잖아. 나도 불가피하게 돈에 쫓겨 도망가는 건데, 왜 이토록 지리하지. 졸음이 밀려온다. 나는 그대로 소파에 드러누워 텔레비전이야 떠들든지 말든지 눈을 감는다.

민들레 꽃씨가 벽에서 떨어져 나온다. 거실을 떠다니다가 내게 달려든다. 감은 눈 안으로 들어온다. 셀 수 없이 밀려온다. 천 개보다 많아, 이천 개가 넘는다. 나는 팔짱을 낀 채 옆으로 돌아눕는다. 팔 안에 두 개의 젖무덤이 가득 찬다. 내 건 늘 예뻐, 나는 팔에 힘을 넣어 젖가슴을 꽉 껴안는다. 깊은 잠에 들지 못한 채 자다 깨다를 거듭한다. 눈을 크게 뜨며 소파에서 일어나 바른 자세로 앉는다.

아침이 훌쩍 지나며 점심 때가 되어간다. 남편은 아직 오지 않았다. 연락이 없다. 낌새가 좋지 않다. 나는 전화가 왔는지 핸드폰을 살핀다. 부재 중 통화 표시가 없다. 키패드를 열어 단축번호를 누른다. 이번에는 '실적이 인격입니다'가 끝나자마자 전화를 받는다. 남편이다. 차가 탈이 났단다. 고속도로 휴게소인데 차량정비소에서 수리 중이란다. 한낮이 지나야 집에 도착할 텐데 늦겠지만 점심은 함께 먹잔다. 나는 고생한다는 말로 남편을 위로한다.

텔레비전은 어제 오후부터 줄곧 켜진 것 같은데 피곤한 기색이 없다. 나는 소파에 다시 드러눕는다. 리모컨을 들어 TV를 끈다. 핸드폰이 여름을 거실에 토해낸다. 몸을 일으켜 전화기를 집는다. 통화 아이콘을 누르자 비발디가 사라지며 박팀장이 등장한다. 어디냐 묻기에 나는 집이라 답한다. 남편이랑 함께 있냐는 말을 던진다. 남편은 지금 고속도로 휴게소에서 탈이 난 차 때문에 죽치는 중이라고 나는 대답한다. 자기들은 지금 포구의 '바다 회 축제'에서 점심으로 회를 먹는데 내가 생각나 전화했단다. 날 못 데려와 미안하단다. 나는 걱정도 팔자라며 농지거리를 한 뒤 통화를 마친다.

오후 두 시 반이 다 되어간다. 어디까지 온 걸까. 차는 다 수리했는지, 출발을 했는지 알 수 없다. 전화를 해볼까. 공복이 길어진 탓인지 속이 쓰리다. 먼저 밥을 먹을까. 조금 먹을까. 그래, 허기만 때우자. 나는 소파에서 일어난다. 허리를 쭉 펴며 기지개를 켜는데 현관에서 전자음이 울린다. 큼직한 쇼핑백을 든 남편이다. 아랫배가 더 불룩 튀어나왔다. 30대 중반인데 너무 나온 것 같다. 보나마나 매일 술에 절어 밤을 샐 것인데 그 애로가 오죽하겠는가. 나는 남편 뒷바라지를 잘 해주지 못한 게 미안하다. 부부가 함께 있지 못한 탓이다. 남편이 머지않아 지점장으로 진급하면 발령이 나는 곳으로 이사를 해야 한다. 우리에게는 지금 이리저리 마음대로 움직일 경제적 여력이 없다. 나는 튀어나온 남편 배를 보니 짜증이 나지만 겉으로 드러내지 않는다.

나는 쇼핑백을 빼앗다시피 받아든다. 남편은 차 키를 TV 옆에 놓더니 리모컨을 집어든다. 화면에 빛이 들어온다. 나보다 TV를 먼저 켜는 거야? 나는 화가 나지만 겉으로 드러내지 않는다. 그제야 남편은 임신을 축하한다며 나를 가볍게 껴안는다. 키스는 하지 않고 슬며시 포옹을 풀어버린다. 나는 남편 품을 벗어나 손에 든 쇼핑백을 거실 탁자에 올려놓는다. 탁자 앞 소파에 앉아 쇼핑백 안에 있는 상자를 꺼낸다. 상자가 두 개인데 크기가 다르다. 나는 큰 상자의 포장지를 조심스럽게 뜯는다. 임신복이 두 벌 들어 있다. 하나는 엷은 밤색 원피스인데 천의 질감으로 보아 가을쯤 입을 옷이다. 발목까지 늘어진 치맛단에 뿌리를 숨긴 억새가 허벅지까지 자라거나 덜 자란 채 드문드문 새겨졌다. 다른 하나는 지금 입을 임신복이다. 엷은 하늘색인데 보기에도 시원하다. 치맛자락에는 네잎 클로버가 바람에 휘날리는 중이다.

나는 작은 상자마저 뜯는다. 속옷 한 벌과 종이들이 들어 있다. 나는 우선 옷부터 본다. 회색 바탕에 꽃무늬가 새겨진 넉넉한 크기의 브래지어와 팬티가 한 세트 들어 있다. 배가 불러지면 입으라며 큰 치수를 산 것 같다. 나는 웃음이 터져나오는데 좀 이상하다는 생각이 번뜩 스친다. 옷값이 줄잡아 우리가 쓰는 승용차의 한 달 기름 값은 넘겠다. 그보다 선물을 추려낸 모양새가 남편 솜씨가 아니다. 여자 솜씨다. 나는 웃음이 싹 가신다. 뜯어낸 포장지를 다시 훑어보고 쇼핑백을 꼼꼼히 살펴본다. 백화점이 아닌 양품점에서 샀다. 나는 옆으로 미루어 놓은 종이를 펼친다. 연분홍 바탕에 매화꽃이 듬성듬성 핀 카드가 보험서류 틈에 끼어 있다. 예쁜 글씨가 눈에 들어온다. 누구 글씨지.

♡♥♡ 사랑하는 다현아, 임신 축하해. 난 아주 행복해 ♥♡♥
— 아내 다현이가 사랑하는 남편 희원으로부터

나는 비로소 서류를 바로 본다. ps1 청약서다. 계약자와 피보험자가 모두 나로 되었다. 무슨 뜻이지, 내 앞으로 계약을 해야 한다는 뜻인가. 그건 말이 안 된다. 넣어야 할 돈이 얼만데. 나는 서류를 접어 한 쪽으로 치운다. 식탁에 음식을 차린다. 우리는 식사를 마치고 소파에 나란히 앉는다. 텔레비전에서는 코미디 프로가 한창 진행 중이다. 남편이 자주 킥킥거린다. 나는 덤덤하게 앉아 참외를 깎는다. 시청자가 웃어주기를 바라는 텔레비전 표정이 웃기기 위해 웃는 것 같지만 실제로는 슬프게 울부짖는다.

살아가는 일 중 대부분이 웃기는 것들이다. 코미디 프로는 그처럼 진짜로 우스운 것들을 들춰내 보여줄 줄 모른다. 대부분 누군가의 생김새에서 트집을 잡아내지 않으면 더는 TV로서 살아갈 방법이 없는 것처럼 군다. 텔레비전에서 하는 웃기는 프로그램들 거의가 누군가의 외모를 빗대어 떠든다. 웃을 이유가 없는 걸 건드려 웃기려 하니 진짜 웃기는 노릇이다. 그래서 코미디인가. 나는 개그맨들보다는 하릴없이 화면을 따라 웃는 남편이 더 우스워 힐끗힐끗 훔쳐본다. 남편은 웃다가 하품을 연거푸한다. 내게 할 말이 있는데 선뜻 꺼내지 못하는 것 같다. 내가 먼저 말을 건넨다.

"우리 아이에게 무슨 책을 읽혀야 할까."

뜬금없는지 남편이 주춤거린다. 내가 다시 묻는다.

"우리 애에게 읽힐 책. 책, 몰라?"

남편이 마지못해 대답한다.

"글, 그거 별로 중요하지 않아. 앞으로는 보기를 잘 하면 돼."

그러곤 벌써부터 책 타령이냐는 듯 웃어넘기려 한다.

"글 잘 쓰면서 보기도 잘 하면 안 되나."

"난 어릴 때 그림동화를 많이 읽었어. 철들고는 책 읽은 기억이 없어. 그래도 잘 살잖아. 우리 애 머리 아프게 하지 마라. 요즘 애들 글자 많은 것 딱 질색이다."

나는 더 이상 할 말이 없다. 남편이 헛기침을 크게 하더니 기어코 억눌린 말을 끄집어낸다.

"말일까지는 꼭 팔아야 한다. 안 되면 당신 앞으로 만들어."

"말이 안 돼. 지금 빚이 얼만데. 그 엄청난 돈을 또 빚내. 어디서."

"진급하면 그때부터는 안 꿀아, 조금만 더 고생해라."

"내 카드 12개, 몽땅 다 한도 찼어, 난 더 이상 돈 못 구해."

"니, 알잖아, 영업소장할 때 꼬라박고, 지점장하면 안 꼬라박고, 나중에 이사로 진급하게 되면 지점장 퇴직금 타서 빚 다 갚고, 그땐 빚 끝이다."

나는 지점장에서 이사로 진급하는 것은 대령이 장군으로 진급하는 것보다 더 어렵다는 말을 풍문으로 들어서 안다. 남편도 알 것이다.

"그거 너무 허황된 꿈 아니야. 당신은 줄 없잖아."

"지금, 사장님이 나를 얼마나 밀어주는지 당신 몰라?"

"그거, 높은 놈들이 자기들 실속 챙기려 아랫것들 가지고 노는 거지, 당신은 아직도 그걸 몰라?!"

내 목소리가 높아진다. 우리는 마주보며 서로 잡아먹을 듯 눈을 부라린다.

"이번에 1등 못 했다고 진급 안 시켜주면, 사표 쓰는 게 나아."

내 말끝에 남편이 자리에서 벌떡 일어나 삿대질하며 소리 지른다.

"그걸 말이라고 하냐."

나도 맞불을 놓는다.

"당신 단순한 거, 당신은 잘 모르지, 어렸을 때, 글밥 많은 책을 안 읽은 탓이야, 그림동화밖에 모르잖아."

"뭐! 그럼, 넌 두꺼운 책을 많이 읽어서 그렇게 똑똑하냐?"

갑자기 내 눈에서 불꽃이 튄다. 앞이 캄캄하다. 몸이 중심을 잃는다. 눈을 뜨려는데, 일어나려는데 안 된다. 정신을 조금 가다듬자 입안이 물컹거린다. 왼쪽 볼이 불덩이처럼 뜨겁다. 눈이 아파 잘 떠지지 않는다. 일어나기를 포기한다. 소파에 쓰러진 채 움직일 수 없다. 텔레비전이 웃음을 그치지 않는다. 배꼽 빠져라 웃는데 나를 보고 웃는 것인가. 나는 팔에 죽을힘을 써가며 겨우 윗몸을 일으킨다. 소파에 앉은 채 남편을 똑바로 보며 차분하게 말한다.

"이게 임신한 아내에게 할 짓이야! 내가 뭐가 나빠."

남편의 손길이 부어오른 내 얼굴에 급히 닿는다. 남편이 얼떨결에 저지른 일이라 어쩔 줄을 모른다. 손으로 내 입가에 묻은 피를 닦으며 눈물을 닦아준다. 미안하다며 잘못했다고 용서를 빈다. 나는 남편을 밀치며 상체를 바로 세운다. 몸이 추슬러진다. 남편은 집을 담보로 잡아 대출을 받아서 ps1에 가입하기를 원한다. 이 집이 어떤 집인데, 엄마가 막내 불쌍하다고 딸 하나 있는데 눈에 밟힌다며 오빠 올케들과 등 돌리면서 내 앞으로 해준 집인데, 담보로 잡아 언제 갚을 줄도 모르는 빚을 내서 보험 실적 맞추는 데 쓰자고, 지금껏 해온 것도 지겨운데, 엄마가 하늘에서 내려다보며 통곡을 하겠다.

나는 소파에서 일어선다. 껍질 깎인 채 뒹구는 참외가 발바닥에 밟힌다. 나는 욕탕으로 들어가 거울 앞에 선다. 뒤엉켜 엉성해진 머리, 왼쪽 눈언저리에서부터 부어올라 벌써 퍼렇게 멍든 뺨, 피가 터져 나오며 툭 불거진 입술. 나도 처음 보는 내 꼬락서니다. 울음이 나오려 한다. 거실 텔레비전이 또 큰소리로 웃는다. 기계가 날 보고 웃는 것 같다. 내 꼴이 우습긴 하나 보다. 그래, 웃자. 내 웃음이 욕실을 벗어나 거실에 퍼진다. 텔레비전이 내는 웃음과 내 웃음이 거실에서 충돌한다. 그 틈으로 현관문 여닫는 소리가 뒤섞인다. 집 안이 조용하다. 나는 거실로 나가

텔레비전을 끈다.

TV 옆에 둔 남편 차 키가 보이지 않는다. 아마도 남편은 돌아오지 않으리라. 서울로 가버린 것 같다. ps1 계약 건수를 올리러 왔는데 허탕을 치니 바삐 영업소로 돌아가 수습을 해야 할 것이다. 다시 나 혼자였다. 나는 거실 바닥에 짓밟혀 으깨어진 참외를 손으로 집어 입에 넣고 아작아작 씹는다. 입을 움직이자 참기 힘든 통증이 턱과 얼굴을 들쑤신다. 씹히는 참외에서 피비린내가 난다. 그런데 내가 ps1 계약을 만들어내야 하는 부담에서 벗어났나? 맞는 거야? 얼굴을 휘젓던 아픔이 머릿속까지 파고든다.

장맛비가 삼일째 내린다. 내가 문 밖 출입을 안 한 지 일주일이나 지났다. 나는 집에 있는 동안 내내 소파에 누워 지냈다. 혹시 뱃속 아이가 탈이 생기지 않을까 마음 조였는데 별일이 없어 다행이다. 소파에서 불편한 자세로 누워 지낸 탓인지 시간이 흐를수록 허리가 점점 더 아프다. 머리가 멍하며 온몸이 찌뿌듯하다. 감기몸살에 걸렸을까. 양 어깨가 무거워 팔을 올리지 못한다. 지금은 허리가 두 동강나는 것처럼 통증이 심하다. 마냥 누워 지낸 탓에 허리가 힘들었나 보다. 이마에 열이 오르내린다. 배탈이 나려는지 아랫배가 아픈 듯 안 아픈 듯 느낌이 좋지 않다. 병원에 가야 하는데 얼굴이 채 아물지 않아 나가기를 망설인다. 아무 약이나 사먹을 수 없는 노릇 아닌가. 병원에 가기를 주저하다가 어두워진다.

남편은 그날 집으로 돌아오지 않았다. 나는 핸드폰이 울리면 발신 번호를 확인한 후 남편 전화는 받지 않으려고 했다. 남편은 전화도 하지 않았다. 나는 수금를 못하고 ps1 계약도 하지 못했다. 그 뒤로 알게 된 일이다. 남편은 하릴없어 박팀장에게 전화를 걸었단다. 박팀장이 판매한 ps1 계약 건을 자신의 영업소로 돌려주면, 회사에서 공식적으로 주는 수당의 1.5배를 주겠노라 했다. 박팀장은 흔쾌히 응했다. 두 사람만 알기로 굳게 약속했다. 나한테까지도 말하지 않기로 했단다. 더불어 바쁜 일이 끝나는 대로 내려와 술을 산다는 약속까지 했다. 박팀장이 술에 취해 비밀 이야기가 있다며 내게 전화로 말해줘서 알았다. 내 꼴이 우스운데 남편도 안 됐다. 오죽하면 수당을 반씩이나 더 얹어주고 계약을 샀을까. 여기 영업소 소장이 알면 서로 사이가 틀어질 거다. 박팀장도 온전하게 버티지 못할 걸, 머지않아 알게 될 텐데.

월말마감이 끝나고 달이 바뀌었으니 회사에서는 ps2를 팔라고 다그치리라. ps2가 어떻게 생겼는지 궁금하다. 이제는 나랑 별로 상관없어도 봐야겠다. 나는 컴퓨터 앞에 앉는다. 인터넷에 접속했다. 회사 홈페이지가 열린다. 'ps2 들어가기' 팝업창이 있다. 클릭하니 동영상이 열리는데 ps2에 대한 이미지로 이어진다. 나는 먼저 굵은 글씨를 읽는다.

Postgenome series 2

뇌가 건강해야 200살을 확실하게 보장 받습니다.
ps2는 2030년부터 고객님의 뇌를 지켜드립니다.

뇌세포 재생 성공 --> 기억과 정서 유지, 계발 가능

* 기억력 증대
* 원하는 예술적 기능 계발 및 최대화
* 성격 조절 –> 이후 경찰서와 교도소가 필요 없음
* 뇌질환 발생 절대 불가

이 상품은 ps1을 구입한 고객님만 가입 가능합니다.

돈 있으면 뇌를 통째로 바꾼다? 돈이 문제네. 나는 뱃속 태아를 느껴본다. 이 녀석이 자라서 ps 상품을 알게 되면 어떤 반응을 보일까. 어떻게든 돈을 마련하여 이 보험에 가입하려 할 것 같다. 보험료가 월납이 아닌 연납도 아닌 초회 일시불 납입이다. 저런 뭉칫돈을 마련하려면 부모형제는 물론 처자식까지 무시해야 되지 않을까. 그건 제 놈이 알아서 할 일인데, 난 어쩌지? 남편은 맘에 안 들어, 무시해버리면 돼. 집 팔고 보험 해약하면, 또 있나. 집 팔면 내 새끼랑 어디서 숙식을 해결하지. 지금 내가 진 빚이 얼만데. 나는 컴퓨터를 끈다. 이제부터는 어떻게 하든 남편을 살살 달래서 빚을 갚아나가야 한다.

몸이 안 좋은 탓인지 벌써 졸리고 한여름인데도 춥다. 소파에서 자려하니 아픈 허리가 부담스럽다. 안방으로 간다. 침대에 드러누워 홑이불을 푹 둘러쓴다. 잠을 자려는데 아랫배가 사르르 아파 와 신경을 거스른다. 깊은 잠을 잔 기억이 아득하다. 몸을 이리저리 뒤척인다. 잠을 잔 듯 안 잔 듯한데 아까부터 마음에 걸리던 아랫배가 많이 아프다. 쥐어짜며 뒤틀린다. 자궁이 낚시에 걸려 낚싯줄을 따라 알 수 없는 곳으로 딸려나가는 것 같다. 아픈 곳이 자궁 같다는 느낌이 왜 들지. 아, 자궁, 잊고 있었다. 나는 깜짝 놀라 일어난다. 거웃이 젖은 느낌이다. 속옷 안으로 손을 넣어 만져보니 젖어 있다.

자리에서 일어나 욕실로 간다. 몸이 중심을 잃으려 한다. 기운이 없는 게 아닌데 몸이 알아서 흔들린다. 욕실 불을 켠 뒤 손을 펴본다. 검붉은 액체가 비린내를 머금은 채 손에서 나를 바라본다. 어미와 눈이 마주치자 비로소 마음을 놓고 껌벅거리는 아기의 눈꺼풀처럼 가녀린 전율이 내 눈으로 옮아온다. 손이 떨린다. 새끼, 내 아가야. 나는 욕실 바닥에 주저앉는다. 무겁다. 내가 무겁다. 나만 무겁다. 차라리 쓰러지고 싶다. 일어나야 하는데 시간에 짓눌려 일어날 수 없다. 아직 늦지 않았어. 병원에 가야 해. 일어선다. 내가 일어선다. 나만 일어선다. 힘이 하나도 없어 흔들거린다.

나는 거실 전화기 앞으로 다가간다. 전화기 디지털 창이 밤 11시 5분을 알려준다. 나는 수화기를 들고 숫자를 누른다. 손가락이 스친 번호마다 검붉은 자국이 남는다. 전화기도 나처럼 아플까. 나는 지금 누구에게 전화를 걸지. 남편, 오빠들, 그 남자? 신호가 한참을 건너간다. 누구지, 내 전화를 받을 사람이 누구야. 전화를 받지 않으려나. 제발 좀 받아라. 누구라도 좋으니 받아주세요.

신호가 이어지더니 목소리가 들린다. 여잔데, 박팀장인가. 다현아, 다현아, 하며 나를 부른다. 저쪽에서는 이미 나를 아는 눈치다. 언니, 언니. 나는 더 이상 말이 나오지 않는다. 너 무슨 일 있는 거야. 박팀장 목소리가 커진다. 울지 말라며 말을 하란다. 내가 우는 건가, 난 울지 않는데. 박팀장이 지금 갈 테니 현관문 고리를 열어놓으란다. 10분 안에 도착해, 울지 마, 한다. 전화가 끊긴다. 나는 현관 고리를 풀어야 한다. 내 빗장을 벗겨야 내가 산다.

박팀장 차에 실려 병원 응급실에 도착한다. 의사가 진찰하더니 내 자궁이 많이 아프단다. 나는 고개를 끄덕인다. 의사 말로는 내 자궁이 아주 약하단다. 자궁이 불안정한데, 감기몸살로 인한 열 때문에 태반이 견디지 못했단다. 이번에 잘못 돼서 더 걱정이라며, 앞으로 임신은 힘들다, 불가능하단다. 이삼 일이라도 입원하는 것이 좋단다. 나는 남편이 뺨을 때렸다는 말을 차마 못한다. 보호자로 따라온 박팀장이 오히려 울상이다.

응급실에 걸린 시계가 새벽 1시 37분을 알려준다. 여럿이 쓰는 병실은 빈자리가 없으니 특실을 쓰란다. 나는 입원실로 실려 간다. 사람들이 침대를 밀고 내가 얹혀간다. 나는 시간 위에 누워 있다. 지금의 시간이, 지나간 시간이 되려고 나를 끌어간다. 오소장이 전화를 안 받아, 술 취해 자나봐. 박팀장이 안절부절못하며 어쩔 줄 모른다. 눈이 스르르 감긴다. 나는 줄곧 잠을 자다가 저녁나절에 눈을 떴다. 머지않아 남편이 병실로 들어섰다. 얼굴은 부었고 튀어나온 배 때문에 걸음새는 뒤뚱거린다. 숨 쉴 때 쌕쌕거리며 피곤한 기색이 뚜렷하다. 술에 찌든 모습이 그대로 드러난다.

나는 다시 잠들었다. 누군가 나를 깨운다. 힘들게 눈을 뜨니 아침 회진하는 담당 의사다. 나는 밤새 꼬박 잔 모양이다. 의사가 그 동안 못 잔 잠을 한꺼번에 다 자냐는 우스갯말을 한다. 남편더러 아내 잘 보살피라는 당부까지 챙긴다. 남편이 멋쩍어 한다. 회진하는 일행이 나가자 둘만 남았다. 갑자기 남편이 무릎을 꿇는다. 내 손을 잡아 힘을 주며 미안하다, 용서해달라 한다. 여태껏 견뎌온 시간들을 생각하니 앞으로의 시간들이 더 두렵다. 나도 손에 힘을 보태며 속으로만 독해져야 해, 빚을 줄여야 해, 하며 혀를 깨문다.

남편은 내 기분이 풀린 걸로 알았을까, 자세를 바로 하더니 쾌활해진다. 이번 상반기 결산 마감에서 1등을 했단다. 수단과 방법을 가리지 않고 목표를 달성한 탓에 연일 밤마다 술자리가 벌어졌다. 사장의 격려, 상무의 축하, 지점장의 환호, 동기들의 시샘, 후배들의 존경, 동료들의 자축이 이어졌다. 내가 느끼기에 그 자리에 남편은 없었다. 자리를 함께한 건 남편의 실적이다. 남편은 여기에서 멈출 수 없다더니 입원한 환자더러 도와달라 한다. 나는 어이없어 남편을 외면했다. 이사 진급까지는 이제 짧으면 5년 길어야 7년 남았다. 모두 협조하는데 당신은 안 할 거냐 묻는다. 실적이 모든 것을 결정하는데 한 사람이라도 더 자신에게 힘을 보태야 한단다.

나는 아무런 대꾸를 못한다. 남편은 내가 피곤하리라 여겼는지 잠을 더 자라 말한다. 자기는 이틀이나 목욕을 못 했단다. 사우나에 다녀온다며 병실을 나선다. 나는 눈을 감는다. 병실 문 여닫는 소음이 희미하게 들린다. 잠이 밀려온다. 편안하게 잠들어야 한다. 나는 창밖이 어두워져서야 눈을 떴다. 이틀 동안을 내리 잠만 자다시피 했다. 열이 내리자 온몸이 쑤시며 아픈 게 잡혔다. 아랫배에서 통증은 전혀 느낄 수 없다. 지금처럼 머리가 맑았던 때가 언제였는지 기억이 안 난다. 몸이 아늑하다. 이대로 병원에 더 머물고 싶다. 핸드폰 전자음이 울린다. 문자 메시지가 왔나 보다. 남편이 보냈다. 사우나에서 정신없이 잠을 잤단다. 일어나보니 박팀장이 퇴근할 때여서 술 먹기로 했다며 늦겠단다.

약 기운 때문일까. 나는 또 잠이 온다. 우선 자자. 얼마나 잤는지 모르겠다. 달그락거리는 소리에 눈을 떠보니 아침밥을 가져다준다. 밥 냄새 국 냄새가 식욕을 돋운다. 밥이 먹고 싶다. 첫술을 뜨는데 밥이 달다. 입안에서 씹히는 밥 때문에 행복을 느끼기는 처음이다. 퇴원할까. 병원에 더 있을 일은 아니니다. 어제 저녁 때만 해도 병원에 더 있고 싶었다. 하룻밤을 자고나니 생각이 달라진다. 힘이 나자 밥맛이 좋다. 밥보다는 피자가 맛있지 않을까. 리치크러스트 피자가 좋겠다.

병실에 퍼진 음식 냄새가 가실 즈음 담당 의사가 회진을 나왔다. 나더러 얼굴이 좋아졌다며 기분이 어떤지 묻는다. 나는 활짝 웃는다. 의사가 이틀쯤 더 몸조리를 하면 좋긴 한데 퇴원해도 좋단다. 나는 챙길 짐이 없다. 옷만 입으면 된다. 남편이 언제 오려나. 박팀장이랑 밤새 술을 먹었나. 전화하려다가 '실적이 인격입니다!'라는 컬러링이 듣기 싫어 멈춘다. 노크 없이 병실 문이 열린다. 남편이 보인다. 얼굴은 퉁퉁 부었는데 차림새는 깔끔하다. 병실로 들어서는데 선뜻 말을 않는다. 병실 분위기가 금세 언짢아진다. 나는 아침은 먹었냐는 말을 하려는데 왠지 목에서 넘어오지 않아 침을 꿀꺽 삼킨다. 남편이 의자에 앉더니 한숨을 깊게 내쉰 뒤 입을 연다.

"결혼하기 전에 낙태했냐?!"

침대에 누워 있던 나는 깜짝 놀라 윗몸을 일으킨다.

"그 때문에 내 애가 유산 됐어?"

남편은 큰소리치며 눈을 부라린 채 나를 노려본다. 나는 눈길을 창밖으로 돌린다. 장맛비가 오려는지 하늘이 흐리다. 남편이 말한다.

"나 피해자 맞지. 어떻게 이럴 수 있어. 당신 나한테 가해자인 거 알아?"

창밖에는 빗방울이 하나둘씩 떨어진다. 박팀장이랑 새벽까지 술 마셨어? 나는 혀끝을 질끈 깨물며 심호흡을 한다. 남편이 또 말한다.

"대답을 하라구. 너 가해자, 나 피해자 맞지."

나는 일부러 눈을 크게 떠 남편의 눈길과 마주친다. 마음을 가라앉히며 작은 목소리로 또렷하게 말한다.

"너는, 연애 안 해봤어? 미치게 사랑 안 해봤어?"

남편이 침착하게 대답한다.

"난, 돈이 안 될 인간하고는 차도 안 마셔."

"그래? 나, 이제 돈 떨어져 쓸모없는 거야? 돈 많은 여자 생겼어?"

"억지소리 하지 마. 내가 피해자야. 당신은 보상하게 될 거야."

남편이 의자에서 일어선다. 나를 힐끗 노려보더니 병실을 나간다. 내게 또 무슨 일이 일어난 것 같다. 나는 핸드폰 폴더를 열고 박팀장에게 전화를 건다. 연결되지 않은 채 소리샘으로 넘어간다. 나는 종료를 누른 다음 사무실로 건다. 어떤 여자가 전화를 받는데 박팀장님은 오늘 출근을 안 했단다. 이번에는 박팀장 집으로 전화를 한다. 신호가 간다. 한참이 지나도 받지 않는다. 코가 삐뚤어지게 술에 취해 새벽에 집으로 들어갔다면 이때껏 잠을 잘 것이다. 집에 있으리라. 신호 말미에 목소리가 들린다. 박팀장인데 잠이 덜 깬 말투다. 나라는 것을 알고 반긴다. 몸은 좋아졌는지, 언제 퇴원하는지 묻는다. 나는 건성으로 대답한다. 잔뜩 찌푸린 하늘에서 드디어 비가 온다. 작달비다. 뜸을 들이다가 내린 장맛비라 그런지 억수로 퍼붓는다. 나는 더 입원하기로 생각을 바꾼다.

*

일간지에 ps3에 대한 광고가 실렸는데 신문 한 쪽을 모두 차지했다. 조간지 2곳, 석간지 2곳에 실려서인지 입소문도 빨리 퍼졌다. 인터넷에서도 ps 시리즈만이 가진 핵심 단어를 입력하고 검색하면 1순위로 떴다.

Postgenome series 3

1. 불임과 출산에서 완전 해방

* 귀하의 건강한 몸을 관리하는 은행 개설

(DNA로 장기 일체 복제)

* 백혈병, 골다공증 없는 시대 개막

(조혈모, 조골모 세포 자생 유도)

* 복제되어 은행에 보관 중인 귀하의 자궁에

(귀하의 난자와 귀하가 선정한 정자 수정, 착상)

* 출산까지 보장

* 실패율 0%

* 미숙아, 장애아 출생 가능 0%
* 임신 기간 조절, 최단 3개월 출산 가능
* 고객님의 손으로 자궁을 만져볼 수 있음
* 사랑스런 태동을 느낄 수 있음
* 모든 과정과 출산을 지켜볼 수 있음

2. 모든 부분 성형 가능.

* 수술 없이 뼈조직, 피부조직 성형 가능
* 피부, 홍채, 머리카락 색상 쉽게 바꾸기
* 얼굴 부위별 화장, 눈 화장, 네일 아트

(미용을 나노 연고로 가꾸는 시대)

* 부작용 0%를 보장

수술 없이 귀하의 염기서열에 맞춘 알약으로

모든 것 해결

각 부위별 200살까지 무제한 제공

ps1, ps2 가입 고객님들께

ps3 보험료 20% 할인

Postgenome series는

고객님께서 1,000살까지 사실 것을 약속드립니다.

새로운 버전

Postgenome series 2050을

기대하세요.

지난 3월과 7월에 출시된 ps1, 2 두 상품을 본 예비 계약자들은 ps에 가입해야 되는지 말아야 하는지 긴가민가하여 더 지켜보자는 추세였다. 10월 1일자 인터넷과 신문에 ps3이 모습을 드러내자 반응이 달라졌다. 세 가지 상품에 모두 가입하면 미래엔 다른 보험은 필요 없다는 판단이 선 것이다. 서울이나 경기 쪽에서는 ps3뿐만 아니라 ps 시리즈 전체에 대한 상담 건수가 빠르게 늘어났다. 본사에서는 기대 이상이라며 ps 판매촉진에 치중했다. 한시적으로 영업사원들에게 주는 성과급을 판매실적에 따라 늘렸다.

내가 사는 지역에는 별 반응이 없었다. 가망 고객들 경제력이 서울, 경기와는 꽤 많은 차이가 나면서, 뭐든지 발동이 늦게 걸리는 소도시가 아닌가. 당연히 기대치가 떨어졌다. 이곳 영업조직들 입장은 작은 시장이라서 그렇다 핑계대지만 본사 입장은 다르다. 중앙이든 지방이든 구별 없이 기존 실적대비 목표를 부여한다. 영업소장들은 주어진 목표를 무조건 달성해야 한다. 아니면 무능한 소장으로 찍히니까.

박팀장이 말했다. 회사에서는 10월 15일 넘어서면 판촉지원을 줄이거나 없앨 가능성이 많다. 그 안에 자신을 통해 세 가지 ps에 모두 가입하면 ps3 보험료를 공식적으로 20% 할인해주는 것 외에, 암암리에 뒷돈으로 30%를 더 깎아준단다. 누군가 알면 보험협회에 찌를 수 있으니 비밀로 해야 한다. 또 가입자가 영업사원일 경우에는 모집수당을 본사에서 주는 것보다 50% 더 주겠노라 한다.

박팀장도 가족들과 함께 ps에 가입하려는 마음이 있으나 워낙 큰돈이 들어가는 일이라 불가능했다. 박팀장 혼자 가입하기에도 버겁다. 박팀장은 계약자들의 금융자료를 삼사십 건 보관한다. 그것들을 가지고 사고를 쳐서 가족들 모르게 자신이라도 ps 시리즈 계약을 할까 말까 갈등 중이다. 사고 치면 짧게는 3년 길게는 5년 감옥살이하면 된다. 모르긴 해도 5년 미만일 것이다. 마음 단단히 먹으면 못할 일이 아니다. 그쯤 감옥살이는 200년 사는 것에 비하면 터럭 하나만 못하다.

ps3이 나오자 그런 말들이 설계사들을 중심으로 퍼졌다. 한탕을 해서라도 ps에 가입하여 200년을 살자는 욕구가 점점 커졌다. 이런 마당에 부모가 무슨 의미가 있어. 자식이 왜 필요해. 배우자와 결혼해 몇 십 년 같이 살면서 사네 못 사네 난린데, 한 배우자와 수백 년을 뒹굴며 살 수는 없다. 박팀장은 남편과 자식들에게서 독해지려 마음을 다졌다. 나더러 넌 혼잔데 뭘 못하냐며 따지듯 말했다. 나도 보관 중인 고객들 자료가 생각난다.

장마철을 벗어나 휴가철이 시작될 때다. 집으로 내용증명이 한 통 왔다. 병원에서 큰소리를 치던 남편으로부터 위임받은 변호사가 보냈다. 유산과 불임에 관한 모든 책임을 지라는 것과 14일 이내에 이의신청을 하지 않으면 이혼소송과 위자료를 청구하겠다는 내용이다. 나는 남편에게 전화를 건다. 당신 때문에 내가 진 빚은 어떻게 하냐고 묻는다. 남편은 그런 일이 없다며 자신은 모르는 일이란다. 이제 와서 억지부리지 말라더니 오히려 나를 나무란다. 나는 기가 막혔다. 그래서 아는 변호사를 찾아가 물었다. 변호사는 내가 증인을 동원해서 법정투쟁을 하지 않으면 남편 때문에 진 빚이라는 걸 인정받기 어렵다는 말을 했다.

나는 이의신청 대신 나름대로 서둘렀다. 집이 가압류되면 빼도 박도 못한다. 나는 서둘러 집을 판 다음 원룸으로 이사했다. 일부러 보증금은 조금 걸고 월세를 많이 내는 집으로 골랐다. 내가 계약자로 된 보험이 서른 건쯤 된다. 다 해약하니 집 판 돈만큼이다. 나는 숨겨둔 비밀통장들 중 나이든 여자 고객 것을 하나 골랐다. 그 이름으로 은행 비밀금고 한 칸을 빌렸다. 숙소에서 멀리 떨어진 은행이다. 내 현금들을 여행자수표 500달러짜리로 바꿔 모두 그곳에 잘 챙겨 넣었다. 원화를 수표로 바꿀 때는 내 또래 여자 고객 이름을 내세우고 사인은 내 걸로 했다. 남편이 고용한 변호사가 내 예금계좌를 추적해 압류할 수 있기 때문이다.

그러고 난 며칠 후 남편에게서 전화가 왔다. 내가 집을 팔고 보험마저 모두 해지해버려 하는 수 없이 간단하게 처리한다며, 합의이혼서류를 보낼 터이니 주소를 알려달라 했다. 멍청한 놈, 그러니 돈밖에 모르지. 그 수에 넘어갈 내가 아니다. 새로운 주소를 알려주면 집달관을 동원해 그곳에 숨겨놓은 내 돈을 찾아내려는 속셈이다. 나는 서류를 박팀장에게로 보내라 했다. 며칠 후 등기우편을 손에 든 박팀장을 커피숍에서 만난다. 자초지종을 알게 된 박팀장은 몸 둘 바를 모른다. 그날 술을 너무 많이 마신 탓에 확실한 기억은 없지만 자신이 취중에 떠버린 몇 마디 말 때문에 내 사정이 딱하게 된 것으로 여긴다. 내가 서류봉투를 뜯는다. 남편이 내용을 기재하고 서명날인을 한 '협의이혼의사확인신

청서'가 들어 있다. 나더러 서명날인을 한 후 날을 잡아 경기도로 올라오라는 쪽지도 보인다. 급하지 않다. 더 두고 봐야 한다.

박팀장은 새로운 소식들을 내게 줄줄이 늘어놓는다. 회 먹으러 '바다회 축제장'에 갔을 때였다. 차가 좁은 골목길을 서서히 지나가는데 바로 앞에서 남편이 한 여자와 다정하게 손을 잡은 채 걸어갔다. 품새가 돈 많은 서울 여자였다. 박팀장은 식당 앞에 차를 세운 후 내게 전화를 걸었고 딴청을 부리며 나름대로 분위기를 파악했다. 경기도와 거리가 먼 곳인 만큼 식사만 한 것으로 보이지 않았단다. 남편이 휴게소에서 잠을 자며, 고장난 차를 수리한다는 그날이었다. 박팀장은 그 일을 나에게 알리지 않은 채 경기, 서울권 영업소의 알음들을 통해 남편과 그 여자의 관계를 알아봤다.

여자는 서울 한복판에서 양품점을 크게 하는 홀어미였다. 남편이 1등하게 된 건 여자 덕이 컸다. 여자가 자기 친구들과 아름들을 들쑤셔 여러 명을 ps에 가입시켰다. 더 중요한 것은 남편과 여자가 같은 날 ps에 가입했는데 보험료를 모두 여자가 부담했다. 박팀장이 울분을 터트렸다. 남편에게 나쁜 놈이라며, 돈 있는 여자들을 철저하게 이용해 먹는 놈이라고 욕했다. 그랬구나, 나한테도, 혼자인데다 돈이 있어 보여 결혼했구나. 그 여자가 양품점한다고, 임신을 축하한다며 가져온 선물꾸러미가, 그랬구나. 나는 비로소 모든 게 이해됐다.

"그런 나쁜 놈은 200년을 사는데, 너는 이게 뭐냐."

하소연하던 박팀장이 함께 ps에 가입하자는 말을 꺼냈다. 그 나쁜 놈이 얼마나 잘 사는지 우리 눈으로 끝까지 지켜보잖다.

“그때는 너도 ps 때문에 다시 애기 가질 수 있잖아. 멋진 놈 씨를 받아 똑소리나는 새끼 하나 낳아. 그 놈 보란 듯이.”

박팀장 말을 내가 큰소리로 맞받는다. 불쑥 떠져 나왔다.

“한 놈이 아니야, 두 놈에게 보여야 해.”

이름이 없어서 ‘민들레 꽃씨’라 써 걸었던 연등이 생각난다. 애 얼굴이 어떻게 생겼을까, 내 뱃속에 잠깐 머물다 스러진 내 아이, 얼굴이 보고 싶다. 이름을 지어줘야 하는데, 엄마 뱃속에서 더 놀고 싶을 텐데, 아기의 발길질이 그립다.

“ps에 가입해 200살까지 산다면 여태껏 이용당한 나를 보상받을까. 지나간 내 시간을 돌이킬 수 있을까.”

박팀장이 고개를 끄덕인다. 둘의 시선이 마주친다. 돈을 맞춰보자는 속셈이다. 나는 혼자서 원룸으로 향한다. 무심코 컴퓨터를 켰다. 메일창을 연다. 스팸 메일이 가득 찼다. 몽땅 지우자 받은편지함이 텅 비었다. 보낸편지함도 쓸쓸했다. 수신 확인으로 들어갔다. 앞서 그에게 보낸 두 개의 짧은 편지들은 다 수신이 안 되었다. 다시 편지쓰기로 들어갔다.

— 차 마실래? 답을 줘 빨리.

또 그에게 보낸다. 그러고 나는 바깥나들이 채비를 한다. 커다란 손가방을 들고 택시를 탄 후 은행으로 가자 했다. 은행 비밀금고에 숨겨둔 계약자들의 자료를 꺼낸다. 그걸 몽땅 챙겨서 손가방에 담았다. 이제 이동통신 점포에 들른다. 통장 하나에 점포 하나였다. 가격이 싼 중고 핸드폰를 골라 계약자의 신분증 사본과 통장으로 신규가입을 한다. 사인은 내가 대충했다. 한 점포에 하나씩 가입했다. 그렇게 해서 보험을 해지할 때 서류에 써넣을 전화번호를 모두 확보했다. 나만 아는 비밀통장 예금주들의 보험들이다.

원룸으로 돌아왔다. 외출복을 벗지도 않고 헤아려보니 중고 핸드폰이 15개나 된다. 나는 이어 서류를 작성한다. 모두 보험해지 신청서다. 필체를 다르게 하여 내 손으로 다 써넣는다. 박팀장이 지점 해지창구로 접수할 것이다.

날이 바뀌었다. 오전이다. 서류에 적힌 핸드폰으로 해지담당 여직원이 전화를 걸어왔다. 계약자 본인이 보험해지 신청을 했는지 확인하려는 것이다. 여직원은 해지할 사람 이름, 주소, 주민번호, 통장번호, 핸드폰번호를 거듭 확인한다. 그 동안 자동이체하던 통장으로 해지환급금을 청구하는 까닭에 별다른 의심을 하지 않는 듯했다. 여직원의 태도는 사무적이었다.

나는 목소리를 바꿔가며 15번의 전화를 일일이 다 받는다. 원룸에서 쥐도 새도 모르게 처리한다. 이제 오후다. 해약된 보험금들이 자동이체하던 통장으로 입금된다. 그 상황이 핸드폰마다 액정화면에 문자메시지로 뜬다. 15건 모두 다 처리됐다. 나는 은행들을 돌아다니며 그 돈을 몽땅 다 찾았다. 이 돈으로 내가 짊어진 빚을 갚는다면, 아니다, 내가 챙길 돈은 5분의 1로 줄어들어. 나는 고개를 저었다. 그 돈을 먼젓번처럼 여행자수표로 바꾼 다음 또 은행 비밀금고에 넣는다.

박팀장은 중고 핸드폰이 서른두 개란다. 200년을 살게 되는데 저지르지 못할 짓은 없다더니 감옥에라도 가겠다며 어금니를 깨물었다. 나는 감옥에 가기 싫으니 여기를 떠날 거라며 25년 후에 다시 보자 했다. 그가 좋아서 톤레삽으로 가려는 게 아니다. 수백 년을 살기 위해 잠시 그가 필요하다. 지금껏 나는 타인에게 휘둘려 살았으나 앞으로는 달라지겠다. 나를 위해 살자.

톤레삽에 사는 그가 50대에 접어들면 병이 들 것이다. 사람이 병에 걸리는 건 피할 수 없다. 톤레삽 쪽에는 병원이 없지 않는가. 그는 죽을 수밖에 없다. 그를 사랑하나, 아니다, 죽기 전에 내가 떠나겠다. 그는 혼자 소멸하겠지. 자신의 바람대로 아무도 괴롭히지 않고. 나는 여기로 돌아와 새로운 삶을, 아이도 낳고, 200살까지 살 것이다. 아니다, 2050년엔 1,000살까지 살 수 있다지 않는가. 나는 박팀장에게 가는 곳을 말하지 않는다. 박팀장도 묻지 않는다. 박팀장은 나더러 떠나고 돌아오고 해서 좋겠다며 부러워한다.

*

ps에 몽땅 가입했는데 돈이 많이 남는다. 박팀장이 약속한 대로 모집수당까지 선불로 떼어준 덕이다. 나는 가진 돈을 생각한다. 원룸에서 놀고먹으며 살아도 몇 년은 버틸 돈이다. 톤레삽 호숫가에서 이 돈을 잘 굴리면 200년은 걱정 없이 살겠다. 시엠립 시내로 나가 게스트하우스를 운영해 벌어 쓰면 1,000년을 넉넉히 써도 남을 돈이다. 이달 마감이 끝나면 보험을 해지한 사실이 계약자들에게 우편으로 통지가 될 것이다. 다음달 15일에서 20일 새 자신들 모르게 보험을 해지 당한 계약자들 모두가 그 통지서를 받아보겠지. 먼저 박팀장이 체포될 것이다. 박팀장은 갈 곳이 없단다. 교도소뿐이다. 그 다음에는 형사들이 내 원룸으로 밀어닥치겠지. 앞으로 보름쯤은 안전해. 그 이후로는 여기에서 더 머물면 안 돼.

이제는 그에게 줄 선물을 사야지. 발효차로, 스무 봉이면 될까. 비행기 표를 예매해야겠다. 나는 컴퓨터를 켠다. 열리는 첫 화면에 여러 개의 배너 광고가 보인다. '당신의 운세가 궁금하지 않으세요?'라는 단추를 누르자 화면이 바뀐다. 그 화면에는 '당신의 사주를 입력하세요'라고 쓰인 줄 옆에 깜박이는 커서가 있다. 나는 지시하는 대로 따라한다. 이어 '뭐가 궁금하세요'라는 글자로 바뀐다. 옆에는 사례가 열 줄 남짓 나열되어 있다. 나는 그 중 '수명'이라 표시된 칸을 선택한다. 화면에서는 잠시 기다리라더니 내 수명에 관한 글자가 몇 줄 올라온다.

— 먼지이지요. 사람은 우주에 떠도는 먼지 한 톨도 안 돼요. 그저 먼지이지요. 그 삶을 위해 아등바등하지요. 얼마나 살까 하는 건 중요하지 않아요. 축하합니다. 귀하의 수명은 칠십오 년입니다. 의견이 있으시면 아래 칸에 남겨주세요.

먼지라고, 내가? 수명이 중요하지 않다고? 바보들. 나는 입밖으로 새어나오는 웃음을 어찌할 수 없어 낄낄거린다. 멍청이들, 나는 혼자 중얼거리며 아래 칸에 '200살까지 살 수 있나요?'라고 쓴다. 커서가 잠시 깜박거리다가 잘못 입력했다며 다시 써넣으라 한다. 나는 '200살까지 살아요'를 쳐넣는다. 또, 잘못 입력했다며 다시 써넣으라는 지시를 한다. 이번에 나는 '이백 살은 못 살아요?'로 바꿔친다. 역시 못 알아먹는다. 멍청이들, 비웃으니 오랜만에 마음이 흐뭇하다. 나는 메일 창을 연다. 내가 보낸 편지들을 그가 아직 열어보지 않았다. 호수에 머물면서 시내로 나오지 않았나 보다. 설마 어디 다른 곳으로 가지는 않았겠지. 나는 편지쓰기로 들어간다. 내 글은 짧다.

— 아기 가질 거예요 내 뱃속에요

보내기를 누르며 메일 창을 닫으려는데 뭔가 허전하다. 맞다. 다시 편지 쓰기로 들어간다. 이번에도 짧게 쓴다.

— 큰 선착장 알죠. 가게 집 큰아들 벤타이에게 사는 곳 알려줘요

나는 메일 창을 닫는다. 이번에는 화면 검색 칸에 '할인항공권'을 친 후 활성화된 단추를 누른다. 여행사 이름들이 잘려나간 도롱뇽 꼬리처럼 어지럽게 널린다. 나는 첫 번째 줄을 클릭한다. 한 여행사 홈페이지가 화면에 가득 찬다. 원하는 할인항공권을 찾으려 자료를 입력한다. 한국 경찰의 수사를 피하려면 도착지를 캄보디아 프놈펜으로 하지 말자. 방콕으로 가서 태국과 캄보디아 국경을 넘어 시엠립으로 가야 경찰

의 추적을 따돌린다.

출발지, 인천. 도착지, 방콕. 체류기간…, 어쩌나 보려고 25년을 입력했는데 25일로 인식한다. 25년으로 받아주는 곳을 화면에서 아무리 찾아도 보이지 않는다. 나는 그냥 25일로 입력한다. 날짜는 열흘 후가 좋겠다. 나는 카드로 결제하고 예약을 마친다. 사오 일 후면 항공권이 등기우편으로 오겠지. 원룸을 비우면 안 되겠다. 내가 직접 비행기표를 받아야 돼. 떠나기 직전에 할 일이 또 있다. 내 메일 서버에서 회원 탈퇴를 해야 한다. 컴퓨터 본체에서 하드디스크 뽑아내 바닷가로 가 멀리 던져야 한다. 눈앞이 흐릿해진다. 나는 원룸 방바닥에 주저앉는다. 야자수 숲과 아스팔트길이 머릿속에 떠오른다.

— 원제 : 「간이정류장」, 2005년 진주신문 가을문예 당선작.

문을 뒤돌아보다

문을 뒤돌아보다

어깨와 팔목이 아프도록 방문 손잡이를 잡아 흔들었다. 열려야 문인데, 철석같았다. 문은 꼼짝도 하지 않았다. 굳게 잠긴 탓이었다. 문설주 바로 옆에 창이 있었다. 나는 창문 하나를 한쪽으로 밀쳤다. 창이 열렸다. 나는 복도로 나가야 했다. 머뭇거리면 안 되었다. 머리를 열린 창으로 들이밀었다. 무언가에 머리를 세차게 부딪쳤다. 철망에 이마를 찧은 거다. 창문이 창살로 막혔다는 걸 깜박 잊었다. 방에서 나가야 하는데, 머리가 아픈 건 둘째 치고 눈앞이 캄캄했다. 나는 손가락만한 철근으로 짜인 철망에 입을 댔다. 누구 없냐, 살려달라, 구해달라고 악을 썼다. 비명은 철망을 벗어났다. 이내 꼬리만 보였다. 나는 철망 새로 손을 내밀었다. 멀어져가는 목소리라도 붙잡아야 했다. 그러나 여음마저 나를 떼어버렸다. 예닐곱 개 방들이 늘어선 복도에서 나뒹굴다가 어두움이 되어버렸다. 방문들이 열리지 않은 복도는 어둑해서 한 장의 침울한 흑백사진이었다. 나는 두 손으로 창틀을 움켜잡은 채 주저앉아버렸다.

놈이 등 뒤로 다가섰다. 나는 창틀을 놓았다. 놈을 향해 쭈그려 돌아앉았다. 놈 왼쪽 뺨이 빨갛게 부어 있었다. 나는 두 손을 모아 싹싹 비볐다. 때린 거 미안해, 돈 많이 줄 테니 방에서 나가게 해달라 놈에게 빌었다. 놈이 웃으며 나처럼 혼자 다니는 외국 여자가 좋다더니 나중에는 내가 저를 좋아하게 될 거라 했다. 놈은 제 손가방에서 만화책 같은 걸 꺼내더니 내게 들이밀었다. 포르노 잡지는 아닌데 남녀 교합 장면이 그려져 있었다. 나더러 그 중 하나를 고르라 했다. 나는 쭈그려 앉은 채 머리를 양 어깨와 두 팔로 감쌌다. 눈을 질끈 감는데 배낭 속 등산 칼이 떠올랐다. 놈이 그림 하나를 가리키며 이거, 아주 좋은 자세라 말했다. 나는 그 틈을 이용했다. 몸을 더 낮추어 방바닥에서 두 번 굴렀다. 잽싸게 놈으로부터 빠져나와 침대 옆 탁자로 서너 번 기어갔다. 탁자에 놓인 배낭을 붙잡으며 덧주머니 지퍼를 열었다. 언뜻 칼을 보았다. 칼을 꺼내들어 날을 세우며 돌아섰다.

나는 다가서면 죽이겠다고 소리쳤다. 놈은 태연하게 다가오더니 찔러보라는 듯 칼끝 앞에 멈춰 섰다. 나는 찔러야 했다. 똑바로 서 있기가 힘들 정도로 온몸이 떨렸다. 입술을 깨물며 마음을 다잡았다. 놈의 배를 향해 칼을 밀어 넣는데, 눈을 감아버렸다. 어깨가 아팠다. 칼이 방바닥에 떨어졌다. 내 팔이 놈의 손에 잡힌 채 등 뒤로 꺾였다. 그렇듯 아프기는 처음이었다. 나는 숨을 못 쉰 채 목이 메어 비명조차 나오지 않았다. 팔이 꺾인 채로 침대에 엎어졌다. 놈 손끝이 널름거리며 내 살을 더듬었다. 나는 온몸에 소름이 돋았다. 반바지가 벗겨졌는데 팬티는 어떻게 되었지. 하릴없이 엎드려 있는데 꺾였던 팔이 조금씩 풀리며 통증이 가라앉았다. 온몸의 힘들이 스러져갔다. 점점 거칠어가는 숨소리는 누구의 것이지. 소똥 내가 코를 찔렀다. 나는 속이 뒤집히지만 잠을 자고 싶었다. 저승에서 깰지라도 푹 잠들기를 바랐다. 내 잠은 미로에 갇혀 내게로 못 왔다.

잠 때문에 늘 징징거렸어. 잠자리에서 일어나기 싫었지. 아침마다 그랬으니깐. 쫓기다시피 유치원에 가느라 용변 보러 갈 틈이 없었지. 유치원은 좁디좁은 수세식 화장실이 답답해서 똥 누기를 눌러 참는 버릇이 늘기 시작한 곳이었어. 내겐 유치원에서 집으로 돌아오는 오후가 뒤보러 가는 시각이었지. 가방을 마루에 내동댕이친 후 뒤꼍으로 달려갔어. 방만한 풀밭인데, 거기다가 대소변을 보고 그럴 때마다 한가롭게 딴청을 부렸지. 오줌줄기가 땅에 골 한 가닥을 만들다가 흙으로 스며드는 것이 신기했거든. 그 골을 손가락으로 짚어가며 들여다보았어. 골의 끝이 땅속 어디로 이어지는지 궁금했지. 더러운 줄만 알았던 젖은 흙에는 분홍이거나 푸르스름한 빛을 뿜어내는 모래 알갱이들도 있었어. 오줌에 젖어 버둥거리는 벌레를 눈으로 좇아가다보면 쭈그려 앉은 채 시간 가는 줄 몰랐지. 축축해진 어린 풀을 잡아 뜯기도 했어. 김이 나는 누런 덩어리를 바라보며 버리는 것에서 왜 과자 냄새가 나는지 궁금했지. 그즈음 가족들로부터 '더러운 가시나'란 말도 많이 들었어.

초등학생이 되자마자 뒤뜰은 시멘트로 덮어버렸지. 나더러 실내 화장실을 다니라는 거였어. 화장실에는 풀이나 벌레가 살지 않아 싫었지. 문이 닫혀 있으면 바깥 내음을 느낄 수 없었어. 화장실 문을 연 채 변기에 쭈그려 앉아 땅을 생각했지. 흙 위에서 멋지게 싸는 생각만 떠오르는 거야. 흙 냄새 풀 냄새를 떠올리며 대변이 나오려는 것을 일부러 막았지. 괄약근을 몸 안으로 몰아넣으며 꼭꼭 눌러준 거야. 미주알이 내려앉으려는 듯 바늘로 쑤시는 것처럼 아파도 이를 악물어야 했어. 눌러 앉았다보면 어느 틈엔가 통증이 가시며 변의도 사라졌지. 그때서야 변기에서 일어나 배를 움켜잡으며 화장실을 나섰어. 뒤란으로는 안 갔지. 대문을 열고 밖으로 나섰거든. 아무리 둘러보아도 흙은 없었어. 시멘트나 아스팔트나 보도블록들만 보였어. 아랫배를 붙잡은 채 똥 싸기를 포기했어. 하루가 가고 이틀이 지나면서 여러 날을 배겨냈지. 처음에는 닷새를 넘기기도 버거웠어. 도저히 견딜 수 없을 때에만 보도블록에 쭈그려 앉아 뒤를 봤지. 사타구니 사이로 고개를 처박으며 밑구멍에서 나오는 것을 바라보았어. 뱀이었지. 똬리를 틀긴 했는데 산고 때문인지 까맣게 그슬려 있었어.

그 지경인데 냄새가 좋을 리 있나. 나는 코를 막았어. 과자 냄새가 아니었거든. 하수구에서 나는 것보다 더 고약했어. 그러다가 코를 막았던 손을 내렸지. 일부러 깊게 숨을 들이마셨어. 비위에 거슬리는 냄새를 외면하지 못한 거야. 악취 속에 섞인 한 가닥 구수한 내음에 끌렸지. 나중에는 보름 간격으로 뒤를 보다시피 했지. 변비는 점점 더 하고 아랫배가 편치 않아 잠을 자지 못하는 날이 이어졌어. 끙끙거리다 보니 잠은 어디론가 가버렸어. 아니야. 잠도 몸속 어딘가에서 숨죽이며 나오지 못했어. 똥과 함께 미로에 갇힌 거야. 어릴 적에 말이지, 뒤란에 오줌으로 만든 골이 땅으로 스며든 후 어디로 갔나 궁금했지. 그게 뱃속으로 들어와 마른 샘을 가진 미궁이 된 것 같아. 더부룩한 밑살에 짓눌린 잠 못 이룬 밤들은 일상이 되어가고 있었어. 음식이 무서웠어. 먹으면 먹은 만큼 더 싸게 되잖아. 안 죽을 만큼만 먹었지. 밖에 나갈 힘도 없이, 거울 앞에 서보면 창백한, 빼빼마른 여자 아이였어. 큼직한 눈만 초롱초롱했지. 신경질이 가득 찬 우울해 보이는 눈이었어. 상대를 기분 좋게 하는 눈빛이 아니었어. 가족들조차도 말을 잘 안 걸었거든. 거울을 보며 눈웃음 짓는 연습을 했지. 날마다, 아침저녁으로.

초등학교 3학년이 되었지. 그때부터는 대문 밖에 나가 싼다는 걸 생각조차 할 수 없었어. 어떻게 해, 참을 수밖에. 오랫동안 똥을 싸지 못해 배가 너무 아프면 변기에 앉았지. 괄약근에 힘을 줘서 애물단지를 몸 밖으로 밀어냈어. 한참 동안 힘을 써도 똥은 나오지 않았지. 항문이 찢어지듯 아팠거든. 직장은 말랐던 게 틀림없어. 깊이를 헤아리지 못하는 우물에 돌멩이를 던지듯 큰창자에 힘을 한 개, 한 개 떨어뜨렸네. 빨려들어간 돌멩이는 마른 샘에 떨어진 탓인지 울림이 없었어. 여음마저 되돌아오지 못할 곳에 묻힌 거야. 몸이 지치자 두 손으로 뱃가죽을 쥐어짜야만 말라붙은 샘에서는 미세한 진동이 있었어. 아픈 것 같기도 한 가려움이었지. 그건 슬그머니 창자를 빠져나와 젖가슴으로 치오르며 숨통을 짓눌렀어. 호흡을 멈추며 찌꺼기처럼 남은 마지막 힘 하나를 미로에 던졌지.

비로소 나왔어, 까만 뱀이. 뱀에서는 머리카락 타는 까만 냄새가 나던데, 그 때문에 갇혔던 잠도 까맣게 느껴졌어. 내가 느끼는 모든 게 다 까맸지. 난산을 겪은 밑에서는 까만 가려움이 멈추지 않았지. 눈시울도 따가워지던데. 눈물조차 까맣게 느껴졌어. 눈물을 훔치면서 그처럼 고통스러워야 하는 까닭을 몰랐어. 저주를 받았다고 여길 뿐이었지. 저주를 받은 거야, 왜. 그 뒤부터는 배설한다기보다 까만 가려움을 끌어낼 궁리를 했어. 어떻게 해야 잘 끌어내지. 그런 게 어떤 거지. 늘 까만 뱀을 낳잖아. 그 뱀은 메마른 미로에서 얼마나 속을 태웠으면 껍질마저 까맣게 탔을까. 그래, 내가 받은 저주의 동반자는 뱀이야. 뱀은 한 여자와 더불어 아름다운 동산을 흩어버리지 않았는가. 한 쌍의 남녀가 동산에서 쫓겨났는지 풀려났는지 지금껏 헛갈려. 산이 미로인지 산 밖이 미로인지를 모르겠어. 내가 뒤집어 쓴 멍에는 그 탓인가. 맞아, 난 그녀의 후손이야. 뱀의 후예는, 히드라 같아. 동산의 뱀 이후로 히드라보다 더 큰 저주를 받은 뱀은 없을 거야. 히드라도 저주의 미궁에 빠진 거지. 그놈이 생기만 되찾는다면, 날카로운 이빨로 물어뜯고, 요동을 치며 높이 기어오르게 할 악귀로 마땅하지. 내게 필요한 물건이야. 내 몸에 머무는 뱀을 히드라로 여기기 시작했지.

그렇듯 시달리며 살다보니 틀에 박힌 직장은 다니기 힘들었어. 잡지사에 사진과 글을 엮어준 삯으로 원고료를 받아 빠듯하게 살았지. 잡지사와 계약을 맺은 뒤 방에 스캐너와 팩스를 설치했어, 인터넷도 연결했거든. 잡지사 말고는 딱히 메일을 주거니 받거니 할 상대가 있는 건 아니었지. 그런데도 메일은 날아들었어. 첫 메일은 두 생식기가 합쳐진 곳을 확대해 놓은 사진이 첨부돼 있었지. 나뭇가지 같은 것이 축축하게 젖은 곳에 꽂혀 있었어. 그걸 보며 뭐든 살려면 물기가 있는 곳에 자리 잡아야 되나, 여겼지. 나뭇가지가 제법 굵었는데 뱀 같았어. 뱀이었어, 검은색 뱀. 물뱀이 검잖아. 동영상도 받은편지함으로 찾아들었지. 물뱀의 몸통이 살의 젖은 곳으로 쉬지 않고 드나드는 장면이었다. 그럴 때마다 받아들이는 몸은 덩달아 꿈틀거리며 기뻐하기보다는 고통스러워했어. 아니야, 아파하기보다는 즐겼어.

나는 저게 까만 가려움일까, 생각했지. 언제 벗을지 모르는 원죄라는 칼을 쓴 어머니. 그녀를 허물어뜨릴 싸울아비로 뱀을 선택한 게 이해되는 움직임이었어. 내 몸속 히드라가 동영상을 볼 때마다 더불어 팔딱거리려 했지. 한참을 들여다보아도 싫증나지 않은 동영상은 받은편지함에 그대로 두었어. 마음에 든 것을 버리지 않은 탓에 보관 중인 숫자가 점점 늘어났거든. 동영상들은 받은편지함이 영원토록 아름다운 동산이겠지. 내쫓지 않고 잘 지켜주니까. 동영상 탓이었을까. 몇 남자가 머릿속에 떠올랐어. 내 글과 사진을 바라는 잡지사 편집부 기자들이지. 모두들 나를 위해서라면 죽어도 좋다는 다짐을 했어. 나는 늘 웃어 넘겼거든. 그들은 내 속을 모르니까 거울을 보며 연습한 내 눈웃음에게 맹세한 거지. 그런데 어느 틈엔가 그들이 모두 뱀으로 느껴진 거야. 까만 물뱀으로.

언제쯤이더라. 마감 하루 전 날인가 원고를 잡지사로 넘긴 뒤였지. 다음 호에 실을 기삿거리를 찾아 해외로 나갈까 궁리 중이었어. 가이드북을 뒤적거렸으나 마땅한 곳을 얼른 못 찾았지. 책 읽는 것이 지루해질 즈음 눈에 띄는 곳이 있었어. 수천 년 전에 세워진 도시국가야.

그 유적지를 끼며 흐르는 강이 온누리에서 으뜸이대. 고대의 시가지가 골목으로 된 미로여서 색다른 재미를 느낀다는 글이었어. 난 미로에 관심이 많잖아. 서슴없이 짐을 꾸렸어. 인천공항에서 커다란 비행기를 탔어. 열 시간 남짓 탔나. 공항에 내려서는 바로 연결되는 그 나라에서 가장 큰 역으로 갔지. 기차를 탔네. 서너 시간쯤인가 뒤에 가이드북에서 일러준 작은 역이 나타났을 거야. 역 앞은 사람 릭샤 짐마차 자동차들이 뒤엉켜 걷기도 힘들어. 공기도 숨이 막힐 듯 후덥지근해. 역 광장을 벗어나 번화가 쪽으로 빠져나갔어. 빈 사이클릭샤 하나가 열대지방의 햇살을 견디며 내 쪽으로 오는 중이었지. 나이 지긋한 아저씨가 끌던데. 30분쯤 달렸을까. 아저씨가 어떤 골목 입구를 손가락으로 가리키더라구.

조붓한 길들이 거미줄처럼 얽힌 아득한 옛날의 저잣거리, 그 안에서 길을 잃고 헤매다가 나쁜 놈들에게 잡혀가기도 한대. 가이드북에서 읽었지. 두렵기도 해서 수첩을 꺼내들어 골목길 초입에서부터 지도를 그렸어. 길이 갈라지는 목에서는 기억할 것들을 표시했지. 음식점과 기념품을 파는 가게들이 쭉 늘어서 있었어. 점포 안에는 주인이나 종업원들이 문을 열어놓은 채 밖을 내다보고 있었지. 그들은 진갈색 피부와 굵고 짙은 눈썹 밑에 흰자위가 넘칠 것 같은 커다란 눈을 가졌어. 모두 샌들을 신었는데 발들이 흙탕물에서 꺼낸 것처럼 지저분했지, 한결같았어. 우리나라 여행자들이 많이 묵는다는 게스트하우스를 찾아야 했어. 책에 쓰인 대로라면 보일 자리였지. 두리번거렸더니 먼발치에 내가 찾는 것과 비슷한 게스트하우스 간판이 보였어. 붉은 벽돌로 쌓은 5

층 건물이었지. 헐었지만 쉽게 무너질 것 같지 않았어. 내가 머물게 된 방은 3층이었지. 철망을 씌운 창문이 두 개였어. 작은 창은 복도로 큰 창은 대중 없는 건물들이 보이는 밖으로 나 있었지.

눈을 붙여야 했으나 눈이 안 감겼어. 내 눈은 밤새 또렷했지. 견디다 못해 카메라를 손에 들었어. 렌즈를 통해 창밖 어두움을 들여다보았지. 철망 코가 커서 카메라를 들이대기 좋았어. 바깥에서 선선한 기운이 밀려들고, 어느덧 갓밝이에 이르렀지. 동녘 어두움이 떠오르는 햇덩이를 붙잡은 채 실랑이할 때였어. 창밖에서 구슬픈 가락 한줄기가 다가왔지. 꿈속인 듯 희미하게 들리더니 점점 가까워지고 창밑까지 다가왔어. 나는 철망에 머리가 찧지 않도록 얼굴을 내밀었지. 들것을 메고 지나가는 사내들이었어. 들것에는 하얀 천으로 말아싼 주검이 실렸는데 가슴에 빨강 노랑 파랑 꽃들이 놓여 흔들거렸지. 상여가 창밑을 지나 멀어지자 상엿소리도 잦아들었어. 스러져가는 운율의 꼬리가 온몸을 소름으로 휘감게 했지. 등골도 오싹했어. 그런데 희미하게 곡이 다시 들렸어. 가랑비처럼 시작하더니, 점점 몰려오더니, 작달비 오는 소리처럼 커지더라구. 또 가늘어지며 다시 굵어지기를 멈추지 않았어. 빗소리처럼 땅에 고인 상엿소리는 낮은 곳으로 흐르며 줄지어 밀려드는 시신들을 미로 끝으로 몰아갔지. 주검들은 끊이질 않았어.

때마침 미로에 들어서는 입구 반대쪽에서, 그러니까 강 쪽에서 연기가 피어오르데. 강가 화장터에서 피어오르는 게 맞았어. 자리에서 일어났지. 게스트하우스 밖으로 나서는데 화장 하는 장면을 촬영하지 말라는 가이드북 글귀가 떠올랐어. 사진을 찍다가 유족들에게 몰매를 맞기도 한다는 무서운 글귀였지. 불태울 때 사진 찍힌 송장의 넋은 천국으로 가지 못한 채 지옥으로 떨어진다는 게 그쪽 사람들 믿음이래. 상여들이 줄을 이어가고 있었지. 나는 누운 자들 행렬에 초점을 맞췄어. 운구하는 자들의 심각하지 않은 낯빛에 셔터를 터뜨렸지. 그런데, 길게 늘어선 줄 속에 서 있는 내가 보였어. 남이 아닌 나, 말이야. 나는 운구를 하기도 들것에 누워 있기도 했어. 대열에 낀 나는 가느다란 줄기에 휩쓸린 한 개의 물방울이었어. 골목 끝은 자잘한 골들을 받아들여 풍요로워지는 강이니까. 나는 굵다란 물기둥에 휩쓸리려고 어떤 힘에 이끌려 떠돌아다닌 거지.

강가에 다다르자 거긴 강기슭 암벽 끝에 자리잡은 화장터였어. 벼랑 높이가 사람 키 두세 배 정도 될까. 낭떠러지 밑에서는 강물이 불타는 사체를 향해 입맛을 다셨어. 화장장 앞 빈터는 교실 크기만 했지. 뻣뻣한 몸을 껴안은 들것들이 줄지어 있었어. 사람은 살아서나 죽어서나 줄서는 게 일인가 봐. 화구는 다섯 개였지. 머리꼭지나 발치를 강으로 두게 돼 있었어. 장작더미를 쌓아 침대를 만든 다음 뻣뻣한 몸뚱이를 그 위에 올려놓았지. 특별한 불쏘시개를 썼을까. 불길이 잘 타올랐어. 이삼십 보쯤 떨어져 바라보는 내 눈으로 불꽃이 달려들었어.

매캐한 공기가 콧속을 지나 몸속을 온통 휘감았지. 냄새를 맡으며 눈을 지그시 감았어. 그 냄새는 내가 낳은 뱀이 풍기는 것과 비슷했거든. 속이 울렁거리기보다는 차분해졌어. 구경꾼들 얼굴이 궁금했지. 여행자들은 불꽃을 바라보며 심각해 하고 있었어. 말을 하지도 웃지도 않았어. 땅바닥에 주저앉아 멍하니 넋을 풀어 놓은 이도 있었어. 유족들보다 더 침울했지. 왜 그랬을까. 유족들은 삼삼오오 무리지어 앉거나 서 있었지. 작은 소리로 말하며 가볍게 웃는 이들이 많았어. 어째서 그랬을까. 그리고 사진 찍는 사람이 눈에 띄지 않았어. 나는 여기저기 둘러보았지. 사진을 찍어야 하잖아. 사진 찍는 사람이 있나 없나 꼼꼼하게 살핀 거야. 한 명도 없었어. 왠지 절망스럽더라. 나도 사진 찍는 걸 포기했지.

그 틈에 화장터를 누비는 한 놈이 눈에 띄었지. 얼굴이나 몸놀림에 불량기가 배었고. 왼쪽 어깨에는 긴 끈이 걸쳐 있었어. 그 끈에는 낡은 쥐색가방이 달렸는데 교과서만 했지. 두 손으로는 바둑판만한 널빤지를 들었는데. 기름때가 진하게 배인 판자때기였어. 운두가 있는 듯 없는 듯했지. 그 안에는 간단한 요깃거리가 담겨 있었어. 놈은 여행자들을 집적거리며 돌아다녔지. 내 앞으로 다가섰어. 아침거리라며 판자때기를 쑥 내밀데. 주먹만한 삼각뿔 모양들이 담겨져 있었어. 기름에 살짝 튀긴 만두였지. 나는 놈을 피해 자리를 몇 걸음 옮겼어. 놈은 따라왔지. 날 쫓아다녔어. 내 앞에 서서는 연달아 고개를 까불거리며 손에 든 것을 사먹으라는 거야. 난, 힘이 달리잖아. 놈에게 말로 시달리다보니 팔다리에서 힘이 빠지더라구. 놈이 귀찮아졌어. 꼭 놈을 피해 다녀야 할 이유도 없잖아.

나는 연기가 피어오르는 쪽으로 몸을 돌렸지. 화구를 바라보며 놈을 무시하기로 했어. 놈은 또다시 내 앞을 막아서더니, 나더러 사진 찍고 싶냐는 말을 했어. 나도 모르게, 내 얼굴에 웃음을 머금었던 것 같아. 놈이 판때기에 든 음식을 모모라 했어. 커리 향이 살짝 나는데, 속은 닭고기를 빻아 커리 가루와 양파를 넣어 버무린 거였어. 찰지고 매콤한 게 구수했지. 두 개나 먹었어. 한 개밖에 못 먹을 것 같았는데 말이야. 사진 찍을 욕심에 한 개 더 먹었어. 사진을 찍고 싶었지. 다 먹어 가는데 화구에서 나는 연기들이 점점 힘을 잃으며 사그라지데. 유골을 골라낼 거라 놈이 말했어. 곧 불이 꺼진다고, 빨리 사진을 찍으라며 등을 내게 돌렸어. 나는 가이드북에서 읽었던 경고를 떠올리며 머뭇거렸지. 널찍한 놈의 등판이 거북하기도 했어. 놈이 셔터, 셔터 하며 졸랐어. 더 이상 미루기가 난처했지. 못 이기는 척 놈 오른쪽 어깨에 카메라를 든 내 왼손을 걸쳤어. 줌을 당기자 누르스름한 연기가 바로 앞에서 피어오르는 것처럼 파인더에 잡히더라. 접안창에 들어온 화구들을 연속 다섯 컷이나 찍었지. 갑자기 놈 등짝이 든든했어.

놈이 몸을 돌려 나를 바라보며 까불었어. 돈을 달라는 모양새여서 지폐를 줬지. 화장터에서 타들어가는 주검을 찍었다는 게 포만감으로 다가왔거든. 남들은 못하는데 말이야, 난 만족스러웠어. 잡지사 남자 기자들의 기뻐하는 모습이 눈에 선했지. 그때였어. 맨 왼쪽 화구로 불가촉천민처럼 보이는 두 사람이 다가갔어. 시체를 다루는 일은 그들 몫이라고 책에 나와 있어. 그 둘이 접한 화구는 다른 화구들과 달랐지. 이미 연기가 피어나지 않았어. 그 둘은 나름대로 화구의 머리와 발치로 다가갔지. 시커먼 물체를 화구에서 들어내 들것에 싣더니 나중에는 들것을 맞들었어. 궁금해서 저게 뭐냐고 놈에게 슬며시 물어보았지. 타다 남은 송장이라 했어. 유족들이 장작값을 적게 주면 저렇게 태우다 말아. 놈이 대답했지. 난 외면했어. 끔찍한데. 구역질이 나려 속이 울렁거렸어. 장작값이라는 말이 울렁증을 북돋았지. 장작값이라니, 낯선 단어였지. 돈 몇 푼 덜 낸다고 시체를 태우다가 마는 거야. 그 때문에 욕지기가 더 심했을 거야. 화부들은 낭떠러지 끝에 서더니 타다 남은 시신을 강으로 던졌어. 들것은 버리지 않더라. 타다만 몸뚱이는 강물 위에서 두세 번 들쑥날쑥하더니 가라앉았어. 출렁거리는 강물은 덜 스러진 몸뚱이를 집어삼키는 악귀의 혓바닥이지.

속이 또 울렁거렸어. 숨을 크게 들이키며 가슴을 손바닥으로 쓸었지. 하품이 늘어지게 나오더라. 뜬눈으로 밤을 샜잖아. 피로가 몰려들었지. 숙소에 들어가 쉬려 했어. 화장터에서 벗어나 조붓한 길로 들어섰지. 여장을 푼 게스트하우스로 돌아왔어. 방으로 들어와 침대에 누웠지. 천정 선풍기는 터덕거리며 시원찮은 바람을 만들어냈어. 언제 움직일지, 어디로 떠날지, 여행얽이를 짜야 하는데 힘이 안 났어. 그때 누군가 방문을 두드렸어. 찾아올 이가 없는데, 일어나 창문을 열었지. 뜻밖에도 사진을 찍도록 해준 놈이었어. 놈은 대뜸 문부터 열라 했지. 아까 촬영한 것 때문에 난리가 났다며 화장터의 유족들이 나를 찾는다고 말했어. 누군가 일러바쳤다는 거야. 놈이 뜬금없이 찾아왔다는 게 이상했어.

창을 통해 복도를 살폈지. 놈 혼자였어. 맛있는 아침밥을 먹게 해준, 안 되는 사진을 찍게 해준 놈이잖아. 미더웠던 놈의 등판이 떠오르더라. 나는 마음을 놓고 싶었어. 그래서 문을 열었지. 놈은 들어서자마자 말했어. 여기는 누나네 나라 여행자들이 많이 오는 곳이라 유족들이 곧 밀려오니까 다른 숙소로 빨리 옮겨야 한다고. 놈의 말이 이해되지 않았어. 따를 수 없었지. 하지만 불타는 주검 앞에서 시시덕거리던 유족들 모습이 떠올랐지. 겁이 덜컥 났어. 내가 안절부절못하자 놈은 말했지. 자신은 열여덟 살이라며 시집 간 누나가 세 명이나 되는데, 내가 25살 먹은 둘째 누나 같다고 했어. 나랑 같은 나이잖아. 그때 내 마음이 흔들렸어. 놈이 또 채근댔어. 놈은 울먹이며 더 머뭇거리면 큰일난다고 했지. 나는 이러지도 저러지도 못했어. 눈시울이 붉어지며 애원하는 놈 태도에 마음이 쏠렸지. 놈은 그걸 눈치챘나 봐. 내 짐을 알아서 챙기데.

배낭을 들고 설치는 놈을 따라 숙소를 나섰어. 골목길은 상가와 여행자들로 북적거렸어. 놈이 저잣거리에서 으슥한 샛길로 방향을 틀었지. 가게나 오가는 사람이 뜸한 길이었어. 더 따라가다 보니 쓰레기와 구정물과 소똥이 질펀했지. 어디가 어디인지 알 수 없었어. 나는, 무심코 따라간다는 걸 느꼈지. 아차! 하며 걸음을 멈췄어. 놈은 느닷없이 두 손으로 내 왼쪽 팔목을 세차게 붙잡았어. 놈 손을 뿌리치려 했으나 힘이 부쳤지. 도움을 청하려 두리번거렸지만 사람이 보이지 않았어. 놈이 힘껏 잡아끄는 바람에 팔목이나 어깨가 떨어져 나갈 것처럼 아팠지. 나는 끌려가지 않으려 소똥이 널브러진 길바닥에서 뒹굴었어. 'Help me! help me! anyone there!' 연달아 소리쳤지. 놈은 싫다며 몸부림치는 나를 어깨에 들쳐멨어. 나는 거꾸로 매달려 버둥거리기만 했지. 얼마가지 않아 출입문이 허름한, 곰팡이 냄새가 짙게 나는 건물 앞에 이르렀어. 놈은 계단을 타고 이층으로 올라서더니 복도를 따라 걸었어. 닫힌 방문들이 예닐곱 개 보이는 통로였어. 방문 틀 바로 옆에는 창문이 하나씩 붙었는데, 문들은 모두 닫혀 있었지. 한낮인데도 실내는 어두웠어. 놈은 나를 어깨에 둘러멘 채 복도 끝에 있는 문 앞까지 갔어. 복도 끝은 동영상에서 보았던 사타구니랑 비슷했지. 분위기가 그랬어. 거웃이 깔린 듯한 어둑발 한가운데 문이 하나 있었던 거야. 습지에 파묻힌 문처럼 보였는데 열리지 않을 것처럼 굳게 닫혀 있었어. 놈은 그 문을 열어젖히며 방안으로 들어갔어.

놈은 나를 침대에 내동댕이쳤지. 배낭은 침대 옆 탁자 위로 던졌어. 난 놀라고 아파서 움직이지 못 했지. 어떻게든 밖으로 뛰쳐나가려는데 방문이 저절로 닫혔어. 문 밖에서 자물쇠 채우는 소리가 났지. 기가 막혔어. 방안을 두리번거렸지. 창을 찾았어. 방문 바로 옆에 복도로 터진 창만 보였지. 건물 밖으로 난 창은 보이지 않았어. 꼼짝없이 죽었다는 생각이 들었어. 침대 위에 쭈그려 앉고 말았지. 울지도 못하며 벌벌 떨기만 했어. 놈은 목욕 수건에 물을 적셔왔어. 내 몸에 묻은 소똥을 닦아내며 말했어. 넌 비밀사창가로 팔려갈 거야, 거긴 사막이라 절대로 못 빠져 나와.

이건 또 웬 말이지, 그렇지 않아도 떨려 죽겠는데. 그 순간에 내가 기절하지 않았던 걸 지금도 이해 못해. 난, 그 와중에도 앞으로 내게 다가올 뭔가를 느꼈어. 어떤 일이 또 벌어진다는 거였으니까. 더 나쁜 경우가 닥친다고. 그럴 수 있는 거야. 그래도 되는 거야. 하긴, 좋았던 적이 별로 없으니깐. 이제는 돌이키지 못할 최악의 사건이 터질 것만 같았지. 그러면서도 '설마하니 그렇게까지 되겠어'라는 막연하나마 믿음이 가는 구석도 있었어. 놈은 수건질을 마친 뒤 히죽히죽 웃었지. 그러더니 반바지 아래로 드러난 내 허벅지를 땟국에 절은 손으로 만졌어. 하얀 피부라고 중얼거리다가 옷자락 밑으로 손을 쑥 넣어 살을 더듬었지. 온몸이 움찔하데, 가만히 있을 수 없었어. 뭔가를 해야 했으니깐. 나는 벌떡 일어나 오른손으로 놈의 뺨을 후려쳤어. 손바닥이 얼얼했지. 놈도 주춤거리며 서너 발자국 뒤로 물러섰어. 나는 침대에서 일어나 재빠르게 방문으로 다가갔지. 그런데….

놈은 침대에 걸터앉았다. 내 발을 어루만지며 희다, 예쁘다는 말을 잇달아 해댔다. 발은 얼마든지 만져보라 놔둘 일이었다. 나는 정신을 차리고 몸을 추슬러야 했다. 마음을 다잡았다. 방을 빠져 나가려면 놈을 속여야 했다. 나는 놈을 마주보며 잘 다듬어진 미소를 지어보였다. 이제 네가 좋다는 말도 했다. 놈도 나를 마주보며 히죽거렸다. 내가 너랑 결혼할게, 라는 말을 다시 했다. 놈은 때 낀 이를 드러내더니 침대에서 일어나 손뼉을 치며 호들갑을 떨었다. 나는 이때다 싶어, 답답하니 바깥바람 쐬러 강가로 가자는 말을 덧붙였다. 놈 눈이 휘둥그레졌다. 나는 카메라, 여권, 비행기표, 현금, 카드 등이 들어 있는 배낭을 놈에게 던졌다. 놈이 덥석 끌어안았으나 머뭇거렸다. 나는 안 되겠다 싶어 놈의 한 손을 잡아 아무 것도 걸치지 않은 내 젖가슴에 살며시 얹었다. 젖꼭지로 손바닥을 자극하며 너의 아내가 되겠다며 애교까지 섞어 말했다. 젖을 더듬는 놈 손바닥으로 땀이 슬그머니 배어드는 게 통할 듯싶었다.

놈이 손을 떼고 일어서더니 구석에 던져진 내 옷을 집어 들었다. 놈은 그림책을 구겨지지 않도록 제 손가방에 넣더니 그 손으로 쇠붙이를 하나 꺼냈다. 무엇일까, 나는 긴장했다. 두께가 가는 쇠막대인데 구리 같았다. 놈이 왼손 엄지와 검지로 쇠막대를 잡은 채 창으로 다가갔다. 창문을 연 뒤 철망 밖으로 왼손을 내밀었다. 철망코로 빠져나간 팔을 방문 쪽으로 굽히는 것 같았다. 자물쇠가 따지며 방문이 열렸다. 놈은 손가방에 열쇠를 도로 넣은 다음 내 배낭에 통째로 쑤셔 박았다. 놈이 배낭을 둘러멘 채 앞서 복도로 나갔다. 나는 놈을 뒤따랐다. 길에 나서기만 하면 짐을 포기하고 사람들이 많은 곳으로 뛰어가 경찰을 찾아갈 참이었다.

우리는 우중충한 현관을 지나 밖으로 나섰다. 미로 같은 골목길을 돌고 또 돌아가는데 길이 엉뚱했다. 저잣거리는 보이지 않고 무너진 건물들 사이로 난 돌계단을 내려갔다. 잡풀들이 무성한 곳에 다다랐다. 붙들려 올 때와는 달리 풀 뜯는 소들이 여럿 보였다. 도망칠 길은 보이지 않았다. 나는 맥을 놓아버렸다. 놈을 따라 걷다보니 언덕바지가 나타나고 강이 보였다. 강물을 향해 비탈을 내려가는데 자갈밭이었다. 불규칙한 자갈들이 내 몸의 균형을 흩뜨렸다. 놈은 잘 걸었다. 나는 도망갈 틈을 찾지 못해 답답했다.

굵은 모래밭이 나왔다. 발등까지 빠지기도 해서 자갈밭보다 걷기가 더 힘들었다. 곳곳에 물이 말라붙은 자국이 뚜렷했다. 밟히는 모래는 젖어 있었고 흙내음 물내음이 달려들었다. 나는 숨을 깊게 들이마셨다. 세차게 흐르는 강물에 다가서지만 마음은 착잡했다. 물가로 다가가던 놈이 돌아섰다. 나를 보더니 씩 웃으며 바지춤을 풀었다. 나는 놀라 뒤로 물러섰다. 바지를 내린 놈은 엉덩이를 깐 뒤 쭈그려 앉아 똥을 쌌다.

오줌발은 땅을 가르며 강물로 뛰어들었다. 그보다 더 시원하게 쌀 수는 없었다. 나는 주변을 둘러보며 도망칠 곳을 살폈다. 모래밭이거나 자갈밭인 강변은 끝없이 길었다. 냅다 뛰려 침을 꿀꺽 삼키며 한 발 옮겼다. 힘차게 내딛은 첫발이 모래에 파묻히며 신발이 벗겨졌다. 나는 얼른 놈 눈치를 살폈다. 이마에 진땀이 배어들었다. 놈은 쭈그려 앉은 채 나를 바라보며 그럴 줄 알았다는 듯 빙그레 웃었다.

놈은 강물 바로 앞에 쭈그려 앉아 모래에다 뒤를 보는 중이었다. 모래밭에는 작은 들풀이 많았다. 벌레도 기어다닐 거였다. 놈이 시원하게 똥을 싸는데 과자 냄새가 났다. 내가 어릴 적에 맡았던 냄새였다. 문득 나도 배가 뒤틀리며 변의가 솟구쳤다. 다리가 떨렸으나 애써 몸의 중심을 잡았다. 아랫배에서 몰아치는 아픔이 오히려 상쾌했다. 놈 옆으로 다가가 허리춤을 풀었다. 반바지를 내리며 엉덩이를 내밀었다. 놈과 나란히 앉았다. 이게 웬일인가. 힘을 주지 않는데도 응어리가 맺혀 답답하던 내 아랫배에서 똥, 오줌이 저절로 나왔다. 흙 냄새 물 냄새가 몸에 들어가 배설물을 힘껏 밀어내는 듯했다. 오줌이 골을 만들며 흘러가다가 강물에 휩쓸리는 것을 보자 어릴 적 뒤란에서 했던 배설이 생각났다.

어릴 때 오줌으로 흙에 만들었던 골이 어디로 갔나 했는데, 내게 스며들었다가 강을 만나 되돌아나온 것이다. 막혔던 둑이 터진 듯 힘차게 쏟아내는 내 배설물을 보며 놈이 놀랐다. 나는 비밀스러운 어릴 적 잘못을 놈에게 들킨 것 같았다. 강을 바라보며 쑥스러운 웃음을 머금는데 수심이 깊어 보이는 쪽에서 커다란 쓰레기덩어리가 들쑥날쑥거리며 떠내려 왔다. 놈이 버려진 덜 탄 송장이라 했다. 장작값에 한이 맺힌 몸뚱이가 내게로 다가오는 것처럼 느껴졌다. 뒷골이 쭈뼛거리며 가슴이 덜컥 내려앉았다. 하마터면 내가 싼 똥 위에 주저앉을 뻔했다. 나는 재빨리 밑을 닦고 일어섰다. 놈도 따라했다.

강물이 밀려오더니 똥을 조금씩 쓸어갔다. 악귀 혓바닥이 내 몸속에 자리잡은 히드라를 씻어내어 미로를 통째로 뽑아갈 것처럼 널름거렸다. 강으로 휩쓸려 들어간 것들은 물길을 통해 어디로 가는 것일까. 내 몸속에 있는 미로처럼, 오도 가도 못하는 내 처지처럼, 한 치 속도 모르는 강이었다. 강 속에 길이 있다는 낌새만 보여도 나는 강으로 뛰어들었으리라. 타다 남은 송장은 어떤 길을 가는 걸까. 그것 앞에는 어떤 미로가 기다릴까. 화장터가 멀지 않다는 생각이 들었다. 놈에게 화장터가 어느 쪽에 있냐고 물었다. 놈이 강 상류 쪽을 가리키며 20분 정도 걸어간다고, 사람들의 발길이 뜸한 길이라 했다. 놈이 물기 없는 곳으로 자리를 옮겼다. 말라붙은 땅 한 켠을 깨끗이 치운 다음 배낭 속 손가방에서 그림책을 꺼냈다. 들풀을 손바닥으로 도닥거리더니 그 위에 책을 놓은 뒤 강을 향해 바른 자세로 섰다. 놈 앞에는 책이 놓였고 책에서 스무 걸음 정도 앞에는 똥이 있으며 또 대여섯 걸음 앞에는 강물이 흘렀다. 놈은 그것들을 향해 오체투지를 연거푸해댔다. 코끝을 스치는 물바람에 과자 냄새가 배어 있었다.

놈이 절을 마친 후, 자신을 지켜주는 책 속 여신에게 감사드리며 내가 사랑스럽다고 했다. 나는 놈 턱 밑으로 다가갔다. 잘 정제된 미소를 지어 보이며 사막에 팔 거냐고 속삭였다. 놈은 걱정하지 말라 했다. 아내가 되려는 나를 지켜준다며 유족들이 찾는다는 건 거짓이라 했다. 놈 눈에 눈물이 맺혔다. 절을 할 때, 나를 여신처럼 섬긴다는 맹세도 했단다. 놈 눈을 마주 보았다. 또 속는 것이 아닐까 하며 풀었던 긴장을 다시 조였다. 하지만 나를 여신처럼 대하겠다는 말이 솔깃했다. 내가 오르가슴을 느끼는 만큼, 작은 죽음으로 몰아넣는 만큼, 놈의 내세에 쓰일 덕도 많이 쌓인다고 책에 나와 있단다. 놈 태도가 진솔해 보였다. 나를 신으로 떠받드는 남자라면 그 또한 신이겠다. 뭇 여성들의 바람이 아닐까. 그 생각을 하니 목이 메이며 가슴이 뜨거웠다. 놈이 풀 위에 놓인 책을 손으로 집더니 나에게 펴 보였다. 독특한 그림 하나가 눈에 뜨였다. 머리가 서로 상대의 발쪽에 있었다. 포르노 사진이나 동영상에서도 보지 못했던 체위였다. 놈은 그 체위가 마을에 있는 사원의 탑마다 새겨져 있다고, 아주 좋은 자세인 듯 떠벌였다.

나는 저렇게도 할 수 있나, 라며 신기해하는데 물바람이 내 머릿결을 쓰다듬었다. 그 바람 때문일까, 소똥내가 물신 풍겨났다. 나는 목욕하고 싶었다. 놈과 함께 할까. 나를 놈에게 고스란히 맡기고 싶은지도 몰랐다. 돌이켜보면, 단 한 번도, 나를 오롯이 비워보지 못했다. 내가 없는 내 몸. 죽음 같은 한 순간. 놈은 짧은 죽음을 위해 불꽃이 되어 파고들 것이다. 그 자리에서 내 몸이, 밑이 달아오르며 말라붙은 샘이 부드러워지는 것을 느꼈다. 바로 얼굴이 따끔거렸다. 내 몸속 어둡기만 하던 미로에도 빛이 찾아들 때가 있겠지. 내 몸 안 뜨거운 앙금이 가슴을 쥐어박으며 목으로 치솟았다. 내가 피곤하다며 숙소로 돌아가자고 했다. 나는 놈의 팔을 잡아 이끌었다. 소똥 냄새는 놈에게서 났다. 앞서

왔던 길을 되짚어 걸었다. 내가 앞서고 놈이 뒤따랐다. 퀴퀴한 냄새가 나는 건물 안으로 다시 들어섰다. 이층으로 올라서자 복도 끝이 보였다. 방 앞에 섰다.

내가 방문을 밀쳤다. 부드럽게 열렸다. 어둠에 묻혀서 절대로 열리지 않을 것 같은 문이었다. 너무 쉽게 열려 의아하기까지 했다. 우리는 방으로 들어갔다. 놈이 배낭을 풀지도 않은 채 탁자에 던졌다. 내가 함께 씻자고 하자 놈이 되레 머뭇거렸다. 나는 놈을 욕실로 밀어넣어 함께 샤워를 했다. 진갈색 피부와 하얀 피부가 조화로웠다. 놈은 욕실바닥에 무릎을 꿇은 채 엎드려 내 하얀 발에 연달아 입을 맞췄다. 나를 두 팔로 안아 욕실을 나섰고 부드럽게 침대에 눕혔다.

놈은 나를 아우르기 시작했다. 내 미로 속 마른 샘을 더듬어 찾아갔다. 나는 두 손으로 사타구니를 틀어막았다. 까맣게 가려워질 곳을 먼저 찾아달라, 숨이 막히도록 까맣게 가려워야 한다며 속삭였다. 놈이 내 손을 치우지 않은 채 입김을 몰아 손등을 넘어 손가락을 탔다. 놈은 미로를 아나 보다. 그 끝도 아나 보다. 메마른 바닥에서 소용돌이가 일 때까지 내 샘을 배회했다. 여신에게 했던 것처럼 샘 앞에서 오체투지를 했다. 나는 여신이었다. 아름다운 동산의 주인이었다. 비로소 동산이 미로라는 걸 느꼈다. 마른 샘에 물이 고이자 히드라가 꿈틀거렸다. 미로에서 까만 가려움이 샘솟으며 온몸을 휘감으려 했다. 내게서도 히드라를 위한 주술이 가느다랗게 새어나왔다. 죽은 듯이 눌렸던 히드라가 눈을 번뜩이며 원죄의 똬리를 틀기 시작했다. 집채만 한 바위에 눌렸지만 결코 죽지 않는 히드라의 하나 남은 머리가 혀를 널름거리며 자맥질

했다.

나는 스스로 동산에서 벗어난 여자였다. 나는 뱀의 사악한 몸짓을 원했다. 놈에게 마구 할퀴고 싶었다. 저주의 원형아 어서 날 잡아먹어라. 나는 작은 죽음을 위한 주문을 애원하듯 입가에 흘렸다. 거기야, 거기. 딱히 알 수 없지만 맺혔던 응어리가 풀리는 것 같아 다급하게 속삭이는데 놈은 말귀도 밝았다. 서둘지 않고 샘물에 자신을 담그기 시작했다. 내 사지가 오그라들었다. 이럴 때도 오금이 저리는구나. 나는 사타구니의 손을 거두어 떨리는 몸을 어쩌지 못해 놈을 꼭 껴안았다. 놈은 따뜻했다. 놈에게서 까맣지 않은 잠이 느껴졌다. 깨어나고 싶지 않은 잠이 내게 스며들었다. 잠의 너울이 덜 탄 송장을 삼킨 강물처럼 밀려들었다.

눈을 떴다. 창밖 햇살은 매서웠다. 놈은 발가벗은 채 자는 중이었다. 간밤 일들이 머릿속을 스쳐갔다. 내게서 미로가 사라진 것인가. 난생처음으로 머리가 맑고 기분이 좋아 두 팔을 추켜세우며 '나는 살아났다'고 괴성을 질렀다. 놈이 잠결에 눈을 몇 번 껌벅이더니 도로 잠들었다. 그때 밖에서 누군가 다급한 듯 방문을 거침이 없이 두드렸다. 나는 놈을 흔들어 깨웠다. 바깥에서 열쇠 끄르는 소리가 들렸다. 놈이 눈을 비비며 잠자리에서 일어났다. 옷을 입으며 밖을 향해 뭐라 소리를 질렀다. 곧이어 놈은 문을 열며 복도로 나가더니 무슨 말인가를 지껄였다. 패거리들이 시끌벅적하게 떠드는 걸로 보아 서넛은 될 것 같았다. 그들은 뭐라 두런대다가 한꺼번에 큰소리로 웃었다. 또 쑥덕이다가 발을 구르며 까무러지듯 웃어젖히기도 했다. 놈을 믿어도 될까. 조금씩 걱정이 되살아났다. 패거리들이 나를 팔자며 끝까지 우긴다면 놈도 못 이기는 체할 것 아닌가. 답답했다.

얼마 후 놈이 방으로 들어왔다. 두세 명의 발자국 소리가 멀어져 갔다. 복도가 조용해지자 돌아가는 꼴이 나에게 불리하다는 느낌을 받았다. 다시 머리가 아프고 등골에서 진땀이 흘렀다. 나는 마른침을 꿀꺽 삼켰다. 무슨 일이 있긴 한데. 어떻게 되어 가는지 알아야 할 텐데. 나는 놈에게 다가가, 놈 팔을 젖가슴에 끌어안으며 잘 다듬어진 웃음을 다시 지어 보였다. 놈이 나와 침대에 나란히 걸터앉으며 말했다. 패거리들과 함께 사막에서 온 포주를 만나러 저잣거리로 가야 한다고 했다. 놈은 포주에게 나와 잔 것을 말해야 했다. 포주가 많이 웃으면 내 몸값도 덩달아 올라간다. 놈과 패거리들이 돈을 나눠가질 때 포주는 이 방에 들어온다. 포주는 나를 겁탈하려 한다. 반항하면 순순히 따를 때까지 두들겨 팬다는 것이었다. 나는 더 듣지 못하고 놈 앞에 무릎을 꿇었다. 난 너의 아내다. 너는 여신께 절하며 맹세까지 했다. 나는 달아나지 않고 네 옆에 꼭 붙어살 터이니 날 지켜달라며 애걸복걸했다. 놈이 두 손으로 내 볼에 흐르는 눈물을 닦아주며 말했다. 패거리들이 우리가 결혼하는 것을 싫어해, 나를 배신자로 몰아세워 죽일 거야. 포주는 그러고도 남을 악당이었다.

누군가 복도를 걸어오더니 방 앞에 멈춰 섰다. 놈이 내려가지 않자 데리러 온 거였다. 복도의 누군가가 열쇠로 문을 따려 했다. 놈이 지금 나간다며 문 밖으로 소릴 질렀다. 문은 이미 살짝 열려 있었다. 내 이마와 콧등에서 식은땀이 흘러내렸다. 놈은 마지못해 침대에서 일어났다.

꿇어앉은 나에게 미안하다고 했다. 나로서는 뾰쪽한 수가 없었다. 놈이 방문으로 걸어갔다. 나는 입술을 깨물며 놈의 뒷모습을 보았다. 방문이 닫혔다. 바깥 문고리에서 들리는 건조하며 날카로운 쇳소리가 머릿속을 짓이겼다. 복도의 발자국 소리는 점점 멀어져 갔다. 시간이 얼마 없었다. 어떻게든 방을 빠져 나가야 했다. 방문 재질은 나무였다. 나는 등산 칼로 방문 일부를 도려내기로 마음먹었다. 탁자에 놓인 배낭을 집었다. 칼이 들어 있는 배낭 덧주머니를 여는데, 문득 쑤셔박아 넣은 놈 손가방이 머리를 스쳤다. 덧주머니를 열다 말고 배낭 큰 주둥이 지퍼를 열었다. 놈의 쥐색 손가방이 보였다. 손가방 지퍼를 여니 그림책과 열쇠가 눈에 들어왔다. 열쇠는 가운데 손가락만큼 길었다. 떨리는 마음을 다잡으며 왼손으로 집어 들었다.

열쇠 손잡이가 손가락 끝에 넉넉히 잡혔다. 열쇠를 쥔 손에 땀이 촉촉했다. 입안이 바삭 말랐다. 배낭을 메고서 창으로 다가가 귀를 기울였다. 밖은 조용했다. 나는 소리를 죽이며 창문을 열었다. 철망 틈으로 복도를 내다보았다. 암울한 흑백사진이 보일 뿐이었다. 놈이 하던 대로 열쇠를 붙잡은 채 철망 코에 왼손을 집어넣어 팔을 방문 쪽으로 굽혔다. 자물통이 손가락에 닿았다. 열쇠를 떨어뜨린다면, 생각만 해도 끔찍했다. 중지와 약지로 엄지와 검지를 떠받치며 소지로 열쇠구멍을 찾았다. 구멍으로 쇠막대가 들어가자 자물쇠가 열렸다. 나는 방문을 열며 복도로 나섰다. 뛰어 나가려다가 오히려 차분히 걸었다. 아래층으로 내려가는 계단 앞이었다. 나는 멈춰 섰다. 뒤돌아 복도 끝을 바라보았다. 드리워진 그늘 속에 굳게 닫혔던 방문이 활짝 열려 있었다. 나는 카메라를 꺼냈다. 플래시를 끈 다음 노출을 높였다. 사타구니 같은 복도 끝과 열린 문을 찍었다.

나는 카메라를 배낭 주머니에 넣은 뒤 아래층으로 내려가려 했다. 그때 문득 떠오르는 게 있었다. 나는 몸을 되돌려 열린 문으로 다가갔다. 문을 잘 닫고 구멍에 꽂힌 열쇠를 뺐다. 문손잡이를 잡아 흔들어도 문은 열리지 않았다. 문은 도로 굳게 닫혔다. 놈이 일부러 열쇠를 놓고 갔을까, 아니면 깜박했을까, 짐작되지 않았다. 나는 열쇠를 배낭 주머니 속 카메라 밑에 넣었다. 더는 머뭇거릴 수 없었다. 나는 빨리 한 장의 침울한 흑백사진 속에서 벗어나야 했다. 고양이걸음으로 계단을 내려갔다. 1층 현관은 쥐죽은 듯 한적했다. 아무도 마주치지 않았다.

놈과 걸었던 기억을 되살리며 뛰다시피 걸어가는데 갈림길이었다. 놈은 저잣거리로 간다고 했다. 나는 강으로 가야 했다. 돌계단으로 내려서면서부터 뛰었다. 강이 보일 때까지 숨을 몰아쉬며 달렸다. 자갈밭을 어떻게 건넜는지 모르겠다. 오미를 지나 물가에 다다랐다. 우리가 싼 똥 흔적이 희미했다. 모래밭에서는 놈이 화장터라 일러준 쪽으로 이를 악물며 내달렸다. 한참을 가니 숨이 턱까지 차올랐다. 헐떡거리며 이마에 흐르는 땀을 훔쳤다. 저만치 화장터가 보였다. 사람들이 웅성거렸다. 나는 걸음을 늦춘 채 숨을 고르며 걸었다. 유족들이 삼삼오오 어울려 서성거렸다. 화구에서 연기가 피어올랐다. 불속에 누워 있는 몸들은 불꽃을 마다하지 않았다. 불길은 영혼이 없는 빈껍데기에게 다른 문을 열고 들어가도록 해주는 열쇠였다. 연기는 불꽃의 흐름에 따라 꼭두각시놀음을 했다. 연기는 주검의 얼굴이며 불꽃은 시간이었다.

화구에서는 살았을 적에 시간이 끄는 대로 따랐을 주검의 울고 웃는 얼굴이 되그려졌다.

화장터를 벗어나야 했다. 묵었던 숙소의 반대쪽 길로 걸었다. 머지않은 곳에 사이클릭샤들이 줄지어 서 있었다. 나는 맨 앞의 것을 탄 후 기차역으로 가자고 했다. 요금을 미리 준비해야 했다. 돈을 꺼내려 배낭 주머니를 열었다. 손을 넣었더니 뭉툭한 게 먼저 닿았다. 카메라였다. 밑에는 열쇠도 있었다. 좋아할 잡지사 남자 기자들이 떠올랐다. 그들에게 진짜 웃음을 보여줄 자신이 생겼다. 불꽃에 휘둘리는 미소를 지어보여야지.

— 2011년 무등일보 신춘문예 당선작

늦깎이 목수의 치열함

안광/ 소설가, 순천대 문창과 교수

양관수 작가를 알게 된 건 15년 전 2000년 가을의 일이었다. 단아한 모습의 아저씨가 소설을 쓰고 싶다며 강의실 앞자리에 반듯하게 앉아 있었었다. 눈빛이 초롱초롱했다. 습작품 발표할 사람이 있는가 물으면 항장 제일 먼저 손을 들고 소설 발표를 했다. 소설 써본 솜씨가 한두 번 써본 사람이 아니었다. 묵직한 공력이 느껴졌다.

그렇게 순천대학교 평생교육원 문예창작반에서 소설을 통해 만난 첫 번째 인연이 순천대학교 문예창작과를 거쳐 대학원 문예창작과로 이어지고 지금도 학생을 가르치는 동업자 관계로 일주일에 한두 번 자리를 같이하니 오래되고도 깊은 인연이다.

그 동안 양관수 작가는 국내 유수의 기업체를 뛰쳐나와 소설 쓰기에 전념하기 위해 습작 공부를 하던 문학지망생에서 평사리 토지문학제 대상 수상, 진주신문 가을문예 소설 부문 당선, 무등일보 신춘문예 소설 부문 당선 등 어엿한 작가로 훌륭한 작품을 발표해 왔다. 한 사람이 평생을 바쳐 뜻을 세우고 이십여 년을 글쓰기에 전념했으니 소설은 곧 양관수 작가의 전부라 해도 과언이 아닐 것이다. 그는 소설을 배울 때 문장 하나하나를 허투루 쓰지 않고 열 번은 깊이 생각하고 비로소 한 문장을 써나가는 진중한 작가였다.

그의 소설 곳곳에는 그런 치열함이 도처에서 번득이고 있다. 연륜과 인생의 경험이 필자보다 많은데도 주제넘게 스승이라고 이것저것 지적을 하면 밤을 새워 작품을 퇴고하고 또 보완하여 그 다음날 더욱 정제되고 빛나는 작품으로 만들어 왔다. 글을 대하는 자세는 늘 진중하고 무게가 느껴졌다. 인품 또한 그와 같아 빈말이 없고 신중하다. 그런 그가 수십 편의 소설 중 다섯 편을 추려 책 한 권을 꾸린다 하니 무척이나 기쁘고 가슴까지 숙연해진다. 한 명의 작가가 한 권의 책으로 이 세상에 분신을 만들어 내놓은 것이다. 한 작가가 책 한 권을 상재한다는 것은 우주 하나를 세상에 창조해놓은 일과 같다. 유한한 인간이 영원을 지향하는 예술로 창조자의 반열에 오르는 것이다. 그는 이제 캄캄한 밤하늘에 반짝이는 별 하나를 만들어 놓은 것이다.

여기 수록된 다섯 작품은 모두 필자가 익히 봐온 것들이다. 평문을 쓰기 위해 다시 몇 번을 거듭하여 읽어보고 각 작품에 사족을 몇 마디씩 달아보는 어리석음을 용서하기 바란다. 모두 당당하고 훌륭한 작품들이어서 작품을 읽는 자체로 독자들이 금방 진면목을 깨닫게 될 것이지만, 이렇게 읽고 해석하는 시각도 있을 수 있음을 조심스레 펼쳐 보이는 것이니 혹여 작품에 누가 되지 않기를 바랄 뿐이다.

양관수 작가의 작품 세계는 다양하다. 사회생활을 하며 얻은 경험 또한 풍부할 뿐더러 사물과 인간을 바라보는 관찰력이 예리하기 때문이다. 거기에 덧붙여 문예창작학과를 십 년 넘게 다니며 소설의 다양한 기법과 구성 방식을 익혔기 때문이리라. 다양한 기법을 구사한다는 것은 작품 한두 편 발표하고 사라지는 무수한 일회성 작가와는 격이 다르다는 말이다. 어떤 소재에는 어떤 방식이 적합한가를 생래적으로 체득해 눈부신 한 수를 펼쳐 보이는 고수高手의 반열이라는 것이다. 다섯 편의 작품 모두 개성 있고 독특하다.

「끝섬」은 서정적이고 예술적인 분위기 속에서 밑바닥까지 내려온 인간들의 사랑을 다루고 있다면 「위험한 폴더」는 진실이 부인당하고 허위와 부정이 판치는 세상에 대한 신랄한 비판이, 「펜로즈 빵」에선 우화적인 형식으로 자본주의의 속성을 풍자하고 있고 「포스트게놈 시리즈 2050」에선 미래에 대한 상상력을 바탕으로 남녀 간의 지순한 사랑을 대비하고 있다. 「문을 뒤돌아보다」에선 억압된 인간의 욕망과 일탈과 구원을 심리학적 관점에서 접근하고 있다.

이처럼 다양한 작품세계는 작가의 시선이 한곳에 머물지 않고 여러 방면에 뻗어 있다는 반증이며 다양한 시도는 그가 호기심 많고 실험적인 젊은 정신의 작가라는 의미이다. 그는 끊임없이 새로움을 시도하고 추구하는 작가인 것이다. 그가 쉽게 소설 쓰기를 멈추지 않으리라는 굳건한 믿음을 주는 이유이다.

세상의 끝에서 만난 사람들 「끝섬」

양관수 작가의 여러 작품 중 필자가 제일로 좋아하는 작품은 「끝섬」이다. 이 소설에는 인물이 딱 세 사람만 등장한다. 세 사람 모두 삼각형의 꼭짓점처럼 팽팽하게 서로를 견제하면서도 서로에게 연결되어 있다. 죽은 그림을 그리다 섬에 와서 비로소 살아 있는 그림을 그리게 되는 화가와 세상의 끝에까지 밀려와 몸을 팔게 되는 밑바닥 인생인 치자빛 여자, 그리고 마지막 한 사람이 생활고로 배까지 팔아버리고 이제는 엄청난 빚까진 젊어진 선장이다. 선장은 여자의 기둥서방이 되어 서로를 의지하며 세상과 맞서고 있고, 화가는 살아 있는 그림을 그리고자 몸부림치고 있다. 이 세 사람 모두 살아 있는 인물들이지만 작가의 뛰어난 서정성 짙은 묘사력으로 한 폭의 풍경화에 녹아 있는 우주의 한 부분으로 느껴지는 기묘한 수법이 돋보이는 작품이다. 이 세상의 끝에 존재해 있는 세 사람. 그들을 품고 있는 안개와 희미한 형체의 끝섬. 안개와 섬에 대한 묘사력은 인상파의 그림을 보듯이 몽환적이다.

바다를 떠돌던 안개가 섬에 걸리면 섬에 켜켜이 쌓인다. 섬으로 몰리다가 스스로의 무게를 견디다 못해 는개로 탈바꿈한다. 는개로 뒤덮인 섬은 숨소리도 내지 못 한다. 섬이 파도소리조차 내지 않으면 사람들은 해안선을 구별할 수 없다. 한치 앞도 내다보지 못한다. 섬사람들은 바다에 빠질까 봐 두려워 문밖을 나서지 않는다. 한낮에도 전깃불을 모두 켠다. 집안이나 집밖을 가리지 않고 불을 밝힌다. 창문으로 새어나오는 불빛과 거리의 네온사인 조명이 가물거리며 섬을 지킨다. 그나마도 잠시뿐이다.

는개가 섬을 삼키면 전등들마저 바다보다 더 깊은 졸음으로 빠져든다.

—「p. 27」

안개에 젖어드는 끝섬을 표현한 위의 인용문은 작가의 뛰어난 묘사력을 십분 보여주고 있다. 물감과 물감이 서로 젖어들어 독특한 형체를 빚어내는 한 점의 유화를 이토록 개성 있게 그려내는 작가는 드물다. 주인공이 살아 있는 그림을 그려내기 위해 몸부림치는 화가라는 점을 작가가 심도 있게 분석하여 그에 걸맞은 묘사력을 발휘한 것이다. 문장으로 그려낸 안개의 섬, '끝섬'을 창조해낸 것이다.

술과 인생에 쩌들어 쉰내를 풍기는 여관의 묘사나, 구석진 방에 함부로 구겨져 있는 옷가지들, 이불 밖으로 비죽이 나와 있는 여자의 발과 엄지발톱에 칠해져 있는 매니큐어의 색깔까지 작가의 섬세한 관찰력은 도처에서 빛을 발하고 있다. 문장과 분위기가 맞아떨어진 무대에서 신비스럽게까지 느껴지는 인물들의 행동과 대사가 절묘하게 이루어진 한 편의 가작이다. 결국 섬에서 탈출하지 못한 선장과 여인은 나룻배를 타고 수평선을 향해 하염없이 노를 저어간다. 이 세상의 끝인 '끝섬'에서 두 사람은 영원을 향해 사라지고 화가는 그 풍경을 그림 속에 부활시킨다. 그 마지막 장면은 소멸과 부활의 신화와 맞닿아 있다. 문장으로 주제를 드러내 보이는 작가의 의도가 고전이 된 인상파 작품처럼 오래 기억될 것이다.

가짜 자격증 시대 「위험한 폴더」

「위험한 폴더」라는 작품은 자격증과 교재를 통해 폭리를 취하고 있는 학원가의 비리를 폭로한 고발소설이다. 소설의 배경은 학원이지만 그것은 이 사회 전체로 확산될 수 있는 알레고리로써 세상의 허위와 부정에 대한 작가의 끊임없고 신랄한 비판의식을 보여주고 있다. 양관수 작가의 기질 중 아주 중요한 덕목의 하나인 비판의식은 그의 다른 작품 속에서도 빛을 내며 여러 번 변주되고 있다.

특히 「위험한 폴더」에서는 문창과를 졸업한 이 사회의 순수성으로 대변되는 두 남녀 주인공과 사기와 협박을 일삼는 학원 팀장과의 대비로 더욱 뚜렷하게 제시되고 있다. 그러나 그 비판의 예리한 칼날은 선불리 그 모습을 보여주지 않는다. 한 계단 한 계단 인물들의 성격을 제시해 가면서 정점을 향해 서서히 몰아치는 수법.

주인공은 첫 키스의 순정처럼 문학적 행복감과 진실성을 최고의 가치로 여기며 독서 감상문 3천 편을 무엇과도 바꿀 수 없는 자산으로 여기며 살아가고 있는 인물이다. 그런 그녀에게 돈만 지불하면 발급해주는 사이비 자격증이 더 가치 있다고 팀장은 주장하는 것이다.

> 첫 키스는 달랐다. 그의 혀에는 온기가 있었다. 따뜻했다. 돼지 혀에는 없었던 포근한 기운이 느껴졌다. 그때부터 나는 그와 키스하는 느낌에 중독되었다. 행복하니까, 눈물이 나올 만큼. 책을 읽어도 토론을 해도 독서 감상문을 써도 늘 그랬다. 그러한 내가, 내 행복이, 사이비 자격증으로부터 위조지폐라며 무시당했다. —「p. 58」

타인에게 어떤 것들도 요구하지 않는 식물성의 주인공. 책을 읽는 것이 행복하고 사랑하는 사람과의 키스가 전부인 이 주인공들이 세상의 허위와 맞설 수 있는 방법은 무엇인가? 결말 부분의 서늘한 칼날은 이 순수한 주인공들이 점차 어떠한 상황으로 내몰리게 됐는가를 차곡차곡 보여주면서 더욱 예리하고 효과적인 일격으로 작용한다. 순수성의 상징인 주인공에게 팀장이 요구하는 탐욕과 위선의 세계는 엉터리 자격증을 구매하라는 강압으로 표현된다.

"10년 동안 써 모은 독서감상문 3천 개가 그런 자격증보다 못해요?"

"독서감상문, 그거, 검증 받았어요?"

나는 할 말이 없어서 머뭇거렸다.

"주변에 넘쳐나는 상품들은 모두 검증된 것들이죠, 검증 딱지가 안 붙은 것들은 불량품으로 취급받는데, 내가 추천한 독서지도사 독서치료사 자격증들은 시중에서 잘 유통되는데, 검증된 상품들이라는 증거 아닌가요?"

(중략)

"그 3천 개 독서감상문들은 어떤 검증을 받았어요?"

나는 더 이상 머뭇거리지 않았다.

"문창과에서 공부하며 쓴 거예요."

팀장은 말대꾸 대신 눈을 내리깔고 입술을 왼쪽으로 살짝 틀며 비죽거렸다. 나는 기회다 싶어 말문을 열었다.

"팀장님이 말한 그 자격증들은 공인기관이 발행한 게 아닌데요, 사단법인들이 사사롭게 만든 거 모르세요?" —「p. 40~41」

순수성이 부인 받고 타락을 강요당할 때, 인간들은 어떤 반응을 보일 것인가? 하나는 순응하여 스스로 타락의 세계에 흡수되는 방식이 있겠고 또 하나는 반대로 저항하는 방식이 있을 것이다. 작가는 후자의 결말을 제시한다. 팀장의 음주운전을 빌미로 고의로 교통사고를 내고 통쾌하게 몰아세우고 그간 갈취 당한 금액을 돌려받는 것이다. 독자들은 카타르시스를 느끼고 사건은 마무리되지만 그런 결말은 식상하다.

이 시점부터 작가의 통찰력이 빛을 발하는 순간이다. 악한의 역할로 순수성의 주인공들을 억압하고 금전을 갈취했던 팀장이 실은 소형 평수의 임대아파트에 거주하며 자신도 신산스런 삶에 짓눌려 고통을 받고 있는 존재로 드러나는 것이다. 팀장의 아이는 특수학교에 다니는 장애인이며 그가 왜 그토록 술을 많이 마시는지, 술에 취하면 '걱정하지 마'라는 말을 스스로에게 몇 번이고 외치고 다니는지, 그 인간의 고통스런 실존이 그대로 드러나게 되는 결말 부분은 인간 보편적인 아픔을 보여주려는 작가의 깊은 시선을 느끼게 된다.

더군다나 순수성의 상징이었던 주인공들은 그토록 경멸해 마지않던 사기와 협박의 수단을 구사해 팀장에게서 갈취 당한 돈을 받아내는 것이다. 비록 팀장이 음주운전을 하였다 하더라도 고의로 교통사고를 유발하는 방식은 그대로 팀장의 방식을 따르는 셈이다. 작가의 세상을 바라보는 시각. 인간을 바라보는 시선이 단순치 않은 것을 확연하게 보여주는 대목이다. 그래서 이 소설의 마지막 문장 '빛이 두려웠다'는 통렬한 충격으로 다가온다. 그 충격은 오랫동안 뇌리에서 사라지지 않는다.

위선의 시대에 내미는 따뜻한 빵 한 조각 「펜로즈 빵」

「펜로즈 빵」은 위선의 시대를 향해 던지는 사나운 풍자의 화살이다. 신사로 표상되는 사회악의 인물은 겉으론 사회복지사이지만 실은 거지들에게조차 상납을 받는 흡혈귀나 다름없는 인물이다. 그뿐만 아니라 공권력과 결탁하여 각종 비리를 저지르며, 빵집을 운영하는 주인공에게조차 공짜 빵을 걷어가거나 심지어 돈까지 수금해 간다. 사회봉사와 공헌이라는 허명을 씌워 주인공의 공명심을 자극하고 결국 흑자를 내며 잘 운영되던 빵집마저 적자로 만들어버린다.

이 소설에서 거대한 흡입력으로 돈을 빨아들이며 겉으로만 사회를 위해 헌신하는 시늉을 내는 인물인 '신사'는 이 시대의 권력자와 정치인의 모습을 연상시킨다. 그런 모습을 예리하게 관찰하고 있는 빵집주인 또한 나약한 서민으로서 경쟁관계의 빵집을 무너뜨리려 애를 쓰는 보통의 시민에 다름이 없다. 하지만 그는 신사의 허위와 위선을 꿰뚫어 보는 혜안을 가졌고 피해 받는 거지 '누운놈'을 구하고 신사의 행위에 구역질을 느낀다. 이 소설의 마지막은 허위와 위선에 대한 작가의 비판의식을 페이소스 가득 찬 장면으로 마무리하고 있다.

신사는 승용차 앞쪽에 서서 내 가게를 바라보았다. 다른 때보다 더 밝게 웃었다. 배를 쑥 내밀며 얼굴에 웃음을 머금은 채 왼팔은 뒷짐을 졌다. 오가는 이들 눈에 잘 띄도록 오른팔을 높이 쳐들었다. 모든 사람들에게 보라는 듯 시계불알처럼 흔들어댔다. 거지들을 치우는 일에 큰 몫을 한 것처럼 당당했다. 갑자기 실내에서 쓰레기 냄새가 자욱하게 풍겼다. 코끝이 매캐하더니 구역질이 날 것 같았다. 내 곁으로 누운놈이 다가와 있었다. 나처럼 유리벽 가로선에 목을 걸었는데 입에 빵을 물었다. 제 마음대로 꺼낸 빵이었다. 나는 물끄러미 입에 물린 빵을 보았다. 그는 밖을 내다보며 웃었다. —「p. 89」

양관수 작가는 결말의 중요성을 아주 잘 아는 작가다. 그의 대부분의 소설들은 대단히 인상적인 장면이나 문장으로 마무리를 짓는다. 마지막이 소설의 주제라는 것을 명료하게 보여주는 기법이다.

「펜로즈 빵」에서의 마지막 장면은 여러 가지 관점을 보여준다. 허위의 상징인 '신사'는 과장되고 당당한 몸짓으로 거리에서 오른팔을 흔든다. 모든 것을 다 알고 있는 '나'는 숨어서 그 광경을 바라보는데 악취나는 쓰레기 냄새를 맡는다. 바로 옆에서 '누운놈'이 빵을 먹으며 밖을 내다보고 있다. 그 빵은 주인의 허락도 없이 제 마음대로 꺼낸 빵이다. 이 여러 가지 메타포 중에서 어느 것에 강음부를 주느냐는 독자의 몫이다. 그만큼 이 작품은 다양한 해석이 가능한 열린 지평을 보여주고 있다. 세련되고 고차원의 결말을 이끌어내는 기량이 돋보이는 작품이다.

무녀의 저주, 인간은 영원히 살 수 있는가 「포스트게놈 시리즈 2050」

한 번은 쿠마에서 그 무녀가 조롱 속에 매달려 있는 것을 보았지요. 아이들이 '무녀야 넌 뭘 원하니?' 하고 물었을 때 그녀는 대답했지요. '죽고 싫어.' — T. S. 엘리어트「황무지」

희랍 신화에 나오는 이탈리아 쿠마의 무녀 이야기는 유명하다. 아폴로 신에게서 영원한 생명을 허용 받았지만 그만큼의 젊음도 달라는 부탁을 잊어버려 영원토록 늙고 추한 노파의 모습으로 새장 속에 갇혀 아이들의 조롱거리가 되어가는 무녀의 신화.

이 소설은 영원의 생명을 희구하는 인간의 욕망이 표면적 주제를 이루고 있다.

"병 없이 살 수 없을까요? 아프지 않고 천 년을 사는 때가 온다는데" —「p. 105」

인간이면 누구나 꿈꾸는 세계, 병 없이 천 년을 살 수 있는 세계. 언젠가 죽을 수밖에 없는 유한한 인간이 언제까지라도 살고 싶은 희망을 상상력 속에 펼쳐 보인 이 소설은 매우 흥미롭고 가독성 또한 높다. 이 소설집에 수록된 어느 작품보다 분량이 많은 이 소설은 반대로 몹시 빠르게 읽혀진다. 소재의 특이함과 사건의 흥미진진한 전개가 읽는 이의 집중력을 몹시 높여주기 때문이다. 섬세한 묘사와 현실감 있는 설정, 그리고 반대의 상황엔 원시림과 진흙탕의 강물과 미개의 자연인들이 대조를 이루고 있다.

과연 생명을 연장하기 위해 짐승처럼 타인을 물어뜯고 거짓과 사기와 음모를 펼치는 것이 옳은 길인지, 조용히 천명에 순응하여 자연 속에 피었다 지는 풀잎처럼 수수한 삶이 맞는 길인지 이 소설은 독자에게 묻고 있는 것이다.

아버지와 어머니의 병간호로 일생을 보낸 남자 주인공이 돈레샵 호숫가의 원시림으로 숨어들어가는 모습은 작가의 주제의식을 조용히 드러내고 있다.

> 그는 관광선을 빌려 호수 깊은 곳으로 나갔다. 배를 사십대 초반쯤으로 보이는 남자가 몰았다. 병원에 매달리지 않아도 될 세상이 호수에 있었다. 그가 사십대에게 배를 세우라고 말했다. 배가 멈추자 그는 물로 뛰어들었다. 그의 갑작스런 행동에 사십대가 깜짝 놀랐다. 그를 구하러 물로 뛰어들려다가 두고 보기로 했다. 그는 물 속에서 눈을 떴으나 흙탕물이라 앞은 보이지 않았다. 그는 먼저 껌벅이며 눈알부터 닦았다. 물에 녹은 미세한 흙알갱이들로 결막에 낀 병원의 더께를 씻어냈다. 입을 벌려 물을 들이켰다. 혀가 흙 맛을 반겼다. 흙탕물이 위 속에 들어가 차곡차곡 쌓였다. 그로 말미암아 창자 속에서 버티던 인육 썩는 냄새가 밀려나가는 것을 느꼈다. 연거푸 흙탕물을 마셨다가 토해냈다. 몸 안에 버티던 가면 부스러기들이 휩쓸려 나왔다. 단 한 순간이라도 목숨을 더 끌고자 죽음을 속이려는 가면이었다. —「p. 109~110」

생명을 연장하려는 노력은 인간의 본능이자 자연스런 생명력의 발현이다. 하지만 그 행위가 의료진의 경제적 이득을 위한 수단이 되기 시작하면 고통이자 죄악으로 변하고 만다. 남자 주인공이 부모님의 병

간호와 경제적 이유로 속세를 떠나 원시의 누런 강물 속에 자연 그대로의 순응하려는 모습을 묘사한 위 인용문은 작가의 의도를 여과 없이 보여준다.

어쩔 수 없이 삶의 무게에 떠밀려 세속의 더러움 속에 스스로 걸어들어가는 여자 주인공이 컴퓨터의 운세란에서 발견하는 자신의 수명에 대한 대답 또한 극명하게 주제를 전달한다.

> 먼지이지요. 사람은 우주에 떠도는 먼지 한 톨도 안 돼요. 그저 먼지이지요. 그 삶을 위해 아등바등하지요. 얼마나 살까 하는 건 중요하지 않아요. 축하합니다. 귀하의 수명은 칠십오 년입니다. —「p. 177」

컴퓨터의 대답에 코웃음을 치는 여주인공 또한 200살, 아니 1,000년까지 살 수 있는 보험 '포스트게놈 시리즈'에 가입한 상태.

과연 우리는 무엇을 잃고 무엇을 얻었는가? 작가는 조용히 우리에게 질문을 던지고 있다. 이 소설에서 눈여겨볼 점 하나. 여자 주인공의 순수했던 처녀 시절에서부터 보험설계사로 결국 고객의 돈을 가로채 생명 연장 보험에 가입하는 악녀로 변화되는 과정을 따라가 볼 것.

성과 속– 억압과 해방 「문을 뒤돌아보다」

배변의 쾌감만큼 억압과 해방을 극명하게 보여주는 생리현상은 없다. 성스러운 음식이 식도와 위장과 창자를 거쳐 악취를 풍기는 배설물로 나오기까지 우리는 살아 있음과 소멸을 동시에 느끼게 된다.

인간의 그러한 심리상태를 정면으로 마주하고 이국적인 풍경 속에 소설로 형상화한 것이 작품「문을 뒤돌아보다」이다.

잡지사 프리랜서인 여주인공은 어려서부터 풀과 모래가 깔린 대자연의 품속에서 배변하는 자유스러움을 느끼고 그 기쁨 속에 살아 있음을 확인한다. 하지만 점점 커갈수록 그럴 수 없는 환경과 조건 속에 스스로가 억압과 통제에 갇히게 되어 변비와 복통 속에 괴로운 나날을 보낸다.

그러던 주인공이 인도 여행을 떠나게 되어 화장하는 광경을 사진 촬영하다가 사기꾼인 '놈'의 꾀임에 빠져 납치 감금을 당하고 만다. 그곳을 빠져나오려 할수록 죽음과 공포는 더욱더 가중되고 '놈'을 유혹하여 간신히 탈출하는 순간 그녀는 그 동안 막혔던 배변이 한꺼번에 터져나오는 쾌감을 느끼게 된다. 미처 다 타지 못해 둥둥 떠다니는 송장이 눈앞에 빤히 보이는 강가 모래밭에서의 일이다.

놈은 강물 바로 앞에 쭈그려 앉아 모래에다 뒤를 보는 중이었다. 모래밭에는 작은 들풀이 많았다. 벌레도 기어 다닐 거였다. 놈이 시원하게 똥을 싸는데 과자 냄새가 났다. 내가 어릴 적에 맡았던 냄새였다. 문득 나도 배가 뒤틀리며 변의가 솟구쳤다. 다리가 떨렸으나 애써 몸의 중심을 잡았다. 아랫배에서 몰아치는 아픔이 오히려 상쾌했다. 놈 옆으로 다가가 허리춤을 풀었다. 반바지를 내리며 엉덩이를 내밀었다. 놈과 나란히 앉았다. 이게 웬일인가. 힘을 주지 않는데도 응어리가 맺혀 답답하던 내 아랫배에서 똥, 오줌이 저절로 나왔다. 흙내 물내가 몸에 들어가 배설물을 힘껏 밀어내는 모양이었다. 오줌이 골을 만들며 흘러가다가 강물에 휩쓸리는 것을 보자 어릴적 뒤란에서 했던 배설이 생각났다. 어릴 때 오줌으로 흙에 만들었던 골이 어디로 갔나 했는데, 내게 스며들었다가 강을 만나 되돌아 나온 것이다. 막혔던 둑이 터진 듯 힘차게 쏟아내는 내 배설물을 보며 놈이 놀랐다. —「p. 199」

특이한 심리소설「문을 뒤돌아보다」는 흥미로운 소재와 이국적인 배경으로 인간의 길이란 무엇인가에 대한 깊은 성찰을 보여주고 있다.

강 속에 길이 있다는 낌새만 보여도 나는 강으로 뛰어들었으리라. 타다 남은 송장은 어떤 길을 가는 걸까. 그것 앞에는 어떤 미로가 기다릴까. 화장터가 멀지 않다는 생각이 들었다. —「p. 200」

과연 우리는 어떤 길을 가고 있을까? 이 작품집에 수록된 다섯 편의 소설들은 인간의 내면과 본성을 끈기 있게 관찰하고 탄탄한 문장으로 개성 있는 세계를 구축해냈다. 아름다우면서도 슬픈 우리 인간들의 자화상이다.

그를 보면 밤새 나무의 결을 다듬고 있는 목수가 떠오른다. 밖에는 추운 겨울 눈보라가 몰아치는데 창문 밖으로 대패질을 하는 목수의 실루엣이 그려진다. 그 목수는 자신의 일을 일찍 습득하지 않았다. 어려서부터 나무 냄새를 좋아했고 대패와 끌과 먹줄을 가지고 놀았다. 저잣거리를 떠돌며 생업에 열중하던 그가 문득 중년의 나이에 모든 것을 훌훌 떨쳐버리고 자기가 좋아하는 목수의 일을 하기로 결심한다.

많은 가구들을 만드는 대신 하나라도 오래 가고 아름다운 가구를 만들기 위해 그는 한 작품 한 작품 정성을 다한다. 그래서 밤새워 나무의 향기 속에 잠을 잊고 나무의 결을 다듬고 자르고 이어서 무섭게도 아름다운 가구를 만들어낸다. 그는 이 추운 겨울을 홀로 빛나며 뜨겁게 이겨내고 있는 것이다. 세상에 오래오래 기억될 아름다운 책상과 의자와 선반이 만들어질 것이다. 그의 생을 땀방울 한 알 한 알에 심어 빚어낸 명작이기 때문이다. 소설가 양관수가 그런 사람이다.

포스트게놈 시리즈 2050

지은이_ 양관수
펴낸이_ 조현석
펴낸곳_ 북인
디자인_ 푸른영토

1판 1쇄_ 2016년 05월 31일
출판등록번호_ 313 - 2004 - 000111
주소_ 121 - 842 서울 마포구 서교동 467 - 4, 301호
전화_ 02 - 323 - 7767
팩스_ 02 - 323 - 7845

ISBN 979 - 11 - 95674 - 19 - 0 03810

이 책은 전남문화관광재단과 한국문화예술위원회의
지역협력형사업으로 지원받아 발간되었습니다.